구멍

이
장
원

2008년 미주한국일보 소설 부문 입선 등단
경의선문학 · 파주문인협회 회원
한국현대문학작가연대 자문위원
시집『장원의 기억법』
소설집『구멍』
공저『그대 누구신가요』외 다수

lee34871@gmail.com

이장원 단편소설집

구 멍

신지식

눈은 마음의 창

나에겐 아직 꾸지 않은 꿈, 펼치지 않은 날개가 있나 봅니다.

왠지 모르게 마음 한구석에 풀지 못한 숙제 보따리가 쌓여있는 것 같습니다.

새삼 키케로의 "얼굴은 마음의 그림이며 눈은 그 그림자의 해설자"라는 말이 떠오릅니다.

세상을 내다보면 하늘과 산과 바다 같은 사물은 움직이지 않는 물체 같지만 변하지 않는 것은 존재하지 않습니다.

나의 얼굴도, 마음도, 삶도 알아볼 수 없을 정도로 변했습니다.

변함의 이쪽과 변하고 있지 않은 저쪽을 풀어낼 수 있는 것들이 꺼지지 않는 활화산처럼 끓어오르는 것을 어쩌겠습니까.

2008년 한국일보 미주 본사 문예작품공모에 소설로 입선이 되어 등단했습니다.

십여 년 전에 고국으로 돌아와 <한국문인협회 파주지부> <경의선문학> <현대작가회> 등 문예지에 소설작품과 현대시를 발표하였습니다.

2021년 <한국현대작가> 시 부문에 등단하여 시인의 패를 가슴에 품었습니다.

2022년 시집 <장원의 기억법>을 출간하였습니다.

2024년 <예술인복지재단>에서 <예술인창작지원금>을 수령하여 소설집 <구멍>을 발간하게 됨은 생애 커다란 선물이자 자랑입니다.

상상하는 것은 즐겁습니다. 강력한 상상은 사실로 변합니다. 상상은 멀고 높은 곳에 존재하는 것이 아니라 들여다보는 것만큼 보입니다. 지나간 인생과 다가올 삶을 즐길 수 있음은 두 번 살아보는 것과 같은 것입니다.

<문향창작동아리> 회원과 장종국 지도교수, 문우 여러분과 함께 마음의 창을 활짝 펼치며, 아낌없이 응원해 주고 격려하며 치켜세워 준 가족과 함께 행복과 무한한 기쁨으로 마음의 창을 펼치는 선물이고 싶습니다.

2024년 盛夏의 季節

장 원

CONTENTS

구 명

순자! 순자!

다급한 목소리에 뾰족한 날이 시퍼렇다. 설거지통 안에 그릇들이 소릴 낼까 조몰락거리던 손끝에 힘이 일순간에 몰린다. 항상 조용하던 사람이다. 들어본 적 없는 저 쇳소리는 분명 뭔 일이 일어났나 본데 언뜻 떠오르는 게 없어 마음에 불이 붙었다.

"oh my God! I don't believe it." 화를 못 이겨 붉으락푸르락 일그러진 얼굴로 씩씩거리며 캐런이 마이클의 방에서 나온다.

"캐런 무슨 일이에요? 뭐가 잘못되었나요?"

"난 지금 너무 화가 나, 말이 다 안 나오네요. 세상에 이럴 수가!"

"마이클이 글쎄 갑자기 내 앞가슴을 더듬는 거예요. 블라우스 속으로 손을 밀어 넣기에 난 그냥 까부는 줄 알고 손을 뿌리쳤어요. 내 눈엔 아직도 어린아이로 보이거든요. 그런데 그게 아니었어요. 눈빛도 다르고 숨결도 거칠어지더니 아주 공격적으로 덤볐어요. 제정신이 아니었나 봐요.

stop! stop! 하라고 악을 썼는데도 또다시 덤벼드는 걸 보고 얼마나 급했으면 성치 않은 마이클을 힘껏 밀어 넘어뜨리고 도망을 나왔다니까요. 이런 일을 당하고 보니 예전의 내 생각이 틀렸다는 걸 알게 됐어요. 몇 년 전에 내 보스가 남자 직원으로 교체하자는 걸 꼭, 그럴 필요가 있냐고 우겼거든요. 그땐 마이클이 어려서.”

캐런의 말을 듣는 순간 갑작스레 머릿속 먹물통이 터졌는지 눈앞이 캄캄해 몸을 벽에 의지해야 했다.

“Are you O.K?” 걱정스러운 표정으로 위로를 한다. 미국 사람들, 이 경황에 기가 막혀서 그들의 남을 먼저 배려하려는 몸에 밴 습성, 얄밉도록 느긋한 여유와 고마움이 떨떠름하게 내 속을 휘저어 놓는다. 못된 사람 같으면 성추행으로 고소한다는 말이 나오고 멱살잡이라도 해서 분을 풀 판국인데 그 못된 녀석의 어미에게 위로까지 해? 젠장, 이게 뭐람. 한 대 얻어맞은 것보다 더 켜켜이 마음을 예리 게 저민다.

“캐런 미안해요. 미안하다는 말밖에 할 수 없다는 게 너무 슬프군요. 그때도 내가 너무 간절하게 저 녀석을 맡아달라고 부탁을 해서……”

“앞으로 순자 씨가 더 힘들 걸 생각하니 걱정이 앞서네요. 혼자서 고민하지 말고 마이클 아버지와 상의를 하세요. 그분하고는 연락이 되나요?”

“그럼은요. 애들 때문에 매달 하루는 마이클을 보러 오실 때 마이클 형을 데리고 오시죠.”

“다행이군요. 혹 내 도움이 필요하시면 서슴지 말고 언제든지 전화하세요. 그래도 내가 마이클에 대해선 좀 알잖아요. 전 이만 가야겠어요. 몸이 아직도 후들거려서.” 나가다 말고 돌아와 눈물겹도록 따뜻한 포옹으로 등을 쓰다듬는다.

“하느님의 은총이 있기를 빌겠어요.”

캐런을 보내고 나서 혼쭐을 내주려다가 막상 녀석의 얼굴을 본 순간 마음이 아리고 측은한 감정이 솟구쳐 그만 털썩 주저앉고 말

왔다. 고개를 숙이고 한쪽 구석에 웅크리고 있어야 할 녀석이 두 주먹을 불끈 쥐고 성치 않은 다리로 발을 구르고 있다.

마음이 겉돌아 전화기를 들었다가 도루 내려놓는다. 괜히 남편의 심기를 건드려 그나마 한 달에 하루 잠깐 마지못해 오는 사람에게 몇 번 건너뛸 빌미를 주지 말자고 마음을 누그렸다. 이 녀석이 내 손길만을 의지하면 모든 것이 해결되는 줄로 믿고 살았다. 그러나 그것이 다가 아니라는 뜻밖에 도깨비가 튀어나와 나는 한순간에 얼어붙어 모든 것이 일시에 정지되고 말았다.

오늘 아침까지만 해도 아무 생각 없이 불쑥불쑥 드나들던 방인데 왜 겁이 나는 건지 민망한 건지 갈피를 못 잡겠다. 일을 저질러 놓고 어떤 얼굴로 있을지 궁금해도 들어가지를 못하고 문밖에서 서성댄다.

점심때가 되었으니 무얼 먹겠냐고 물어봐야 하는데 생전 안 하던 노크를 하기도 그렇고 아무 일 없었던 것처럼 얼굴을 대하기가 껄끄러워 마음에 벽이 생겼다.

진즉에 카운슬러 팽 박사의 말을 들었어야 했다는 후회를 또 하고 있다. 녀석이 아무런 변화 없이 스무 살을 넘기기에 여자하고는 거리가 먼 줄 알았다. 그동안 눈여겨보지 않았던 건 아니다. 장애아한테도 사춘기도 있고, 욕정도 어쩌면 정상인보다 더 과할 수도 있다는 닥터의 말을 듣고도 그럴 리는 없으리라고 생각했다.

이젠 저도 나이가 있으니 알아서 할 거라고 믿어야 했고, 그래도 정 마음이 안 놓이면 벽에 구멍을 뚫어 멀찌감치 물러서서 지켜본다면 자립심에 도움을 준다는 의사의 말도 알아들었건만, 구멍으로 자식을 들여다본다는 것이 왠지 마음이 내키질 않았다.

"여보 일이 좀 생겼어!"

뭐야? 이번엔 또 무슨 사고를 친 거야? 내가 이래서 당신 만나는
게 두렵다니까."

"아냐. 내가 아니고 마이클이 글쎄, 집으로 출장 나온 여자 물리
치료사의 앞가슴을 더듬었데요. 성추행했다고."

"그놈이 뭘 했다고? 하하 다 컸구먼."

"이게 웃을 일이야?"

"그럼 날 보고 뭘 어떡하라고?"

"누가 뭐래? 그렇다는 거지. 저도 제 잘못에 부끄러워할 줄은 아
는지. 이 녀석이 방문을 걸어 잠그고 나를 피하는데 답답해서 아주
미치겠어."

"팽 박사가 만들라는 peep hole이라는 건 왜 안 만들어? 벽에
구멍 뚫는 거 말이야? 제발 당신도 이젠 남의 말도 좀 듣고 살지 그
래. 당신은 이십여 년 전이나 지금까지 변화를 거부하는 그 고질병
으로 인해 마이클이 발전을 못 하고 점점 나태해진다는 생각은 안
해봤어? 나 아니면 절대 안 된다는 망상, 예전에 카운슬러 말대로
당신은 통제의 착각 속에 갇혀 사는 거야 알아?

"할 거야, 할 거라고. 그것도 무슨 큰 공사라고 반나절이나 걸린
다는데. 당신이 애를 데리고 몇 시간 나가 있어야겠어.

나간 김에 부자지간에 진솔한 대화도 좀 가져 봐요. 아무 여자에
게 그런 짓을 했다간 큰일 난다고. 단단히 일러 주고 또 그림 공부
도 열심히 하면 남들처럼 버젓하게 직장을 잡을 수 있는데 왜 그걸
그만두었냐고 야단 좀 쳐야겠어. 아, 저보다 더 몸 상태가 심하게
안 좋은 스티븐 호킹 박사라는 사람 좀 보라고 해요. 세계적인 천체
물리학자에 결혼해 부인도 있잖아. 왜 그런 꿈을 버리느냐고, 알아

들게 타일러 보구려. 그건 그렇고 왜 요즘 피터는 코빼기도 내밀지 않는 거야? 어른들이 챙겨야 하는 거 아닌가? 당신 아내라는 사람도 그렇지 아들을 공짜로 얻었으면 그런 건 가르쳐야지?"

"그 사람 얘기는 하지 마! 그 사람이 무슨 힘이 있어? 다 커서 만난 사람을 새엄마라고 고분고분 말을 들을 그놈 성격도 아니고 제 친어미가 눈이 시퍼렇게 버젓이 살아 있는데 그 사람이 엄마 노릇을 어떻게 해?

"당신 지금 내 앞에서 그 사람 역성드는 거야?"

"왜 서방이 제 여편네 역성드는 게 뭐가 잘못되었나? 나나 그 사람이 당신에게 죄인도 아니고 당신 그런 말 할 자격 없는 거 아직도 모르겠어? 당신이 나를 내쫓았지, 내 발로 걸어 나간 것도 아니잖아. 우리 이러지 맙시다. 그나마 남은 옛정까지 무너뜨려서 좋을 게 뭐 있겠소?"

충격이다. 나는 그가 언제나 내 곁에 서 있는 커다란 나무처럼 든든하고 만만하다고 생각했었나 보다. 그래서 만나면 모아두었던 투정을 쏟아내곤 했는데 금을 긋는다. 확실하게 또 후회한다. 적당히 했더라면 그런 모진 소리까진 듣지 않았을 터인데 오늘 또 커다란 덩어리가 내게서 떨어져 나가는 소리가 뼛속까지 울린다.

전문가다운 솜씨다. 눈에 맞는 높이에 조그만 액자를 떼 내면 건너편을 들여다볼 수 있는 동전만 한 렌즈가 있고 건너편 방 구멍엔 확대경 역할을 하는 특수기능에 풍경화 액자가 붙박이로 커버되어 있다. 어렸을 적 아버지가 만들어주신 상자 속 병아리를 들여다보는 것 같다. 신기한 게 아니라 훔쳐보는 것이라 죄스러워 몸이 죄어들기도 하고 마주할 때는 녀석의 동작을 삼차원 영상으로 투명하게 관찰하는 생체실험 연구원 같다는 생각도 들어 섬뜩하기도 하다.

뇌성마비, 팔다리에 몸뚱이까지 씰룩씰룩 흔들어대는 저 몸짓을 오늘은 인형극으로 보고 있다. 풀 발라 붙여논 대나무 뼈대에 헐렁한 허수아비 옷 걸치고 로봇 춤을 춘다. 신나는 음악을 곁들였다면 흥에 겨워 까부는 자식의 재롱을 보며 자지러지게 웃고 있을 텐데. 망할 놈.

멀쩡한 사람도 입에 단 유혹은 뿌리치기가 쉽지 않다는데 장애인들 특히 저 녀석의 고집은 일찌감치 어미를 굴복시켜 손을 놓고 있다. 어쩌면 제 아비의 말이 옳았는지 모르겠다는 생각을 요즘 와서 자주 하게 된다. 다섯 살 때 멀쩡한 애들 다니는 유치원엔 갈 수 없다며 이 기회에 부모가 원하면, 기숙사가 딸린 특수학교로 보내 줄 수 있다는 사회복지사 말에 가뜩이나 죄 많은 어미를 성치 않은 자식 내다 버리는 파렴치한 인간으로 만들 작정이냐고, 눈알을 회번덕거리고 대들었던 나를 남편은 무척이나 원망했다. 자기나 나나 서투른 영어로 그 까다로운 정부의 장애아 혜택을 다 챙길 자신도 없고 무작정 끼고 있는 것보다는 특수시설에서 체계적인 교육에 사회 적응 능력과 자립심을 훈련시키는 일이 훨씬 나으니 보내자는 말에 미친년 제 보따리 챙기듯 죽기 살기로 붙들고 늘어졌다. 그때는 남편이 하는 말은 그저 귀찮으니 내다 버리자는 말로만 들렸다.

아침나절에 여기저기 널려있는 빨랫거리를 주섬주섬 챙기는데 한쪽 구석에 팬티가 심하게 뭉쳐져 있어 훌훌 털다가 깜짝 놀라 입이 벌어졌다. 어머-머, 이게 뭐야?

사람 환장하겠네. 아주 매대길 쳐 났군, 그래. 부끄러움은 탈 줄 아는 녀석이 어미 몰래 조물조물 빨아 입던지, 아니면 쓰레기통에라도 슬쩍 버리지 망할 놈 같으니.

그래도 그 꼴에 사내라고 남들 하는 짓은 다 하려고 드는구먼. 나 원 참.

이건 분명 혈기 왕성한 젊은이의 싱싱한 정액이고 의심할 여지 없이 성기능만큼은 정상이란 깃발을 내걸었다.

전혀 예상 못 했던 일이다. 그러나 기뻐해야 할 일이 아닌가? 그 기능이라도 주셨으니 "Thank God."이라고 해야 하나?

어쨌든 대견하다는 생각에 입을 삐죽 내밀면서도 걱정이 앞섰다. 지금이야 그냥 요염한 여인의 나신을 상상하며 성적 충동을 일으켜 손장난으로 희열을 만끽하는 수컷의 음흉하고 무분별한 본능에 만족한다만, 언젠가는 자기만의 한 여자를 갖고 싶어 하면 어떻게 해야 한단 말인가?

입맛이 없는지 끼니를 자주 거른다. 밤참까지 챙겨 먹던 녀석이 곡기를 끊다시피 한다. 걱정 끝에 구멍으로 눈이 갔다. 아니, 저 녀석이 무슨 짓을 하려고 꾸물거리나? 얼은 손으로 사기그릇 옮기듯 엉거주춤 부들부들 떠는 손놀림으로 어수선하게 바지 지퍼를 내린다. 바짝 성이 바짝 난 물건을 끄집어내 잠시 만지더니 흔들어댄다. 그것도 대낮같이 밝은 백열등 아래서 어려서부터 불을 끄면 무섭다고 했지만 저럴 수가 헐떡거리는 숨결이 턱에 찬다. 사지를 쥐어짜듯 꿈틀거리는 모습에서 이혼하기 전 제 아비의 모습이 겹친다. 시도 때도 없이 조금만 불편하면 맘~, 맘~, 악을 쓰고 칭얼대는 녀석을 옆방에 눕혀 놓고 밤이면 끈덕지게 가랑이를 벌리라고 추근거리는 남편을 벌레 보듯 이 마당에 꼭 그 짓을 해야겠냐고 밀어냈다. 돌이켜보면 세상 물정을 몰랐던 건 나였던 것 같다.

제 몸도 가누지 못하는 녀석이 성욕이 발동하면 어디서 본적도 누구에게 들어본 적도 없어, 아무것도 모르는 숙맥일 거로 생각했던 녀석이 능수능란하게 욕정을 채우지 않는가. 하기야 온종일 뜨물에 코 박으면 불만이 없다고 꿀꿀대는 돼지도 발정이 나면 먹는 것은 뒷전이고 성욕으로 몸살을 앓는다는데, 신체 건강한 젊은 사람에게 무조건 참으라고만 했다. 몇 번 부부 싸움 끝에 무슨 선심이나 쓰듯 덜컥 이혼해 주고 하루아침에 남편은 멀쩡한 아들, 나는 성치 않은 아들을 데리고 갈라섰다.

하룻밤 자고 일어나 휑하게 썰렁해진 집안 분위기에 아차, 이럴 수가.

이 녀석이 어렸을 땐 만화 쪽 미술에 재능이 있다는 전문가의 말도 들었고 저도 눈만 뜨면 빈 종이에 긁적거려 그럴싸한 그림을 그려놓아 나의 심상을 흐리게 만들었다. 장애를 가졌어도 제힘으로 삶을 영위 할 수 있다고 철석같이 믿었다. 아니, 간절한 바람이었을 게다. 남들보다 모자라게 갖고 태어났으니 한 가지는 덤으로 주신 하느님의 섭리가 아닐까 하고…….

요즘 와서 벽에 뚫린 구멍이 흉물스럽다는 생각이 들었다. 그 생각은 머리에 붙어 점점 깊게 박혀 든다. 생각다 못해 구멍을 가리고 있는 액자에 검정 스웨터를 덮어씌우면서 앞으론 더 이상 들여다보지 않겠다고 다짐을 했다. 갑작스럽게 많아진 시간을 감당하기가 서툴러 애를 먹는다. 저 녀석 때문에 책 한 권 제대로 못 읽고 TV 한번 마음 편히 볼 수 없다고 넋두리를 입에 달고 살았는데 왜, 진작 이렇게 할 걸, 긴 세월을 무모한 노파심으로 서로가 짜증스러운 생활을 했을까. 후회와 함께하고 싶은 일이 너무 많아 무엇부터 해

볼까? 즐거운 고민을 잠시 했다.

어림없는 착각이었다. 여유를 즐길 보따릴 풀기도 전에 도루 제자리로 끌려 나와야 했다. 문을 두드리고 "밥 먹어!" 하는 소리에 "안 먹어!" 한마디가 튀어나온다. 망할 놈, 신경 써서 차려놓은 상인데 처음엔 입맛이 없나 대수롭지 않게 여겼다. 그저 좋아하는 음식이나 피자를 시켜다 주면 될 줄 알았는데 얼마 안 있어 심상치 않다는 생각이 번개처럼 뇌리를 스쳐 지나갔다.

식사를 거르는 횟수가 잦아졌다. 마지못해 밥상에 앉아도 뜨는 둥 마는 둥 시늉만 할 뿐이다. 먹는 게 그러하니 얼굴에 핏기가 없고 눈망울이 휑뎅그렁한 게 여지없이 금방이라도 죽을 사람 같다. 어디가 아프냐고 해도 뭐 먹고 싶은 게 있냐고 물어도 고개만 젓고 있어 겁이 덜컥 났다. 어찌해야 하나 애태우다 언뜻 감춰놓은 초콜릿 봉지가 생각나 꺼내면서 피식 웃었다.

초콜릿이라면 어려서부터 사족을 못 쓰는 녀석이다. 단것을 많이 먹으면 성격이 폭력적으로 변할 수 있다는 의사의 말을 듣고 정 말을 안 들을 때나 쓰려는 비상약으로 숨겨놓은 것이다. 큰마음 먹고 초콜릿 봉지를 식탁 위에 올려놓았다. 허겁지겁 먹으리라는 예상은 빗나갔다. 예전 같으면 봉지째 들고 제 방으로 튀었을 텐데, 한 개만 달랑 꺼내 들고 시큰둥한 얼굴로 방으로 들어간다. 그래도 다행이라 생각했다. 작은 위로는 되었다.

다음 날 아침엔 다시 놀래 가슴이 덜컥 내려앉았다.

어제 놔둔 봉지에 변함이 없었다. 왜 이럴까? 알 수가 없다. 발등에 불이 떨어져 허둥지둥 길을 찾는다. 남편을 만나야겠다. 이처럼 감당할 수 없는 일이 일어날 줄은 생각을 못 했다. 보이지 않고 움직일 수 없는 답답한 상자 속에 갇혔다. 웬만한 일이면 남편의 도움을 받지 않고 해결하겠다는 마음으로 살아왔다. 아니, 보란 듯이 그렇게 살고 싶었다.

생떼를 부려서라도 떠넘길 순 없을까 하는 시커먼 생각을 하다 말았다.

"마이클 아빠, 당신이 좀 도와줘야 할 일이 생겼어. 애가 요즘 통 먹질 않아 몰골이 말이 아니야. 다 죽게 생겼다고 아 글쎄, 이 녀석이 핸드 플레이인가 하는 것에 맛을 들였는데 도가 너무 지나쳐서 큰일이라고."

"그게 뭐 어때서 수선이야, 다 그러면서 어른이 되는 건데 별걱정을 다 하고 있군. 정 걱정되면 닥터 팽한테 자문해봐. 그 길밖에는 없잖아?"

"그것도 날 보고 하라고? 여자 입으로 이거 너무하는 거 아닌가?"

"알았어! 약속이나 잡아 놔. 시간 낼 테니."

며칠 후 애를 데리고 병원엘 다녀와서 하는 말이 성도착증에 빠진 성 중독증이라고 한다. 병명을 듣는 순간 똥통에 빠져 두 팔을 허우적거리는 마이클을 보았다. 정신과 전문의에 치료를 받아야 하는데 이 애가 뇌성마비 환자이고 보면 정신적인 의지가 약하다고 판단이되, 십중팔구는 약물치료를 받아야 한다고 하더란다.

약물치료를 받아야 한다는 남편에 입에서 거세, 거세라는 말이 시커멓게 콸콸 쏟아져 나오는 환상에 소름이 온몸을 덮친다. 말 못하는 짐승에 몸무게를 늘리려고 멀쩡하게 달고 나온 종자 주머니를 한 점 양심의 가책 없이 무참하게 싹둑 잘라내는 무지 막한 장면에 손을 내젓는 뭉크의 절규하는 모습으로 변한 마이클의 얼굴로 겹쳐 머리를 절레절레 흔들었다.

　하루에 두 번씩 시간에 맞춰 약을 챙겨 먹이기란 생살을 찢는 고통보다 더하게 마음을 찢어 놓는다. 꼭 이렇게 하여야만 정상으로 돌아온다면 할 수 없지만, 이 약을 복용하고 바로 나타난 증세가 눈에 띄게 달라져 무서운 생각이 들었다. 눈은 초점을 잃어 멍하니 얼이 빠져 있고 어깨는 축 늘어져 기운을 못 차린다. 씰룩씰룩 흔들어대던 팔다리도 태엽이 풀린 듯 흐느적거린다. 꼭 거세를 당한 돼지가 완전한 망각 직전에 희미하게 남아 있는 몽롱한 기억을 놓치지 않으려고 허우적거리는 걸 보는 것 같다.
　약봉지를 들고 마음이 요동친다. 쓰레기통을 무섭게 쏘아보면서 가슴이 방망이질로 쿵쾅거린다. 버려라! 안 된다. 버려라! 안 돼. 악다구니들의 날카로운 소리가 머릿속을 헤집어 분탕질한다. 움켜쥐고 있던 약봉지를 쓰레기통에 처넣고 돌아서려다 다시 꺼내 매몰차게 설거지통에 집어넣고 아주 힘껏 수도꼭지를 틀어버렸다. 가슴이 여전히 쿵쾅거린다. 잘했다. 잘했어.

　약을 끊고 조바심의 나날이 계속되었다. 언제쯤이면 옛 모습으로 돌아올까. 하루, 이틀, 일주일, 한 달, 아니 어째서 아무런 기적이 없을까? 약을 끊었는데 그 염병을 할 놈의 약이 어느새 뇌세포 한 귀퉁이를 갉아먹어 아예 못쓰게 만들어 놓았나?
　만약 그렇다면 결국 남은 시간이 얼마가 돼 든 그 용량에 의미라는 건 가치도 없는 생명의 끈을 얼마나 더 붙들고 있냐는 을씨년스런 일이다.

머리를 굴려 봐도 아주 작은 빛도 보이는 게 없다.

이러다 정말 허무하게 끝이 나는 게 아닌가, 겁이 덜컥 났다. 끝이라는 단어에 화들짝 놀라 그래도 해 볼 수 있는 일들이 있지 않을까 하는 생각에 하나둘 챙겨보았다.

나는 아들로 인해 수많은 순간순간을 신과 거래를 하고 싶을 만큼 절박한 일에 부딪히곤 했지만, 이번만은 신의 등 뒤에서 일을 꾸미기로 작정을 했다.

남들은 자식의 결혼을 인생 최대의 기쁨으로 여겨 한껏 챙겨준다는데 그렇게는 못 할망정 총각 딱지는 떼어줘야 여한이 없겠다고 생각했다. 남들이 뭐라 해도 상관은 없다. 그런 것들은 나에겐 거추장스러울 뿐이고 지금 하고자 하는 일은 워낙에 간절한 일이고 혹 누가 알랴? 그게 약이 될지.

다행히 듣던 대로 인터넷 블로그엔 장애인에 대한 섹스봉사자들을 적지 않게 찾을 수 있었다. 이게 얼마나 고마운 일인가. 성욕으로 큰 병을 앓고 있는 자식 놈에게 이렇게라도 해 줄 수 있는 길이 있다는 건 벼랑 끝에 몰린 나에게 날개를 달아 준 셈이다.

일부 유럽에서는 정부가 인정한 공창에서 장애인과 이루어진 성매매에 대해 정부가 화대를 지불해 주는 복지정책이 있다고 하는데 자유분방한 미국에선 아직까진 장애인 복지프로그램에 성에 대한 정책은 아무것도 없다고 하니 아쉬울 뿐이다.

사실 장애인도 일반인과 똑같은 성적 감정, 욕구, 충동을 다 갖고 있지만, 그들이 접근할 수 있는 여건이나 기회는 아무래도 제한적일 수밖에 없는 게 현실이고 더군다나 우리 아들 같은 중증 장애인일 경우에는 특히 어려운 일이다.

집에서 기르는 애완견도 매정하게 중성 수술을 하는 주인이 있는

가 하면 어렵게 수소문해서 같은 종자로 교미의 기회를 주는 자상한 사람도 있다고 하는데 어미가 어떻게 제 자식의 고통을 나 몰라라 할 수가 있겠나.

우선 집에서 가까운 봉사자를 만나보기로 했다. 만나는 장소가 술집이라 머뭇거렸더니 직업이 바텐더라고 해, 싫은 내색을 낼 수 없었다. 바텐더라니 화장을 짙게 했을 테고 뭇 사내들이 집적대야 장사가 잘될 테니 박색은 아니겠다는 어림짐작을 해, 마음이 조금은 들떴다.

동양 여자가 그것도 대낮에 술집 문을 열자니 누가 볼까 두려워 가슴이 조였다. 떨리는 손으로 엉거주춤 문을 밀어 발을 들여놓는데 갑자기 발을 잘못 디뎌 깊은 수렁에 빠진 것같이 순식간에 어둠에 갇혔다. 시간으론 벌건 대낮인데 햇빛을 차단하고 이십 촉도 안될 어두침침한 조명은 법을 피해 숨은 범죄자의 아지트가 아닌가, 착각하게 음침했다.

스탠드바에선 영화 속 한 장면 같이 두 남자가 담배 안개 속에서 사색에 잠긴 듯 엑스트라 분장을 하고 앉아 있다. 바텐더와 마주 앉아 있지만, 얼굴을 가늠할 수 없게 어두웠다. 아들에 대해 아니 환자에 대해 설명을 하는 중에 점차 적응해진 나의 시야에 들어온 그녀는 너무 늙었다. 늙었다기보다는 모진 풍파에 부대끼어 험하게 낡아 있었다.

여자로 보이지도 않을뿐더러 어미보다도 더 늙었다는 게 소름이 끼치고 화가 치밀었다. 급하게 핑계를 찾다가 돌연 입에서 바른말이 튀어나왔다.

내 아이가 너무 어려서 안 되겠네요. 어쨌든 좋은 일 하고 계신데 대해 진심으로 경의를 표합니다. 라는 말을 남기고 도망 나오듯 뛰쳐 나와 가슴을 치고 엉엉 소리 내어 울었다.

서둘러 집으로 돌아와 인터넷을 다시 뒤졌다. 무조건 나이부터 눈을 밝혔다. 모두가 짠 듯이 나이가 지긋한 여인들뿐인데 장애인이라는 여인이 눈에 들어왔다. 나이도 마음에 든다.

장애인의 어미가 장애인이라 내키지 않다고 생각하면 뻔뻔한 인간이라고 내 속을 수없이 다그치며 길을 나섰다. 집에서 만나자고 친절히 말하는 여인에게 참아 어디가 불편한지 물어볼 수가 없었다. 그저 한쪽 다리를 전다든지, 차라리 앞을 못 본다면 그래도 낫지 않을까. 웬만하면 둘이 함께 살아도 좋을 텐데 내 멋대로 주제넘은 상상을 해 보다. 머리를 흔들어 지우고 초인종을 눌렀다. 꽤 오래 기다렸는데 기척이 없다. 다시 초인종으로 손이 가려는데 안에서 인기척이 들린다.

문이 열리고 여인을 보려는 시선을 밑으로 한참 내려야 했다. 나를 쳐다보려는 그녀의 얼굴이 발딱 뒤로 젖혀졌다. 키가 아주 작다. 목은 달라붙고 앞가슴과 등이 불룩 나왔다. 집안으로 안내를 하며 걷는 모습에서 한쪽 다리도 심하게 저는 걸 보았다. 부득이 차를 대접한다기에 어쩔 수 없이 자리에 앉았다. 멕시코에서 이민을 오기 전 아주 어렸을 적에 나무에 올라 놀다가 떨어져 다쳤는데 병원엘 곧바로 가지 못해 불구가 되었다고 한다.

나의 어정쩡한 태도에 기분이 상했는지 마음에 안 드시냐고 당당하게 묻는 바람에 얼굴이 화끈 달았다. 그런 게 아니라 보기에 많이 불편한 사람에게 그런 일을 부탁한다는 것이 마음에 걸린다고 변명을 늘어놓았더니 상관 마시고 없던 일로 하고 싶으면 그렇게 하라고 편하게 말을 해 다행이고 고마웠다. 더 앉아 있기가 편치 않아 일어서려는데 해 줄 말이 있다며 말을 잇는다. 젊은 정상인이고 몸매에 인물까지 선택할 수 있는 길이 있다고 한다. 말을 듣는 순간 아차, 내 태도가 눈에 띄게 불쾌감을 주었나 싶어 미안하다는 말이 연거푸 나왔다.

여인도 당황을 해, 그게 아니라고 나를 진정시키느라 애를 쓴다.

"여기에서 멀지 않은 곳에 그레이하운드 버스정류장이 있어요. 저녁 버스 도착시간이면 창녀들이 경찰을 피해 가며 호객행위를 하는데 돈에 여유가 있으시면 그녀들을 시간으로 살 수 있죠. 그 방법이 나쁘다고만 할 수 없잖아요? 서로가 필요한 걸 주고받는 거니까. 그들도 벗겨놓으면 뭐가 다르겠어요? 난 그들이 부러워요. 우선 몸이 정상이고 건강하잖아요.

그런 일을 하는 남자가 있다면 나도 가끔은 화끈하게 서비스를 받을 텐데 아쉽죠."

듣는 순간 잠시 잠깐 마음에 갈등이 있었다. 이래도 되는 건지 웃고 넘기기엔 크나큰 아쉬움이 발목을 잡는다. 사람들이 잘못된 길인 줄 뻔히 알면서도 내치지 못하고 덤벼드는 게 못된 버릇이건, 어쩔 수 없는 긴박한 처지건, 자신이 선택할 수 있는 능력을 갖춘 피조물로 사람을 하느님이 만드셨다. 그리고 그 결과에 대한 책임은 다행히 자신의 것이 된다.

나는 세상 여기저기에서 날라 올 돌팔매나 비난을 그대로 내버려 두고 나 홀로의 길을 망설임 없이 들어서려 한다. 벌은 지금도 받고 있는데 좀 더 보탠다고 무엇이 얼마나 달라지겠나?

어두컴컴한 밤 버스정류장의 가로등 불빛으로 무대에는 온화한 분위기와 함께 많은 배우들이 등장한다.

긴 여정에 지친 행색이 후줄근한 여행객들이 어수선하게 버스에서 내리고 마중을 나온 사람들, 손님을 태우려는 택시 기사들, 진한 화장에 화려한 의상으로 꽃단장을 한 여인들도 손님을 물색하기에 꽤 바빠 보인다.

순식간에 무대는 잘 어우러져 아주 멋진 뮤지컬 무대 같다. 밤의 여인은 줄잡아 다섯 명이다. 서두르지 말자고 마음을 다잡았다. 순간의 내 선택이 아들의 귀중한 추억이 될 텐데 망원경이 있으면 좋겠다는 생각을 했다. 길 하나 사이라 윤곽은 알아보겠는데 뚜렷하지 않아 흥정하기 전에 자세히 봐야겠다는 생각했다.

아이고, 저 여자는 안 되겠네. 말고길 삶아 먹었나 뻣뻣한 게 영락없이 남자 같네. 여자가 나긋나긋한 맛이 있어야지. 나 원 참. 저쪽 둘이 한패가 되어 검은 사람들에게만 수작을 거는 여자들은 처음부터 관심밖에 흑인들이라 제쳐놓았고 이젠 뒤편 끝자락에서 서성대는 두 여자에게 신경을 써야 한다.

눈여겨보니 그중 하나가 괜찮은 편인데 담배를 연거푸 빨고 있는 게 흠이다. 그래도 자그마한 체구에 행동이 거칠어 보이진 않아 마음이 끌렸다. 아무리 돈을 주고 몇 시간을 사는 여자라 해도 자식의 첫 여인인데 좀 더 신경을 써야 한다는 마음이 속에서 이리 뛰고 저리 뛰어 부산하다.

여자는 시장바닥에 쭈그리고 앉아 호박 몇 개를 사도 마음에 드는 걸 찾으려 뒤척거린다. 어차피 도마 위에 올려놓으면 쏭덩쏭덩 썰어 끓는 물에 집어넣을 호박덩이지만, 그래도 모양새를 고르는 게 여자 마음인데, 하물며 자식 놈의 잠자리에 밀어 넣을 계집의 얼굴이나 자태를 따지는 어미가 어찌 욕심이라 하겠나. 마음 같아선 발가벗겨 놓고 쓰다듬어도 보고 주물러 보기라도 했으면 하는 것이 지금의 나의 심정인데……

버스에서 승객들이 다 내려 뿔뿔이 흩어진 정류장은 깜짝할 사이에 텅 빈 시골 장터처럼 썰렁하게 변했다. 밤의 여인들도 허탕 친 화풀이로 빈 깡통을 걷어차며 어슬렁거리며 자리를 뜬다.

　마음이 급하다. 길 건너가 꽤 멀어 보인다. 허둥지둥 뛰어 차도를 건너간다.

귓속말

오늘은 횡재할 것 같은 예감에 촉수가 발딱 일어선다.

간병인을 구한다는데 편의점 알바 수입에 서너 배나 되는 액수다. 대학병원 구내식당에는 세 사람이나 버티고 앉아 신상품이 들어오길 기다리고 있다. 막 도착한 박스의 겉모양새부터 초고속 스캐너로 훑는다. 으레 당하던 일이지만, 간병인쯤이야 하고 늘어졌던 간땡이가 급속 냉동되었다.

깡마른 남자가 입을 삐죽이며 고개를 끄떡이니 두 사람도 따라 끄떡인다. 고개를 처음 끄떡였던 남자는 생뚱맞게 아는 누구의 전화번호라도 좋으니 줄 수 있겠냐고 해, 딱히 그럴 만한 사람도 없어 편의점 주인의 전화번호를 주었더니 그가 밖으로 나가고부터 삼십 분이 넘도록 매섭게 생긴 여인의 질문이 드문드문 이어졌다.

초로의 여인은 까만 투피스 정장에 핸드백과 구두까지 깜장으로 휘감고 옷깃에는 힘차게 나래를 편 학 모양의 브로치를 꽂았다. 왜 하필 깜장으로 휘감았을까? 중환자의 가족 같은데 별 시답지 않은 질문에 대답은 하면서 배알이 뒤틀렸지만, 사정이 워낙 궁하여 엉덩이를 의자에 붙이고 어금니를 앙다물고 앉아 있다. 얼마 후 나갔던 남자가 꽤 만족스러운 표정으로 돌아와 여인에게 긍정의 눈짓을 건네자. 알아서 하라는 말을 남기고 여인과 한 남자는 회사로 간다며 밖으로 나가고 깡마른 남자와 나는 구내 커피숍으로 갔다.

남자는 내게 환자에 대한 일을 맡은 김 부장이라고 자기소개를 하면서 들려줄 말이 있다고 한다. 환자의 사정을 알아야 간병에 도움이 될 것 같다고 하면서.

"환자의 이름은 경영수로 28세의 건강한 청년이었고 재벌 집 외아들입니다.

얼마 전까지만 해도 록 밴드를 결성해 활동할 만치 무엇에도 얽매이지 않는 삶을 즐기던 청년이었는데 어머님께서 갑자기 양갓집 따님과의 결혼을 강압적으로 밀어붙이려 들면서 그 록 밴드까지 강제로 해산시키려는 것에 대한 반항으로 괴이하기 짝이 없는 짓을 했다나 봐요.

집에서 무엇이 먹고 싶거나 세탁해 놓은 옷이 안 보여도 어머니가 아닌 아주머니를 부를 정도로 가깝게 여기던 집사를 몸 한 군데도 성한 곳 없이 무지막지하게 때려 놓고는 뛰쳐 나와 교통사고를 냈고 의식불명인 채 병원에 실려 왔어요.

이런 사정을 고려하면 말을 붙이기가 좀 쉽지 않을까 해서 알려드리는 겁니다.

남자는 내게 '신경외과 과장 유창식 박사'라고 쓰여 있는 명함을 건네면서 혈액검사를 예약해놓았으니 검사를 먼저 하고 두 시간 후에 유 박사를 찾아가 면담이 끝난 다음엔 다시 이 커피숍에서 만나자고 한다.

유 박사와 마주 앉았다. 유 박사도 역시 내 겉모양새부터 훑어보고는 혈액검사로 봐서는 건강하시네요. 환자는 열흘 가까이 의식을

귓속말 29

잃고 누워있어 면역력이 현저히 떨어진 상태라 환자를 접촉하는 사람은 누구나 주치의인 저의 승낙을 받아야 합니다.

우선 환자에 대해 꼭 알아야 할 사실들을 말씀드리겠습니다.

알아야 간병의 계획을 세울 수 있잖아요. 그게 다 미스 김의 몫이니까요."

얼떨결에 간병인 합격 통보를 받았다. 최종 심사위원으로부터.

현재의 상태로 보아 뇌사는 절대로 아니고 그저 긴 잠에서 깨어나지 않고 있는 상태입니다. 전에도 이런 환자가 있었는데 간병인의 역할이 매우 중요하더군요. 그저 선잠 든 사람을 깨우듯 자꾸 말을 붙여 보세요. 언젠가는 그 소리가 들리고 대꾸를 하려는 반응이 보이면 그때 가서 약물치료를 할 것입니다.

다시 한번 말하는데 환자가 깨어나느냐 마느냐는 미스 김에게 달렸다고 해도 과언은 아닐 겁니다. 그럴 리는 없겠지만 최악의 경우엔 그대로 숨이 멈출 수도 있는데 제가 보기엔 그 정도는 아니니 그렇다는 것만 알고 있어요.

또한 환자에 대한 어떤 문제라도 상의할 게 있으면 저와 상의하면 됩니다.

유 박사의 면담을 끝내고 커피숍으로 가 다시 김 부장을 만나 마주 앉았다.

가능한 근무시간을 묻는 말에 24시간도 가능하다고 했다. 고시원 월세도 절약하고 얼마간에 목돈을 챙기겠다는 꼼수가 앞질러 대답했다. 환자에게 간병인이 셋씩이나 있어 삼교대 근무를 하면 간병의 획일성이 없어 역효과를 가져오지 않을까요?란 말에 껌뻑 넘

어갔고 삼시 세끼 모두 다 집밥으로 배달을 하겠다는 보너스까지
받았다.

하루 24시간의 일당을 말할 땐 심장이 벌렁거렸다. 일당이 편의
점 알바를 일주일 내내 진골 빠지게 일한 것과 맞먹고 생활비가 필
요 없을 테니 한 달이면 길거리 좌판 장사 밑천 정도가 생긴다는 생
각까지 하다 뒤통수가 뜨끔했다.

조금 전에 뵈었던 여자분이 환자의 어머니라고 한다. 무섭게 생
겼다고 했더니 행동도 그러하다만 왜 깜장 옷일까?

만만찮은 반나절의 면담을 끝내고 병실 아니 전쟁터로 뛰어들었
다.

유리 상자의 실험용 쥐라면 이런 기분일까?'유리 벽을 밀어제치
기라도 하듯 안간힘을 쓴다. 얼마가 지났는지 두 손이 병실 문짝에
붙어 있는 내가 있다.

무엇을 해야 할지 몰라 답답하다. 어떻게 하지? 어떻게 하지를
몇 번이나 되뇌고 나서 환자 곁으로 다가갔다. 죽은 사람을 보는 것
같아 등골이 섬뜩하다. 반듯이 누워있는 얼굴이 밀랍 인형의 그것
처럼 창백하다.

자리를 피하고 싶었으나 그렇지 못할 처지가 환자의 머리맡으로
떠밀어 앉혀 놓는다. 급하게 겁에 질린 목소리로 더듬더듬. "제 이
름은 김미순이고요. 새로 온 간병인입니다. 나이는 26세로 대학을
졸업한 지 2년이 되었어도 아직까지 알바를 하고 고시원에서 죽치
고 있습니다. 친구들은 그냥저냥 일자리를 구했다는데 나만 찌그러
졌어요. 실력이 남만 못한 것이 아니라 태어나기를 쥐었다 놓은 개
떡 같아서 대학의 급우는 물론 소꿉친구까지 사춘기에 들어서면서

부터 다들 똥 묻은 개 피하듯 피하더군요.

취직시험도 서류나 필기시험엔 통과하고도 꼭 면접 시험장에 들어만 가면 대체로 물어보는 말 없이 퇴짜를 맞았어요. 마지막이 된 면접관이 주위에 사람이 있는 데서도 아주 노골적으로 이런 말을 하더군요. 공연히 헛수고하지 말고 방송국 성우 시험을 쳐 보지 그래요? 목소리 하나는 끝내주는데 아마 영수 씨도 깨어나면 곁에 두고 싶지 않은 간병인이라고 하실걸요. 그래도 마음만은 밀크셰이크 같고 곧고 바르니 한번 믿어보세요. 제가 충견 노릇은 톡톡히 할게요."

더 이어갈 말이 꽉 막혔다.

아, 이걸 어쩌지? 거저먹으려는 심보는 아니었지만, 큰일 났다는 생각이 치받쳐 벌떡 일어나 병실을 서성이고 있으나 답이 없다. 이 감당하기 어려운 시간을 죽여 나갈 일이 곧 맡은 바 책임이고 내가 살 길이기도 한데…….

노크 소리가 났고 곧이어 순둥이 아저씨가 들어왔다. 손에 든 것이 꽤 많았다. 보따리에는 추리닝이 흰색, 핑크색 두 벌에 실내화와 기초화장품에 향수까지 들어 있고 점심은 찬합과 보온병에 담겨 있다.

호칭을 뭐라 할까 생각 중에 운전기사라는 말을 들었고 박 기사라 부르면 편하겠다며 앞으로 식사 배달은 물론 사모님과 간병인 사이에 소통의 창구 역할을 할 것이라고 한다.

전화번호를 주면서 무엇이든 필요하거나 먹고 싶은 음식이 있으면 언제든지 말을 하라면서 일곱 시에는 저녁 식사를 가지고 오겠다며 부리나케 나갔다. 사람들이 다 나무를 깎아 만든 군인 같이 할 말 이외에는 눈곱만치도 내비치지 않는다.

　나무토막처럼 누워있는 환자를 지키는 간병인이 입어야 할 유니폼은 아니겠지만, 핑크색 추리닝으로 갈아입었더니 간편하고 어색한 감정이 몸 밖으로 빠져나가 기분까지 간사스럽게 달라졌다.

　향수병도 만지작거리다가 쓰라는 분부 같아 몸에 살짝 뿌렸다.

　시간을 때우는 일에 대해 고민하다가 책을 읽는 것만 한 게 없겠다는 생각이 들어 스마트 폰으로 신간 서적을 뒤적여 시트콤이나 유머거리의 책 서너 권을 찾아내 박 기사에게 문자를 넣었더니 저녁 식사 배달과 함께 득달같이 내 손에 들어왔다.

　아무런 물음 없이 상전에게 갖다 바치는 아랫것처럼 읽어주는 시간을 정해야 한다. 읽는 나나 듣는 이도 지루하지 않을 정도로 아침에는 TV 뉴스를 위주로 한 시간 정도, 점심 후 차 마시고 나서 두 시간 정도의 책 읽기와 저녁에는 책을 읽든지 찾아온 사람이 있으면 이모저모를 들려주는 것으로 하루를 마무리한다.

　작은아버지이란 분이 부인과 함께 면회를 왔다. 잠깐 나가 있으라는 말에 회장님으로부터 자리를 비우지 말라는 지시를 받았다는 말하고는 병실 끝머리 창가에 막대처럼 서서 눈길만 밖으로 내보냈다. 두 분이 소곤소곤 얘기를 주고받고 나가면서 수고한다며 오만 원짜리 두 장을 손에 쥐여주었는데 돈에서 구린내가 나는 것 같아 기분이 영 찝찝했다.

　나는 소곤거리는 소리에 익숙하다. 고시원에서 웬 못된 옆방 이웃을 만나 얇은 홑벽 너머의 소리쯤은 귓구멍에 와 닿게 숙달되었다. 귀를 막고 살 수도 없는 노릇이고 신경 쓰여 듣다 보니 그놈이 웃을 때 나도 따라 웃고 신경질을 부릴 땐 흥분하고 있는 나를 발견

한다.

오늘 일을 일러바칠까 말까를 계산하는 게 쉽지 않았다. 꼼짝 못하고 누워있는 환자에게 괜한 짓이라 내려놓으려니 양심에 묵직한 바윗덩어리가 얹힌 기분이 들었다. 잠자리에 들기 전에 조동아리가 나보다 앞서 말문을 열었다.

"오늘 숙부님 내외분이 오셨어요. 하셨던 말씀 중에 영수 씨가 아셔야 할 것 같아 주제넘게 말씀드리겠는데. 숙부님 말씀이 영수 씨는 틀린 것 같다고 하시면서 일찌감치 영탁이를 불러들이는 게 낫겠다고 하던데 듣기에 영수 씨의 자리를 넘보는 것 같아서 듣는 내가 다 화가 나더군요. 하여간 이제 그만 일어나셔야 해요."란 말에 나는 밟힌 벌레처럼 꿈틀거리는 한 생명을 뚜렷이 지각할 수 있었다.

들쑤셔 놓고 나 몰라라 하고 간병인의 침상으로 갈 엄두가 나지 않아 다독여 줘야 하겠다는 생각에 옆에 누웠다. 미약하지만, 끊기지는 않을 숨소리를 내 생동하는 거친 숨이 잡아끌어 그 미약한 숨소리가 따라오게 한다. 나는 귓속말하듯 조용조용히 그러나 이따금 힘을 주어 충동질을 한다.

"일어나세요. 영수 씨! 자리를 넘보고 있어요. 그것도 남이 아닌 작은 아버지란 분이. 가만있으면 어떡해요? 지켜보는 내가 다 열불 나서 못 참겠는데."

면회를 오는 사람은 그리 많지 않았다. 친척 이외의 사람들에겐 면회 허용이 안 돼, 어머니와 숙부 내외분, 사촌 동생 그리고 고모, 두 이모가 아직까진 전부다. 어머니 외에 사람들은 모두 다 환자의 생과 사에 따른 이해관계에만 신경이 곤두서 있다.

함께 온 사람들은 서로의 비릿한 눈짓을 주고받고는 작은 소리로……

"넋 놓고 앉아 있다간 무슨 일을 당할지 모르겠어."

"벌써부터 패를 갈라 움직이는 낌새가 보인다니까 그러네."

"우리도 가만있지 말고 서둘러 이사진을 그러모아야 하지 않겠어?"

이들은 하나같이 먹잇감을 노리는 늑대들이다. 병실을 떠나기 전에 방명록에 이름을 꼼꼼히 적는 건 잊지 않고 서로 짜기라도 한 듯 오만 원짜리 두어 장을 내 손에 쥐여주면서 고생이 많다 하고는 또 이름 석 자를 또박또박 알려 주고 간다.

편의점 알바를 할 땐 밤을 꼬박 새우고도 이보다 턱없이 적은 돈을 받아도 수고했다는 말은커녕 양심이라 게 있으면 구석구석이나 좀 쓸고 닦지 않고 고대로 앉아 있다가 일당은 날름 받아 가는 게 미안하지도 않느냐고 볼멘소리로 투덜댄다.

나는 면회 온 사람들의 이름, 표정과 몸짓, 한 말까지 모두 일러바쳤다. 한 말들은 내 나름대로 뺄 건 빼고 뺑튀기로 부풀려 좀 더 자극적이고 충격을 최대화하려고 애를 썼다. 그래 놓고는 언제나 한마딜 중얼거린다. 이게 다 미친 짓이지 하면서 다음에도 여지없이 또 하고 있는 내가 있다.

그러던 어느 날 숙부 내외가 아들을 데리고 또 왔다. 아들을 영탁이라 불렀다. 놀랄 일은 아니다. 오가는 말의 본새가 아들에게 누워있는 사촌 형은 가망 없다는 걸 확인시켜 아들의 마음가짐을 굳게 하라고 부추기는 작업이다.

보고 들으면서 무언가 뜨거운 것이 속에서 치밀어 참을 수가 없었다. 손에 쥐고 있던 구린 돈을 주머니에 쑤셔 넣으면서 거부하지 못한 자신에게 분개해 주먹으로 가슴을 치고 욕설을 얼굴에 마구 문댄다.

밤이 되길 기다렸다. 시계를 보고 또 보았다. 일러바치는 톤을 꽤 높였다가 야기죽대며 반응을 보았다. 무엇인가 내게 하고 싶은 말이 있어 입이 움직인 건 아니지만, 뭔가 모르는 느낌이 있었다.

다음 날 뇌파검사가 있다고 어머님이 오셨다. 환자를 쉴드룸으로 데려가면서 쉬고 있으라는데 검사를 보고 싶다고 해 따라나섰다. 보호자들도 검사실 밖에서 모니터 화면으로만 볼 수 있다. 쉴드룸이란 영락없이 눕혀 놓은 로켓 모양이다. 환자는 그 안에서 전선이 얼기설기 연결된 머리띠를 쓰고 있고 밖에서는 의료진 두 명이 모니터로 두 시간에 걸쳐 검사를 한다. 결과가 좋은 모양이다. 유 박사의 얼굴 화색이 완연한 모습으로 보호자에게 보고를 한다.

"전번과 달리 잔잔하다가도 불끈거리네요."

"아니, 뭐가 잘못되었나요?"

"아닙니다. 이건 아주 좋은 현상입니다. 떨어져 있는 것은 신경이 침체되어 있는 상태를 의미하고 불끈거리는 것은 신경의 활동이 시작되었다는 현상인데 이젠 정상 상태로 진입하려는 것 같으니 어떠한 자극에 의해 잠에서 깨어나게 될 것입니다. 간병인을 아주 잘 쓰셨습니다."

"그래요?"

인사는 딱 한마디로 끝이다. 칭찬과 더불어 무슨 국물을 바라는 건 아니었어도 짜다. 선뜻 내주지 않는 검정거미 그래 검정거미가 딱이야.

이 병실의 조명은 일반 병실과 달리 아무 때나 불을 켜고 끄지를 못하게 되어 있다.

정해 놓은 취침 시간에는 소등을 해, 환자의 수면이 충분하도록 유도하고 낮에는 일반 병실보다 더 밝게 해, 신체 모든 장기의 활동이 정상 궤도를 이탈하지 않게 한다.

나는 취침 시간에 신경을 더욱 도사리고 숨소리를 살핀다.

암흑 속에 잠긴 병실은 마치 포승줄을 짊어지고 온 저승사자의 아가리처럼 시커멓게 벌려 가냘픈 육신을 날름거리는 것 같다.

나는 검정 거미께서 가끔은 몸을 주물러 주라는 요구를 넘어 감싸 안아주는 서비스도 아끼지 않고 눈을 뜨고 있는 한, 영수 씨가 죽음의 덫에 가까이 가지 못하게 흔들어대고 살갗을 비벼 따뜻한 체온을 나르면서 톡톡 치고 가끔은 허벅지를 꼬집어 정신을 차리게 한다. 처음에는 손이 그의 몸에 닿는 게 섬뜩하게 꺼림칙했고 엉거주춤 엎드려 주무르려니 거북스럽고 힘이 들었다.

그러다가 조금씩 다가간 것이 지금은 잠자리의 죽부인이 아닌 죽서방으로 삼았더니 몸과 마음이 그렇게 편할 수가 없다. 좀 더 충격인 이야기로 심장을 자극할 수 있는 행동을 해야겠다.

밤이면 듬쑥 끌어안아 체온을 공유하고 슬쩍슬쩍 몸을 비벼 가며 서늘한 몸을 덥힌다. 이것은 보온 매트의 열선이 아닌 노느매기한 내 반쪽 체온이라 믿어져 스스럼없이 이곳저곳 가리지 않고 스킨십에 간지럼도 태운다. 영수 씨도 싫지는 않은 모양이다. 몸에 힘을 빼 나를 편하게 내버려 두니 나 또한 싫지 않은 놀이에 빠진다. '이런 기회가 아니면 감히 엄두도 못 낼 남자에게 안길 수 있겠어?' 하면서.

유 박사의 아침 회진 때 환자의 숨소리가 가끔은 달라진 것 같으니 뇌파검사를 한 번 더 해봤으면 좋겠다고 했다. 판단이 옳았다. 뇌파에 리듬이 생겼다고 한다. 심장 기능과 뇌파에 미약하지만, 곰지락곰지락 움직이고 체온이 낮아 걱정을 했는데 체온도 조금이나마 올랐으니 조금 더 지켜보다가 약물치료를 시작할 거라고 해서 모두에게 고맙다는 인사를 받았다. 특히 유 박사는 보호자가 들으라고 하는지 민망할 정도로 칭찬을 아끼지 않았다.

머릿속이 바빠졌다. 이야깃거리를 찾든지 만들어야 한다. 책을 읽는 것보다는 세상 사는 이야기를 들려주면 숨소리로 보아 흥미 있어 한다는 걸 알 것 같다. 할 말도 없고 해서 나 자신의 부끄러운 과거부터 다 까밝혔다. 친구들도 자기네 수준이 떨어질까 봐 피하는 것이나 취직 면접 시험관들이 서둘러 내보내려는 눈치를 보았다는 말에는 화가 나는지 몸 전체가 움츠러져 빳빳하다.
덴마크 왕가에서 국왕을 독살해 왕위를 찬탈한 숙부와 변심하여 숙부와 결혼까지 한 어머니의 모습을 보며 번뇌와 복수를 꿈꾸는 햄릿의 이야기, 숙부인 수양대군에게 왕위를 빼앗겨 강원도 영월로 유배되었다가 죽임을 당한 단종의 이야기를 들려주고 하다못해 고시원 옆방에서 어느 잡놈이 매일 밤 번번이 다른 여자를 넘보는지 어르고 빰치는 소리를 들으면서 웃기도 하고 내 몸까지 화끈거렸다는 말을 들려줄 때는 나 자신이 한심스럽기도 했다.

꿈도 꿈같지 않은 꿈을 꾸면서 큰소리를 내고 있다.

둘이서 한가하게 무언가를 노닥거리던 중에 영수 씨가 갑자기 시간이 다 되었다고 등을 떠밀어 내보내려고 하고 나는 안 가겠다고 앙탈을 부리다 눈이 뜨이면서 어이없다는 듯 환자 침대에 누워있는 나를 내려다보고 있는 간호사의 얼굴과 마주쳐 소스라치게 놀랐다.

급하게 일어나면서 마치 죄를 진 사람처럼 간호사에게 미안하다고 인사를 했고 간호사는 아무 말 없이 가 버렸다. 기분이 왠지 찜찜하다. 사실 따지고 보면 미안하단 말도 필요치 않고 기왕에 들었으면 뭐라고 답변을 해야 상대방에 대한 예의가 아닌가? 뭐 대단한 직업이라고 유난을 떨어? 기분 잡치게.

언짢은 기분으로 검정거미를 맞이했다. 들어오자마자 씩씩 숨을 몰아쉬면서 나를 노려보는데 무엇에 꼴았는 지 알고 있는 나는 시치미를 떼고 있다.

"미스 김, 너무 앞서가는 것 아냐?"

"무슨 말씀인지?"

"시키는 대로만 하라고 했지? 왜 말을 안 들어 그만큼 대우를 해 주는데."

무엇 때문에 이러는지 알고 있으면서 딴청을 부렸다.

"저에게 왜 이러시는지?"

"그래? 영 말이 안 통하니 애를 어떡하지?

환자 침대가 가뜩이나 게딱지만 한데 그 옆에 가 찰싹 달라붙어 자면 우리 아들이 얼마나 불편하겠어?"

"아, 그거요. 저는 좀 더 가까이에서 말을 해 주려고."

"모든 건 유 박사나 내가 시키는 대로만 하면 돼!"

검정 거미는 찬바람을 일으키며 방문을 박차고 나가 버렸고 첩자는 여전히 제시간이 되자 아무 일 없었다는 듯 환자의 상태나 환자에 부착되어 있는 링거, 맥박, 산소 호흡기 등의 작동상황을 차트에 기록하고 나간다. 나는 그녀에게 하고 싶은 말이나 할 수 있는 말이 없다. 세상에 돈으로 안 되는 일이 어디 있겠나? 잠시 생각하다 나라도 시키면 받아들였을 거라는 생각이 화를 잠재웠다.

이젠 나도 미련하게 나대지 말고 요령껏 적당히 해서 내 앞길이나 걱정하면 된다고 주문을 외듯 다짐을 했다. 간호사가 점검하러 오는 하루에 네 번의 시간은 정해져 있다. 그 시간대에는 보여 주기 위한 동작을 한다. 팔다리를 주물러 주거나 머리맡에 앉아 책을 읽어준다.

영수 씨는 어쨌거나 말이 없다. 현실을 인지했는지는 모르나 내 처지를 이해하리라 믿는다. 그리고 아쉬워할 것이다. 좀 잘해주었나 병든 서방 모시듯.

정해 놓은 일 외에 남아도는 시간은 내 개인을 위한 일을 해 보려고 마음을 먹었다. 별로 생각나는 게 없어 성우에 관한 책을 택배로 받게 주문을 했다. 드라마 대사의 상대는 언제나 영수 씨가 맡는다. 처음에는 무척이나 어색하고 낯간지러웠으나 차츰 그런대로 분위기에 동화되어 가기 시작했다.

대사에 감정을 넣고부터 재미가 붙어 자연스레 몸짓까지 연기가 뒤따랐다. 연습에 몰두하다 보면 나는 딴사람이 돼, 하얀 가운을 입은 의사가 되기도 하고 어떨 때는 무당이 되어 굿판을 벌이기도 한다. 또 검정 거미줄에 걸려들었다. 그녀는 까만 망토를 걸친 마녀의 상을 하고 성깔을 부린다.

"가뜩이나 심신이 미약한 환자 앞에서 정신 사납게 무슨 짓이야?

미스 김 혹시 신기 있어? 횡설수설 무당 굿놀이를 하듯 설레발을 치며 지껄인다니 그게 중환자 간병인이 할 짓이냐고? 어디 입이 있으면 말 좀 해 봐."

죽이고 싶어 하는 듯한 살벌한 눈초리에 등골이 오싹해, 입도 뻥긋 못하고 게걸음을 쳐 구석을 찾았다.

"여러 말 할 것 없이 단도직입으로 묻겠는데 내가 어떤 결단을 내리면 좋겠어? 아니, 왜 말이 없어? 시키는 대로 하겠어? 그만두 겠다는 거야"

나는 지은 죄가 있어 바로 꼬리를 내렸다. 다시는 이런 일이 없게 주의하겠다고 머리를 조아려 위기를 넘겼다.

눈살을 찌푸리고 혀를 차며 나가고 얼마 안 있어 검정거미의 거친 말소리에 귓바퀴가 발딱 서서 병실을 넘어 복도로 나간다.

"저는 감히 내 아들을 부둥켜안고 간호사가 들어올 때까지 잠을 자고 있었다는 말에 정나미가 딱 떨어졌고 또 이번엔 신들린 선무 당처럼 횡설수설한다고 하는데도 미스 김을 감싸는 유 박사를 정말 이해 못 하겠어요."

"제 눈에는 아직까지 겪어 본 간병인 중에서 이 여자만큼 저의 지시를 잘 따라주는 간병인은 없었어요. 환자의 상태가 호전된 걸 로 증명이 된 것 아닙니까? 하여간 사무적인 간병이 아니라 맞춤형 의 간병을 할 줄 아는 사람임에는 틀림없습니다."

검정거미의 신경질이 섞인 "알았어요. 알았어." 소리가 들리더니 소리는 점점 능력 밖으로 멀어졌다.

첩자는 제시간에 들어왔다. 나는 미리부터 영수 씨의 팔을 주무르고 있다. 그녀는 여느 날과 다름없이 하던 일을 마치고 나가나 했더니 내 앞에 우뚝 멈춰 선다. 동시에 내 몸에는 가시가 촘촘히 솟아나 방어막으로 무장을 한다. 그녀는 아무 말 없이 자리를 비켜 달라고 눈짓을 해 비켜주었더니 내가 주물렀던 영수 씨의 팔에 긴소매를 걷어 올리고 가져온 보라색 형광등을 팔에 비쳐 무엇인가를 찾는다.

아, 멍 자국!

이렇게까지 자존심을 깔아뭉갤 줄은 몰랐다. 나의 잠재의식은 무엇을 찾는지 병실 안을 두리번거린다. 병실에는 과일칼도 두어서는 안 된다는 규칙이 있어 그나마 다행이다.

이제 와 생각하니 멋모르고 커다란 바위를 상대로 객기를 부리다가 운 좋게 걸려든 일자리를 내 발로 차버리게 되었다. 한 달이 넘는 동안 많은 말로 무엇인지도 모르는 장벽을 깨려고 덤벼들었던 것도 쓸데없는 짓으로 끝나게 생겼고, 지금으로선 아무 대책도 없으니 내가 알아서 떠나야 할 것 같다.

더 이상 버틸 수 없는 한계에 다다른 것 같은 데다 첩자는 촉수를 뻗쳐 나의 움직임을 철저하게 감시하고 있다. 의심의 눈초리를 번뜩여 꼬투리를 잡으면 덧보태 일러바칠 수도 있고, 검정 거미의 입맛에 맞게 쫓아낼 만한 사건의 조작도 얼마든지 짜 맞출 수 있는 충견이 돼 기회를 노리고 있다. 등골이 서늘하다.

객쩍은 생각으로 자야 할 시간을 놓쳐 눈이 감긴다.

으리으리하게 꾸며진 부엌에서 음식 장만하느라 바쁜 어느 여자가 있다. 열서너 살이나 되어 보이는 소년이 구르듯 달려 나와 여자에게 신경질을 부린다. 어제 입었던 옷을 어디에다 두었냐고 눈알을 부라리고 여자는 기어들어 가는 목소리로 길 건너 헌 옷 수거함에 넣었다고 한다.

소년은 이어 백화점에서 새로 사 왔다는 옷을 입지 않겠다고 어머니에게 말한 걸 듣고도 왜 그 옷을 버렸냐고 박박 대들고 여자는 사모님이 시키는 대로 했다고 발뺌을 하느라 절절맨다.

소년은 분을 못 이겨 발을 쾅쾅 구르며 제 방으로 들어가고 여자는 조금 지나 미안함에 떠밀려 기색이 죽은 얼굴로 소년의 방으로 들어간다. 소년이 눈을 감고 누워있다. 여자는 전에도 해 본 적이 있는지 히죽 웃으면서 들고 들어온 수탉의 깃털로 소년의 얼굴에 갈지자를 써가며 간지럼을 태워 함께 웃는다.

박 기사가 저녁 음식을 가지고 와서는 뭔가 말하고 싶은 게 있나 본데 어물거리고 있더니 조심스럽게 입을 연다. "내가 주제넘게 할 말은 아니지만, 보기에 딱해서 하는 말이니 새겨들어요.

미스 김은 온 정성을 다해 우리 도련님을 일으켜 세우려고 이것 저것 가리지 않고 노력하는 건 알고 있지만, 그냥 표 안 나게 적당히 했으면 좋겠어요."

(사이)

"회장님도 분명히 알고 계실 텐데……."

미스 김이 입을 연다. "제 눈에는 회장님이 아드님에 대한 뭔가 맺힌 게 있어 보이는데 박 기사님은 알고 계시는 거 아닌가요?"

박 기사는 아무 말 않고 있더니 "실은 도련님이 여섯 살 때 큰길 가에서 놀고 있었다는데 달려오는 화물자동차에 칠 것 같은 동생을 본 형이 동생을 구하고 형은 그 자리에서 즉사했어요."

"저런, 그런 일이 있었구나."

사위는 숨이 막히게 고요하다. 끝머리에 붙어 있는 시간을 공짜로 날려 보낼 수는 없다. 뭐라도 하나 건져내려는 가난뱅이 근성이 불쑥 재랄을 떨어 병실을 이리저리 두리번거려도 깃털은 있을 리 없다. 가위가 없어 메모지를 눌러 접어 침을 발라 일자로 자르고 싱겁게 웃고는 영수 씨의 얼굴에 갈지자를 쓰고 코 밑을 종이 꼬리를 살랑살랑 흔들어도 꼼짝을 안 한다.

　심통이 나 나쁜 자식이라고 써 보고 미련곰탱이 같은 새끼라고 써가며 독살을 피워도 모두 다 말짱 헛일이다. 자리에서 일어나 인스턴트커피를 두 스푼 듬뿍 입에 물었다. 입안에 커피가 고약같이 엉겨 붙어 소태같이 쓰지만, 입가에 웃음을 머금고 영수 씨의 배 위로 올라탄다.

　쓰디쓴 혀로 입술을 벌려 잇몸에 문대고 입술을 물었다 놓았다 블랙커피의 기억을 밀어 넣고 또 밀어 넣는다. 한참이나 미친 짓을 하다 보니 이게 웬일인가?

　침을 꿀꺽 삼키는 영수 씨의 목울대를 보았다.

네펜데스 알라타

—————————————————————— 네펜데스 알라타

몸이 따습고 편안하다. 온기는 내 코와 맞닿은 건강한 숨에서 뿜어져 내게로 오고 있다. 손끝을 꼼지락거려 몸의 상태를 더듬고 있는 나는 지금 벌거벗고 있다. 아기를 품은 어머니처럼 날 포근히 감싸 안고 있는 이는 누구일까.

비에 흠뻑 젖어 개 떨듯 떨다 쓰러졌던 생각이 난다. 얼마나 쓰러져 있었나. 쉽게 그칠 비는 아니었는데. 그런 궂은날에 이 사람은 왜 산엘 올라갔을까. 정신을 잃었을 때 숨을 거뒀다면 계획대로 딱 들어맞았을걸. 이 좋은 기회를 놓쳤으니 젠장, 고마워하기도 원망하기도 고약한 처지다 보니 마음이 착잡하게 뒤얽힌다.

어깨에 팔이 풀려나면서. 온기도 이부자리에서 빠져나간다. 가느다란 실눈을 만들었다. 저녁인지 새벽인지 분간할 수 없는 희끄무레한 가운데 벌거벗은 몸으로 엉거주춤 방바닥에 옷을 집어 올리는 여인의 몸을 보았다.

소낙비에 얻어맞고 쓰러져 헐떡이는 나비의 명줄처럼 다급했던 경황이라지만, 자신의 따뜻한 체온을 서슴없이 내어 주려고 생판 모르는 외간 남자라는 것도 개의치 않고 옷을 벗어 던진 여인의 인정을 어디다 비하고 그 고귀한 온정을 받은 나는 무슨 복을 타고났을까.

여인이 밖으로 나간다. 방안을 훔쳐보니 등산용 램프가 천장에 매달려 있다. 전기가 없는 외진 곳인 모양이다. 방 윗목에 구닥다리 반닫이만, 덩그러니 있을 뿐이고. 같은 벽 쪽으로 대못이 가지런히 박혀 옷이 걸려 있다. 옷가지들을 보니 혼자 사는 여인이고 옷을 걸어 놓은 것을 보고 여인의 정갈스러운 성품을 엿보았다.

매캐한 내음이 방으로 스며든다. 아궁이에 불을 지피는가 보다. 여인이 들어오는 기척에 눈을 다시 감으려다 말았다. 여인의 얼굴을 가까이서 보았다. 얼굴 반쪽엔 화상인 것 같은 심한 흉터가 자릴 잡고 있다. 곱상한 얼굴인데 어쩌다 그런 일을 당했을까. 마음이 안쓰럽다.

여인이 혼자 왜 이런 외진 산골에 외롭게 사는지 이유를 찾은 것 같다. 머리맡에 개다리소반을 갖다 놓는다. 미음과 간장 종지가 있다. 몸을 일으키려는데 몸이 말을 안 듣는다. 여인은 애쓰지 말라는 측은한 눈으로 어깨를 토닥인다.

작은 숟가락으로 미음을 떠 입에 흘려 넣어 준다. 서너 숟가락째인가 울컥 먹었던 걸 다 게우고 말았다. 여인은 말없이 닦아주고는 소반을 옆으로 물린다.

뭘 하는가 싶더니 손을 이불 속으로 디밀어 배를 서슴없이 더듬는다. 아랫배에서부터 차근차근 손끝으로 꾹꾹 눌러 가며 뭔가를 찾는 듯했다. 마침내 명치끝에 닿는 순간 정확히 손끝이 멈추었다. 내심 무척 놀랐다. 이 여인은 뭘 좀 아는 게 분명했다. 주위에 위암 환자로부터 경험을 얻었든지 의학상식이 있는 것에는 틀림없다. 명치끝 부위를 살살 문질러 보고 다시 꾹꾹 눌러 보더니 손아귀로 덩어리를 움켜쥔다.

'아이쿠' 소리가 절로 튀어나왔다. 손아귀가 맵다. 여인은 미안하단 뜻인지 알았다는 뜻인지 또 배를 토닥이고 일어나더니 소반을 들고 밖으로 나간다.

　매달려 있는 램프의 불빛이 방 가장자리로만, 둥그렇게 밝히고 있다. 흡사 내 인생을 닮았다는 생각했다. 불빛 가운데는 둥그렇고 새까맣다. 직장생활을 삼십 년 넘게 했건만 보람을 느꼈던 일도 추억에 남을 일도 없이 불과 몇 달 만에 새까맣게 지워졌으니 말이다. 나이 육십. 어디 가서 늙은이 행세도 할 수 없는 나이에 죽을병이 들지 않았을 때도 무엇을 기다리며 살고 있는지 모를 만큼 내 인생은 황폐되어 있었다.

　어린 날 겪었던 부모님의 갑작스런 교통사고로 큰집에서 초등학교를 다녀야 했다. 다행히 큰집은 살림이 넉넉해 대학까지 다닐 수 있었다. 기를 못 펴고 자라서 그런지 키가 반에서 제일 작았다. 선생님이 코앞에 계시니 수업 시간에도 앞뒤 옆 친구들과 툭툭 치고 낄낄거리는 뒷자리 친구들이 누리는 학창 시절의 재미에도 끼질 못했다.

　직장생활도 처음엔 남들이 부러워하는 영업 전략팀에 발령이 났으나 얼마 안 가 본색이 드러나 말이 필요 없는 재고관리과로 옮겨졌다. 그것도 다행히 입사 시험 성적이 높다고 특혜를 받은 셈이다. 남들은 좋은 자리로 옮기고 싶어 상사의 눈에 들려고 아부를 서슴지 않는다는데 인사조차 먼저 하는 법이 없는 사람이 한 가지 고지식하고 일에 요령을 피울지도 모르는 성격 덕에 직장에서 제일 오래 버텨 정년퇴직한다고 칭찬인지 험담인지 수군거리는 소리를 들었다.

　처음 보는 사람들은 과묵하다고 했다가 차츰 재미없는 사람으로 끝내는 재수 없는 사람으로 굴러떨어지고 만다. 사실 결혼도 과묵한 청년이란 포장 덕으로 무난히 할 수 있었다. 결혼을 하면서 딴에는 성격을 고치려고 무진 애를 썼다.

모든 일을 상의하려는 아내에게 기껏 한다는 말이 '그냥 알아서 하구려'라는 말이 제일 쉽게 나왔다. 머릿속에선 이런저런 생각은 많으나 서로 뒤엉켜 정리가 되지 않아 그저 생각으로 끝이 나고 만다.

왜 속에 든 말을 하는 게 그렇게 힘이 드는지 알다가도 모를 일이다. 남들이 자랑스럽게, 정겹게, 위엄 있게, 처량하게 조잘거리는 걸 보면 분명 그들이 갖고 태어난 입속 모터를 난 달고 나오질 못했나 싶다.

처음엔 아내를 존중해서 하는 말처럼 들렸던 모양인데 얼마 가지 않아 짜증 섞인 말이 튀어나오기 시작하더니 끝내는 집안에 아예 없는 사람 취급을 해 버렸다. 직장에선 경주마 앞만 보게 안대 씌워 뛰듯 내 일에는 충실해서 로봇이란 별명을 얻었고 직장 상사들이 직원들에게 한눈팔지 말고 열심히 일하라는 말엔 꼭 재고관리과에 황 대리처럼.

여인이 들어오는 기척에 나는 급히 낯선 방으로 되돌아왔다. 다시 들여온 개다리소반엔 약대접과 숟가락이 놓여있다. 여인은 내게 바짝 붙어 앉아 엄지와 검지로 가볍게 턱을 내려 입을 벌려놓고 약을 뜬 숟가락을 입으로 보내는 게 보였다. 나는 순간 고개를 가볍게 가로저었다. 어차피 글러 버린 사람인데 아무 인연 없는 앰한 사람에게 헛고생을 시킨다는 마음에서 아니면 다 소용없는 짓이라는 표시랄까.

하여튼 헛된 호의로 혹여 나중에 마음의 상처를 입을까 하는 염려를 해서 일 게다. 그녀는 멈칫 놀랜 표정을 거두고 바로 싸늘하게 정색하고서 다시 숟가락을 입으로 보낸다. 나는 눈을 내리깔고 입에 힘을 뺐다. 등골이 섬뜩하게 갑자기 화상을 입은 쪽 검붉은 흉터가 바윗덩어리만큼 크게 눈에 들어왔다. 생각을 잘못했다.

지금의 몸 상태로는 기어서도 이곳을 나갈 수 없는데 그 얼굴엔 수틀리면 당장이라도 내쫓을 수 있다는 냉엄함을 똑똑히 보았다. 생각이 짧았다. 먼저 몸을 추슬러야 한다. 그만 약대접을 보는 순간 소용없다는 생각에 괜한 미움을 샀다.

잘해야 육 개월이라는 선고를 받았으니 이젠 길어야 이 개월 남짓 될 터인데 비에 젖어 쓰러진 사람이라 해도 언뜻 봐서 다 죽게 된 사람이라는 걸 짐작은 했을 터인데 인정에 끌려 집으로 데려다 놓은 건 이해를 할 수 있어도 몸 상태를 알아봤으면서 약을 달여 먹이려는 건 어떤 기대를 갖고 있다는 뜻 같아 더욱 짓누르는 부담에 마음이 무겁다. 약이 엄청 쓰다. 소태같이 쓰다는 말을 들어봤는데 아마 이게 그만치 쓴 것 같다. 이상한 건 마시고 얼마 안 가 나는 그 쓴맛을 다시고 있다.

연인은 소반을 들고 나가더니 조금 후 미음 상을 다시 들여왔다. 이번엔 얼굴을 밝게 하려고 안면근육을 어색하게 씰룩여 웃음기를 넣었다. 꼬리를 내렸다는 걸 보여 줘야 한다는 다급한 마음에서 눈치를 살핀다. 여인의 노여움은 아직 풀리지 않았다.

미음 대여섯 숟갈을 넘기면서 느글거림이 전혀 없다. 웬일일까 겁을 먹어 위장도 제 기능을 잃었나 약이 워낙 써 아예 기절한 것인가. 하여간 미음 반 대접을 비웠다. 집을 나온 지 보름을 훌쩍 넘기고 처음으로 뜨듯한 음식이 몸으로 들어왔다.

집을 떠나면서 짐 꾸러미에 생쌀 한 봉지를 사서 넣었다. 죽을 자리를 찾아다닌다는 심정으로 이산 저산을 헤매고 다니면서 산에 흩어져 있는 아무 잡초나 풀뿌리를 무턱대고 씹었다.

행여 독 기운이 있어 그 자리에서 생을 마감하길 바랐었다. 그러다 정 못 견디게 배가 고프면 생쌀 한 움큼을 입에 넣어 우물거려 허기의 고통을 달랬다. 그게 밥을 먹을 때보다 오히려 울렁증도 덜하고 속도 편했다.

여인은 하루에 세 차례 그러니 하루에 여섯 번씩이나 소반을 들고 드나들었다. 약 먹이고 조금 있다가 미음을 먹인다. 하루 이틀도 아니고 벌써 열흘이나 한결같았다.

생각해 보았다. 삼십 년을 함께 산 집사람이라면 이보다 더 잘할수 있을까. 극진한 정성에 대한 고마움 미안함에 몸 둘 바를 모르는시간이 흘렀다.

낯선 곳에서 생판 모르는 여인에게 신세를 져야 하는 껄끄러움이 둥그렇게 쳐 놓은 램프 불빛 안에 갇혀 신경이 바짝바짝 타들어 가지만, 한편 생각해 보면 내가 사정을 해서 들어온 것도 아니고 사정이야 어떻든 그쪽이 날 끌고 들어왔으니 못마땅하면 언제라도 내보내면 될 테고 나 또한 잠자코 있으면 그만인데 난 병적일 만큼 매사에 모든 걸 쉽게 생각하질 못한다.

예전에 책을 뒤적거려 찾은 병명은 대인공포증이라고 하니 항시 유리 어항을 머리에 이고 다니는 팔자라고나 할까.

오늘은 자리를 털고 일어나야겠다. 마음 같아선 일어서서 서성일수 있는 기력을 찾은 것 같고 어쩌면 며칠 안에 이곳을 떠날 수도 있지 않을까도 생각되었다. 일어나면 드러누워 궁금하게 여겼던 이 동네 풍경도 보게 될 것이다. 창틀 귀퉁이에 덧붙여 놓은 황소 눈깔만 한 유리 조각 너머에 있을 법한 풍경도 때때로 바꿔 보는 상상 또한 재미가 쏠쏠했다.

아침상이 들어오길 기다렸다. 아침상을 물리면 여인은 으레 점심때까진 방엘 들어오질 않는다. 여인이 소반을 들고 나갔다. 뜸을 들이다 들척거려 일어서려는데 머리에 뜨거운 기운이 스쳐 잠시 먹통에 잠겼었고 다리가 휘청거려 방안에서라도 서성거려 다리에 힘을 길러야겠다는 생각을 언뜻 했다.

유리 조각이 눈높이에 엇비슷하게 들어맞아 여인의 키를 가늠할 수 있었다. 가까운 곳에 이웃이 있으리라 생각은 했었다. 거리로는 크게 소리를 지르면 들릴 수 있을 만한 거리는 돼 보였다.

강원도 산골 집답게 토담 벽에 너와 지붕이 가난에 찌들어 보인다. 성글성글 잡목 가지로 엉성하게 엮은 담과 사립문이 닫혀있다. 아침 날씨는 을씨년스럽다. 찬바람에 쫓기며 허둥대는 낙엽들의 모습은 애처롭고 앙상한 나뭇가지에 힘겹게 매달려 나불대는 잎새를 보며 내 처지를 일깨우게 한다.

내가 그렸던 동네는 이렇게 살벌하진 않았다. 적어도 서너 집이 삼태기 안에 담겨 있듯 푸근함이 깃든 양지바른 산기슭에 작은 집들이었는데…

한참을 두리번거리는데 이웃집 사립문이 젖혀지더니 한 영감탱이가 나온다. 벙거지에 헐렁한 작업복 차림의 영감탱이는 망태기를 짊어졌다. 따라 나온 여편네는 양팔을 겨드랑에 깊숙이 끼고 삐딱하게 서 있는 것이 뭔지 못마땅해 토라져 있는 눈치다.

영감탱이는 여편네에게 들어가라는 손짓을 강하게 한다. 옥신각신하는가 싶더니, 여편네는 손을 들어 내팽개치는 시늉을 하고 이내 안으로 들어간다. 영감탱이의 대가 조금 더 센 모양이다.

영감탱이는 이 집 쪽으로 걸어온다. 영감탱이가 가까워지자 나는 유리 조각에서 눈을 조금 뒤로 물러섰다. 이 집을 지나쳐 가려는 줄 알았는데 밖에서 여인을 부르는 소리가 들린다. '여봐~.' 목소리를 억누른 소리다.

잠잠하더니 조금 있다가 부엌 쪽에서 소곤대는 소리가 간간이 들린다.

확실한 건 끝 자가 초 자로 끝나는 말이 자주 들리는 걸 보면 약초에 관한 말이 오가는 것 같았다. 목소리가 자리를 옮겨 마당에서 들린다. 어느새 내 눈은 아랫목 창틀에 붙어 있는 유리 조각으로 옮겨갔다.

두 사람은 마당에서 옷소매를 흔들어 가며 찌룩째룩 말장난을 친다. 영감탱이는 머리를 도래질 치고 여인은 막무가내로 등을 떠민다. 마침내 영감탱이는 양손을 들어 항복의 표시를 하고는 여인을 건넌방으로 잡아끌고 여인은 못 이기는 척 뻗대는 시늉만 하더니 영감탱이의 어깨를 툭 치고 제 발로 들어간다. 조금 후 두 사람은 모두 만족한 얼굴로 나온다.

아마도 내키지 않은 일을 시키고 칭얼대는 영감탱이에게 사탕발림한 모양이다.

열닷새 만에 자리를 털고 일어나 밖으로 나왔다. 다리는 후들거리고 찬 공기가 옷깃을 파고든다. 입었던 옷은 어데 두었는지 속옷 없이 입혀 논 헐렁한 솜바지 저고리 속 알몸이 추위에 움실거린다. 그냥 서 있기도 뭐해 어려서 해 보았던 국민체조를 생각하며 팔다리를 움직여 몸 상태를 점검해 보고 안심이 되었다.

여인이 마당에 나와 유치원 아이 체조하듯 앙상한 모습을 지켜보더니 미음 대신 죽사발 며칠 후엔 밥상이 들어왔고 어느 날 아침상을 물린 다음 내 물건을 다 꺼내 놓더니 갈아입고 밖으로 나오라며 획 방에서 나간다.

얼떨결에 일어난 일이라 여인의 얼굴을 미처 읽지 못해 불안하다. 무엇에 화가 난 얼굴이었나 입버릇처럼 한시바삐 떠나야 한다던 마음은 어디로 숨고 겁이 덜컥 난다. 그간에 길이 잘 들여진 들고양이처럼 눈치를 살피는 내 모습에 놀라 따끔 뒤통수에 불침을 맞고 얼굴이 화끈거렸다.

깔끔하게 챙겨놓은 배낭, 쓰러졌을 때 입었던 등산복, 속옷, 모자를 보면서 마음이 착잡했다. 쫓겨나는구나 이 추운 날씨에. 산에 쓰러져 산짐승 먹잇감이 될 뻔한 사람을 이만큼 돌봐 주었으면 됐지 무슨 염치로 뭘 더 바라고 있나 평생 끼고 살기를 바랐던 것도 아니고 머리를 흔들어 쓸데없이 얼쩡거리는 잡념을 떼어 버리고 후다닥 물바가지를 뒤집어쓴 개 튀듯 방에서 나왔다.

어찌 된 일인가. 여인이 산행하려는지 달라진 행색으로 마당에 나와 기다리고 있었다. 인사나 깍듯이 하고 떠나려 했던 나는 의아한 눈으로 그녀를 쳐다보았다.

"몸이 많이 좋아지신 것 같아 운동 삼아 함께 산에나 올라갔다 오려고요."

말없이 뒤를 따랐다. 건강한 여자라는 건 알고 있지만, 산을 타는 솜씨가 놀라웠다. 산나물을 캐는지 약초를 캐는지 동에 번쩍, 서에 번쩍 방방 뛰어다니는 모습이 꼭 겁 없는 토깽이 뛰어노는 모습

같아 혼자 맥없이 웃고 말았다. 갈팡질팡 쫓아다니다 얼핏 스치는 예감이 내보내기 전에 체력이라도 단련시키려는 게 아닌가.

그럼 난 이 추위에 또 어디로 헤매야 한단 말인가.

이왕이면 따뜻한 날 죽기를 바랐는데 그냥 날씨가 풀릴 때까지만 이라도 붙잡아 두었으면 좋으련만, 그럴 수는 없겠지. 영감탱이가 생쥐 꿀방구리 드나들 듯 드나들어 쏠쏠한 군것질에 푹 빠져 있는 사람이 뭣 하러 거치적거리는 혹을 달고 살려고 하겠나.

애매한 사람에게 송장까지 떠맡길 수 없다고 끌탕을 했었는데 이렇게 기력을 다시 찾았으니 이젠 알아서 떠나 주는 게 은혜에 대한 보답이라는 생각도 들었다.

당장 시야에서 없어지면 그걸로 그만이지 무슨 연관이 있어 애써 찾기야 하겠는가.

잡다한 생각에 빠져 있다가 그만 여인을 놓쳐버렸다. 바위가 앞을 가로막고 있다. 길을 잘못 들었는지 그녀는 보이지 않고 사방이 고요하다. 잠깐 사이에 이럴 수가.

큰 바위에 올라가 사방을 둘러보든지 소리라도 질러야 되는 게 아닐까. 아니면 이것이 그 기회가 아닐까. 마음이 빨리 가닥을 잡았다.

길이 아닌 후미진 곳을 택해야 그녀를 피할 수 있다고 생각했건만 산세가 워낙 가파르고 울퉁불퉁해 발 디딜 자리에 급급했고 시간이 얼마나 지났는지 배가 고프다. 배고픔에 늘쩍지근한 몸으로 움직일 수가 없었다. 배낭에 남아 있을 쌀 봉지 생각에 정신이 번쩍 들었다. 기대에 차 배낭끈을 풀고 안에 든 걸 끄집어내 보니 호미 한 자루와 큼직한 빈 포대 하나뿐이었다.

있어야 할 쌀 봉지와 말라비틀어져 있을 당근 서넛 뿌리는 물론 여유의 양말까지 모두 없어졌다. 실망과 낙담에 맥이 확 풀렸다. 꺼낸 물건을 보면 아직 내보내려는 생각지 않은가 싶다.

어물거리다간 곧 어두워질 것 같다. 사위는 빛을 잃어 가고 하늘자락이 검붉게 물들었다. 배 속은 비었고 어둠은 한기를 몰고 와 나는 분명 저체온증으로 생을 마감하게 될 게 뻔하다. 내가 바랐던 시나리오였고 지금 나는 그 기막힌 조건을 얻었다. 그런데 마음은 안정이 안 되고 급박하게 요변을 떨어 두려움이 무섭게 몰아닥친다.

의사의 가망 없다는 말을 듣고 어쩌면 잘된 일이라고까지 생각을 했던 내가 왜 이러는지 모르겠다. 그렇다고 더 살고 싶다는 마음은 없다. 그저 이 두려움에서 벗어나고 싶다. 서둘러 어둡기 전에 산 아래로 내려가야 한다는 생각과 따뜻한 음식이 있는 그녀의 집을 찾아가고 싶은 마음이 굴뚝같았다.

마음만 급했지 다람쥐 쳇바퀴 돌 듯 가도 가도 산 아래는 보이질 않는다.

분명 이쪽인가 싶어 애써 와보면 다시 저쪽 같다. 허둥대다 보니 어둠이 밀려온다.

쫓기는 나는 결국 어둠에 갇히고 매서운 추위에 혹독한 매를 맞는다. 영혼을 배반하고 추한 꼴로 살려고 발버둥 치는 내게 산은 온통 적막과 깊은 침묵으로 나를 원망하며 나의 인내심을 시험하려 든다.

춥다. 너무 춥다. 못 견디게 추워 나도 모르게 벌떡 일어났다가는 다시 앉는다. 가만히 앉아만 있는 것보다는 나은 것 같아 몸을 움직이기 시작했다. 겨울에 꿀벌들이 벌통에서 윙윙 날갯짓으로 추위를 이겨내는 지혜처럼 나도 앉았다 섰다를 반복하며 팔을 오그렸다 피는 날갯짓으로 열을 북돋는다.

숨이 차면 앉아 몸뚱이를 바짝 말아 바람맞는 면적을 줄였다. 열이 식을만하면 다시 시작하고 한번 하면 꽤 오래 버틸 수 있었다.

웅크리고 있다가 잠이 들면 끝장이라고 겁을 먹으면서도 깜빡 잠에 빠졌다. 솜이불을 덮고 있는 내가 보인다. 끙끙 앓는 소리를 내며 부들부들 떨고 있다. 그녀가 이불속으로 들어와 부둥켜안는다. 따듯한 온기가 전해졌는지 편해진 얼굴이 보인다. 고새 딴생각했는지 그녀의 품을 파고든다. 받아 주는 기색을 봤는지 점점 몸짓이 과격해진다.

갑자기 밖에서 누가 문을 열고 들어와 산통을 깬다. 황 씨~. 황씨~. 소리를 지르며 몸을 흔든다. 눈앞에 건넛집, 영감탱이와 그녀가 서 있어 정신을 차려 일어서려는데 몸을 가눌 수 없어 비실비실 옆으로 쓰러진다. 그녀의 업으라는 한마디에 나는 영감탱이에게 업혀져 산 아래로 내려왔다.

잠결에 티격태격 말다툼 소리가 들린다. 영감탱이는 끈덕지게 징얼대고 여인은 "안 돼." 한마디로 무 자르듯 단칼에 끊어낸다. 좀 더 듣자니 내 말들을 하고 있어 귀를 세웠다. 영감탱이의 투정엔 산속에서 하룻밤을 버틴 걸 보면 몸 상태가 걸어 나갈 정도로 좋아졌으니 이참에 그만 내보내자는 말과 다 지난 일에 뭐 달라질 게 있다고 그렇게 연연하냐고 닦아 세우고 여인은 연신 "안 돼." 소리만 크고 작게 맴돌다 끝내는 볼멘소리로 냅다 쏘아붙인다.

"이 썩을 인간아. 지금 몰라서 남 응어리진 속을 뒤집어 놓는 거야." 그 한마디는 나불대던 주둥이에 주먹 폭탄을 한 방 먹인 위력이었다. 끽소리 못하고 잠잠하더니 문 여닫는 소리가 들렸다.

이젠 이대로 있을 수는 없게 된 듯싶다. 나로 인해 두 사람이 툭탁거리는 건 부부도 아닌 사이이니 내 알 바 아니다 해도 그들의 애기 속에 여인은 날 상대로 또 무언가 계획하고 있는 것 같아 그게 부담감과는 다른 어떤 감정이 무섭게 가슴을 찍어 누른다.

몸은 일어나도 될 만큼 멀쩡한데 속마음을 감추고 며칠째 드러누워 구들장을 뭉개고 있다. 누워 이 생각 저 생각을 하다 불현듯 이렇게 남에게 신세를 지게 될 줄 알았다면 숫제 경찰서를 찾아가 모든 기억을 상실했다고 잡아떼 정부의 도움을 받았다면 지금쯤 어느 허름한 요양원에서 죽음을 기다리고 있을 텐데. 후회와 함께 기회는 생각보다 빨리 왔다.

두 사람은 내일 누굴 만나러 새벽 일찌감치 길을 떠난다고 한다. 내 저녁밥 걱정까지 하는 걸 보면 아마 늦게 돌아오는 게 분명했다. 때는 이때다. 무얼 챙기고 어느 쪽으로 튀어야 하나 생각대로 경찰서로 가는 게 낫지 않을까. 머리만 어수선했지 뭐 하나 똑 부러지게 세워 놓은 계획 없이 잠이 들었다.

눈을 떠 보니 그들은 벌써 떠나고 없었다. 서둘러 준비를 한다. 속내복을 못 찾아 등산복 속에 솜바지 저고리를 맨살에 든든히 껴입고 수건 하나는 목에 감고 또 하나는 머리에 둘러 귀까지 감았다.

식량도 챙겼다. 건넌방 가마니에서 쌀 두어 되를 퍼내 배낭에 넣었다. 인사말 없이 떠나 몰염치한 도망자가 되고 싶지 않아 고마웠다는 말 몇 마디 적어 상위에 올려놓고 밖으로 나왔다.

아니, 이게 어찌 된 일일까, 등산화가 없어졌다. 한곳에 내내 있던 내 등산화는 물론 여인이 찍찍 끌고 다니던 슬리퍼까지 없어진 걸 보면 의도적으로 감춘 것이 분명했다. 댓돌 위에서 망연자실 넋

나간 꼴로 뜰 아래에 떨군 눈에 띄는 게 있었다.

항아리를 싼 헌 솜옷, 그것을 젖지 말라고 덮어씌운 비닐을 보았다. 집안을 뒤져 찾은 양말을 겹겹이 껴 신고 겉을 비닐로 감쌌다. 몇 걸음 떼니 걸을 만하다. 서둘러 걸었다. 뒤에서 누가 쫓아오듯 급하게 발걸음을 뗐다.

두어 시간은 족히 걸었나 싶더니 장터를 만났다.

재수 없게 여인과 영감탱이를 마주치지 않을까 걱정이 되어 몸이 움츠러지는데 지나치는 사람마다 힐끔힐끔 쳐다보는 게 눈에 거슬렸다. 요즘 세상에 발싸개를 하고 남자가 머리에 흰 수건을 둘렀으니 영락없는 실성한 사람 꼴로 보일 게다.

도망치듯 장터를 빠져나왔다. 다행히 쫓아오는 코흘리개들도 없었다. 아무리 서둘렀어도 길지 않은 겨울 해에 부실한 몸으로는 바라던 큰 도시까진 가질 못했다. 날이 더 어둡기 전에 우선 잠자리를 찾아야 했다.

한적한 시골길 멀리 떨어진 곳에 서너 사내들이 서 있는 게 보였다. 가까이 다가가니 여염집과 다름없는 허술한 가겟집 몇이 모여 있고 한쪽 끝엔 호졸근한 간이역도 끼어 있었다.

사내들은 거나하게 취해 선술집 앞에서 잡담을 나누고 있었다. 그중 한 사내가 거북살스럽게 말을 붙여 왔다. 어디에 사는 사람이냐 어딜 가는 길이냐, 밥은 먹었느냐는 등 캐묻는 투가 실성한 사람인지 혹 치매에 걸려 길을 잃었는지를 넌지시 떠보는 모양이었다.

몇 마디 답변을 해 준 대가로 국밥 한 그릇을 얻어먹고 주점에 굴러다니는 헌 운동화까지 얻어 신어 그나마 행색이 좀 나아졌다. 잠자리는 간이역으로 정했다.

배도 부르고 께름칙하던 발싸개도 벗어 던져서 그런지 마음이 편해 잠이 쉽게 들었다. 한참 단잠에 빠졌는데 누군지 거칠게 잔칫집 비렁뱅이 몰아내는 것처럼 날벼락 치듯 흔들어 깨워 얼결에 영감탱이의 얼굴을 본 나는 흉몽을 꾼 사람처럼 소스라치게 놀라 영감탱이의 손을 밀치고 물러섰다.

여인은 팔짱을 끼고 못마땅한 눈으로 노려보고만 있다.

영감탱이는 날 일으켜 세워 끌고 가려 하고 나는 다리를 내 뻗힌 방패로 막고 있다.

밀고 당김의 자그락거리는 시간이 길어지자 그 두껍기만 하던 여인의 검붉은 흉터가 부르르 떨리면서 표독스럽게.

"다리몽둥이를 분질러서라도 빨리 끌고 가지 않고 뭘 그렇게 꾸물거려!"

무섭다. 등골이 오싹하도록 떨리고 무섭다.

여인의 매몰찬 태도에 지은 죄도 없는 내가 왜 주눅이 잡혀 할 말을 찾지 못하고 고양이 간 골에 쥐 죽은 듯 꼼짝 못 하는지 모를 일이다. 결국 나는 여인의 그 말 한마디에 내 몸뚱이를 영감탱이의 등에 맡겨졌다.

꿈결은 아닐 텐데 꼭 수면제 기운이 덜 풀려 몸이 붕 떠 있는 것 같이 몽롱했다. 정신을 차리려 안간힘을 쓰다 어느결에 다시 잠속으로 빠져들었다. 얼마를 더 잤는지 가물가물했던 정신에서 헤어나보니 이번엔 몸을 움직일 수가 없었다.

다행히 귓속은 잠잠해졌다. 눈이 부었는지 눈꺼풀이 무겁다. 가까스로 실눈을 떠 턱 아래 배꼽까지 볼 수 있었다. 그것도 몸이 말도 못 하게 부어서 볼 수 있다는 걸 알았다. 팔을 들어 올려 보려고 했다. 천근처럼 무겁다.

기다란 풍선에 물을 집어넣은 것 같다. 그런데 이건 그냥 부은 게 아니라 살갗이 모두 들고 일어나 발뒤꿈치에 생긴 물집처럼 잘못 건드렸다간 얄팍한 막이 찢어져 진물이 터져 나올 것 같은 두려움.

멀쩡하던 몸이 왜 갑자기 이렇게 되었나. 어처구니없고 화가 났다. 흡사 강에서 건져낸 시체처럼 퉁퉁 불어 널브러져 있는 몸엔 벌레 떼거리가 온몸에 새까맣게 달라붙어 스멀거리는 것같이 신경이 서성서성 뛰었다. 세상에 이런 고문이 또 어디 있을까.

신경을 곤두세우고 있는데 착 가라앉은 영감탱이의 목소리가 들린다.

"꿈틀거리는 게 정신이 드는 모양이군. 이제 그만 해독을 시켜주지 그래."

"미쳤어. 하다 말라고.? 왜 자꾸 딴소릴 지껄이는 거야. 이 우라질 인간아. 못 해도 세 번은 해야 된다는 말 듣고도 딴소리야."

"아니. 이 사람이 한 번 크게 당하고도 그 돌팔이 말을 믿어.? 이러다 멀쩡한 사람 잡겠군 하여간 독해."

"멀쩡하다니? 이 사람 이대로 놔두면 그냥 죽어. 그리고 어차피 글러 먹은 사람 아니었어?"

꼼짝 못 하고 듣고 있자니 기가 막혔다. 이것들이 지금 산송장을 주워 다 놓고 병원 놀이를 하는 것도 아니고 넨장 아무리 주워 온 물건에 지나지 않지만, 아직 목숨이 붙어 있는데 이건 너무 심한 게 아닌가.

화가 치밀어 치를 떨고 있지만, 그래 봐야 어쩌겠는가. 마음을 눙쳐 놨어도 뭔가 불안한 마음, 혹시나 하는 기대가 아닌 다가올 일에 대한 호기심이 자꾸 모락모락 피어오른다.

몸뚱이를 이렇게 만들어 놓은 약 맛이 다르다는 걸 알았다. 그동안 혀에 익숙해진 쓴맛이 아니다. 이건 무단 탈출병에 대한 암묵의 단죄가 아니고 원래 계획했던 수순일 게다.

여인은 또 얼굴을 꼴사납게 바꾸었다. 굳어진 얼굴, 불그죽죽하게 엉겨 붙은 흉터에 무언지 모르는 자신만만한 그런 웃음을 짓는데 나 또한 무서움이 아닌 미묘한 여유의 입맛을 다신다.

나는 이제 어떠한 일에도 침착함을 잊지 않으려 한다.

덤덤하고 차분한 무표정만이 그녀에 대한 나의 유일한 방패라고 믿기로 했다.

붓기가 빠질 만하면 약 먹여 다시 붓게 만들기를 네 번이나 반복하고 나서 약이 달라졌다. 마시고 나면 떫은맛이 입에 가득 차 입을 다물 수가 없었다. 그걸 아는지 들치근한 물을 연신 입에 넣어 준다.

약 효과는 놀랠 정도로 빨랐다. 자고 일어나니 거짓말처럼 몸이 가벼웠다. 수족도 마음대로 놀릴 수가 있다. 그 많은 물이 어디로 빠져나갔는지 오뉴월 햇살에 물퉁이 담요 마르듯 했다.

여인의 얼굴이 밝아졌다. 웃음기를 감추지 못하는 얼굴엔 그렇게 될 줄 알고 있었다는 자만과 거드름이 선무당처럼 유치하게 거들먹거렸다.

미음에서 죽사발로 옮겨질 무렵 조용하기만 하던 집안이 발칵 뒤집혀지는 일이 일어났다. 영감탱이가 아침나절에 다녀간 후 건넛집, 여편네와 동생이라는 두 여자가 쳐들어와 고래고래 고함을 지르며 불같이 날뛰면서 이 집 여인을 몰아세우고 돌아갔다.

듣자니 남의 집 남편을 툭하면 제집 하인 부리듯 그 먼 장터 심부름을 시키는 바람에 약초 못 캐 손해를 보고 장터에 나가면 으레 술을 마셔 몸 망치고 돈 없애 손해 보는 것도 마땅치 않아 속을 끓여 왔지만, 흉터가 있는 여자라 바깥나들이를 꺼리는가 싶어 이해하려 했단다.

그런데 요즘 들어 형부인지 개망나니 같은 늙은이의 태도가 하도 이상해 뒤를 밟았더니 역시나 두 연놈이 은근슬쩍 놀아나는 걸 알아냈다는데 저 유순한 언니가 어쩌질 못하고 혼자 속을 끓이다 참다못해 동생에게 하소연했단다.

더 화가 치미는 건 이 개망나니가 똥 뀐 놈이 성낸다고 이 집 말만 나오면 언니를 두들겨 패니 모든 불화의 사단은 당신이라고. '악을 쓰는데 이 집 여인은 다 오해라고 기어들어 가는 소리로만 어물거리는 덕에 싸움에 불씨는 크게 번지진 않았다.

동생 역시 모질지 못한 건 그 집 내력인 모양이다. 머리끄덩이를 낚아 쥐어뜯는다든지 살림살이를 깨부순다든지 포악과 악담을 퍼붓는 것도 다시는 안 만난다는 약조를 받아낸 것도 없이 불쏘시개 부스스 불붙다 말은 시늉만 하고는 돌아갔다.

몸에 붓기가 다 빠져 그저 몸만 가벼워진 줄 알았다.

그동안 내 몸은 그야말로 세탁기 안에 처넣어져 물통이가 되었다가 온갖 독한 세제로 문질러 쥐어짜고 맑은 물로 여러 번 헹구어 내 모습을 되찾은 것 같다. 새벽녘에 그녀는. 느닷없이 방으로 들어와 이불속으로 손을 디밀어. 옷을 들치고 배를 쓰다듬고 꾹꾹 눌러 가며 오랫동안 점검을 했다. 아랫배까지.

그러고는 내 얼굴의 볼을 엄지와 검지로 쥐더니 서너 차례 흔들고 나간다. 그러고 보니 배에 잡히던 멍울이 없어졌다. 뱃속에 깔쭉깔쭉 따끔거리는 중세, 메슥거림이 모두 없어진 걸 모르고 지냈다. 아니. 이럴 수가 할 말을 잊고 간간이 머리만 흔들고 있다.

요즘은 잡곡밥을 조그만 주발에 부슬부슬하게 뜬 적은 양이나 반찬에 신경을 쓰는 게 돋보였다. 끼니때마다 다른 산나물에 계란이나 닭고기를 빼놓지 않고 상에 올려왔다. 이젠 기력을 회복시켜 주려고 신경을 쓰고 있는 게 보인다.

여인이 떼어 내는 달력을 무심히 보았다. 이곳에서 너무 오래 지내고 있다는 생각이 불현듯 마음에 불이 붙었다. 몸이 완쾌되었는데 무작정 더 머무를 수는 없는 노릇이다. 어디로 가야 하나 집에선 만사에 보탬이 안 되는 사람이 넉 달이 넘게 없어졌으니 앓던 이 빠진 거라 치부하고 잘들 살 텐데 이제 와 ’나 살아 돌아왔소‘ 하고 들어가 집안에 가로 걸리는 짐짝이 되고 싶진 않은데 될 수만 있으면 이 집에서 더부살이라도 하면 좋겠다.

여인이 산엘 올라가는 날인가 보다. 아침상을 미리 차려놓았다.

아침, 점심밥 두 그릇을 아랫목에 묻어 놓고 새벽에 집을 나서며 요즘 날씨가 추우니 밖에 나갈 생각은 아예 하지 말라는 말을 잊지 않았다. 아침밥을 먹고 방에서 서성이다 창틀에 붙은 유리 조각을 통해 바깥 날씨를 가늠해 보았다. 나뭇가지가 얌전히 있다.

해는 숨어 있어도 비는 올 것 같지 않았다. 하는 일 없이 혼자 있자니 마음이 들까불어 밖으로 나왔다.

예상대로 바람은 없으나 들여 마신 찬 공기가 몸속 깊숙이 휘젓고 다니며 잠잠했던 맥박을 걷어찬다. 궁금하던 건넌방 문을 열었다. 시렁에는 약초 이름이 적힌 누런 봉지가 가득하고 방 한편엔 이

부자리 한 채 위에 베개 둘이 올려져 있다.

순간 영감탱이와 여인이 엉겨 붙어 있는 상상이 스쳤다. 역시나 하는 콧방귀에 씁쓸한 입맛을 다신다.

집 뒷마당도 들러보았다. 꽤 많은 땔감이 어수선하게 널려져 있다. 여인의 성격과는 영 딴판이다. 허기야 벌써 몇 달째 모든 신경질을 내게 다 쏟았으니 무슨 여력으로 집안일을 돌봤겠나 싶어 생각할 겨를도 없이 소매를 걷어붙였다.

직장에서 삼십여 년을 정리 정돈으로 숙달된 솜씨를 여인에게 보여 주고 싶은 얄팍한 마음에 풍선까지 매달았다. 오랜만에 이마와 겨드랑에 땀이 배도록 열심히 했다.

가지런히 싸놓은 장작더미가 직장 창고의 쌓아 놓은 상품을 보는 것 같다.

고단했는지 저녁을 먹자마자 곯아떨어졌다. 잠결에 삐거덕 방문 열리는 소릴 듣고 방으로 들어오는 체취에서 여자인 걸 알아챘을 땐 잠은 홱 달아나 버렸다. 창문이 희끄무레한 걸 보면 새벽인데 왜 이 시간에……

여인의 옷 벗는 사각사각 소리가 잠든 내 영혼을 흔들어댄다.

담금질

　영업팀으로 발령이 난 신입사원은 신영만뿐이다.

　팀장은 무슨 서류인지 보고 있다. 신입사원이 앞에 와 있다는 걸 알고 있으면서 딴청을 부린다. 만만치 않다는 걸 보여 주는가? 긴장을 늦추지 말라는 엄포인가? 하여간 애잇머리부터 군기를 잡으려 드니 직장생활이 녹녹지 않다는 걸 일깨운다.

　군대식으로 "신입사원 신영만이라고 합니다." 고개를 꾸뻑 숙였다. 그는 힐끗 쳐다보고는 다시 서류로 눈을 옮기고 건성건성 어느 대학 출신이냐고 묻는다.

　"G대학 나왔습니다." 어깨에 힘을 넣었다.

　"그게 어디에 있나?"

　애초에 기를 꺾으려는 그의 얄팍한 속셈이라는 걸 영만은 단박에 알아챘다.

　"경남에 있습니다."

　"공부는 신통치 않은 모양이군. 뭐 고향 근처인가?"

　"아닙니다."

　"그래? 무엇을 전공했나?"

　"국제통상학과를 전공했습니다."

　"그런 학과도 있나?"

참아야 하나 말아야 하나, 저울질하는데 열불이 심장을 세차게 걷어찬다. 원래 참지 못하는 성격에다 급하면 아버지에게 빌붙어도 될 만한 뒷배가 있어 남들처럼 굽실거려가며 비윗장이 뒤집히는 모욕까지 받고 싶지 않았다.

"지금 팀장님은 저의 인권을 모독하는 언사를 쓰고 계십니다. 시정하지 않으시면 법적 대응도 불사하겠습니다. 지금이 어느 때인데 부하직원을 하인 다루듯 하십니까?

"아니 이 사람 좀 보게나 자네 긴장을 좀 풀어주려고 한 말을 그렇게 고깝게 들으면 어떻게 해! 살벌하게."

부산하던 사무실 분위기가 정적으로 급변한다. 다들 끔벅끔벅 눈짓으로 무언가 주고받고 낄낄거린다. 더 이상은 위험하다는 신호가 더듬이에 감지되었다. 순간 상대를 눙쳐놓고 바로 빠져야 한다는 생각이 쏜살같이 고개를 내민다.

"그러셨어요? 저는 그것도 모르고." 어깨에 힘을 슬쩍 빼낸다. 두 사람은 이렇게 해서 서로의 기를 가늠해 본 셈이다.

팀장의 겉모양새를 얼른 봐서는 어수룩하게 보인다. 씨름선수 같은 체구에 거무튀튀하게 그을린 얼굴에다, 목소리는 버터를 발라놓은 듯 느끼하게 유들거려 어떻게 보면 혓바닥을 날름대는 남태평양 어느 섬사람 같다.

그 덩치에 요즘 유행하는 날렵한 옷은 어림도 없겠지만, 성격까지 털털한 탓인지 헐렁한 바지에 반소매 셔츠를 아무렇게나 입었다.

그래도 영만은 그를 털털한 사람이 아닌, 느물거릴 줄 아는 능구렁이로 보았다. 정해준 자리에 앉아 읽어보라는 서류를 들척이고 있으나 뭐하나 눈에 들어오는 게 없다.

생판 모르는 내용을 우격다짐으로 머리에 담으려니 쥐가 날 지경이다. 얼렁뚱땅 넘어가려고 해도 뭔가 열중하는 동료들로 단단히 쳐놓은 방어막을 뚫을 수는 없다.

나이가 든 여직원이 지나가면서 꼬깃꼬깃 접은 종이를 슬쩍 서류 밑으로 찔러 넣고 간다. 남몰래 보라는 뜻이다. 손으로 가리고 얼른 훑었다. '점심시간에 길 건너 중국집에서 만나!'

은밀한 만남이다. 덕분에 바늘방석에서 벗어났다. 궁금증이 우선 앞선다. 어떤 거래를 트려고 하기에? 동년배도 아닌 신참을 만나려고 하나. 어쨌든 여자라 약간의 긴장을 하고 그녀를 만났다. 선임 대리라고 자기소개를 한다. 그러니 잠자코 들으라는 소리다.

영업팀 직원이 팀장까지 열세 명에 대리가 넷이고 과장 자리가 비어있으니 팀장이 빨리 올라가든지, 실력이 없으면 미끄러져 쫓겨나야 밑에서 올라갈 텐데 꼼짝을 안 하니 뚜껑이 열린다는 말을 서슴없이 내뱉는다.

아니, 신입사원에게 다짜고짜 왜 이런 말을 하는지 뜻밖의 일이라 막대기처럼 지켜보고만 있었다. 서두는 거기까지고 바로 본론으로 돌입한다. 지금 팀장에게 불만을 품은 직원 여럿이 몰아내자는 의견을 갖고 있는데 미스터 신도 동참해주길 바란다고 한다.

영만의 눈이 크게 열렸다. 정신을 바짝 차리라는 신호다. 영만은 왠지 홍 대리의 말하는 태도가 낙찰계 계주처럼 보여 미덥지 않았다. 왜 날 끌어들이나?

"신참이 뭘 알아서 돕고 말고 합니까?" 어깨에 힘을 뺐다.

"아냐, 오늘처럼 당당하게 맞서기만 하면 되는 거야! 우리 영업팀 맹물들은 죄다 물러 터져서 당하고만 있는데 오늘 미스터 신을 보고 힘을 얻었어!"

식당을 나오면서 기분이 영 고약했다. 신입사원에게는 으레 구리 터분한 갑질을 한다는데 이건 또 무엇 하자는 건가? 때를 봐서 쿠데타로 과장 자리를 꿰차겠다는 말인데 여차하면 쫄짜를 불쏘시개로 쓰시겠다. 이거지 아니, 이 사람이 누굴 뭐로 보고 찔러 보는 거지?

의외로 마음은 잔잔했다. 다만 여자를 경계하라는 말이 입속에서 맴돌아 픽 웃고 말았다.

큰누나는 어릴 적부터 늘 나를 못마땅해한다. 그까짓 고추가 뭐라고 남동생 말이면 오냐오냐하며 떠받드는 어머니를 온 곱지 않게 눈을 흘기고 그때부터 큰 누나는 세 자매와 똘똘 뭉쳐 세를 키웠다. 아니, 큰누나 밑에 셋은 꼼짝 못 하고 복종해야 했다. 수에 틀리면 금방 후회하게 될 응징이 뒤따랐으니 그 대신 동생들은 복종의 대가를 톡톡히 받았다. 어미 깃 속에 병아리처럼.

그러더니 결혼하고 나서부터 더더욱 기가 살았다.

딸이라 넘보지 못한 자리에 앉혀도 손색없는 남편을 등에 업었다. 매형은 세무 전문직 공무원으로 일하다 누나의 등쌀에 견디다 못해 아버지 회사에 입사했다. 그것도 영만이 입사하는 날 매형도 인사 발령을 받은 것은 둘의 공정한 경쟁으로 승부를 결판내자는 누나의 제안을 아버진 받아들였다.

아버진 누나에 대한 애정이 첫정이라 그런지 남달랐다.

오래전 그날은 날씨가 흐렸다. 일기예보에서는 비가 온다는 뉴스가 없어 무방비로 비를 맞았다. 썰렁한 기분에 집 근처 포장마차에서 소주를 마시는데 옆자리 취객이 여대생 티가 나는 손님에게 치근덕거리는 걸 해병대 상병으로 휴가차 나온 젊은 피로는 도저히 보고만 있을 수 없어 한마디 한 것이 시비가 되어 주먹이 오갔다.

얼굴에 상처가 전혀 없는 영만은 난데없이 불량배가 되어버렸다. 그때 누나를 경찰서로 부르게 된 것이 누나의 비장 무기가 되어 요긴하게 휘두르고 있다.

영만은 의외로 난폭한 성격에다. 참을성이 없다. 부하직원을 설득할 경험도 없다는 등 험담으로 아버지의 고루한 고집을 꺾는데 양념으로 친 모양이다. 그러한 데다가 매형은 태생이 그런지 몇 년 공직생활에서 물이 들었는지 손바닥까지 비빌 줄 아는 너구리이니 결코 만만한 상대는 아니다.

며칠 일을 하면서 보니 짐작대로 팀장은 매사에 주도면밀하다. 영만에게 내어 준 첫 임무는 영업부에서 추진하고 있는 모든 프로젝트를 한눈에 볼 수 있고 관리할 수 있는 컴퓨터에 데이터망을 구축하라고 한다.

그는 작업 지시를 하면서 전문용어를 쓰지 않았다. 컴퓨터 프로그램을 만들라고 하면 될 것을 연신 "왜, 그거 있잖아."를 입에 달았다. 삐딱하게 들어서인지 의심이 들었다. 팀장 자리에 앉은 사람이 컴맹?

아니, 그야말로 걸음마를 겨우 떼는 햇병아리에게 어떻게 생겼는지도 모르는 메뚜기를 잡아 오라 해놓고 나 몰라라 하는 건 알아서 그만두라는 게 아닌가 하고 잠시 망설였다. 앞이 캄캄하다. 아랫것이 박박 대들었다고 그걸 꽁해서 분풀이까지 해야 하나? 덩칫값도 못 하는 사람.

　그냥 손 놓고 있을 수 없어 프로젝트 담당자인 박 대리에게 거머리처럼 달라붙어 진을 빼려 했다. 초짜에게 대하는 그의 텃세도 만만치 않았다. 그저 귀찮게 굴지 말고 알아서 해라. 바빠 눈코 뜰 새 없는데 누굴 도와주고 말고가 어디 있냐고 얼굴을 붉힌다. 퇴근 시간에 맥주나 한잔하자고 사정도 해봤고 죽는시늉 아부 다 소용없었다. 하는 수 없이 마지막이라 생각하고 협박 아닌 협박을 흘렸다.

　다들 나 몰라라 하니 내 나름대로 분석해서 만들어야 하겠는데 프로젝트의 내용을 확실히 모르면서 만들다 보면 엉뚱하게 나쁜 쪽으로 치우치지 않을까, 걱정되어 박 대리님에게 도움을 청했으나 알아서 하라는 무책임한 말만 들었다고 할까요?

　협박조로 을러댔다.

　효과는 생각보다 빨리 왔다.

　이게 아직까지는 몇몇 직원만 아는 일이라 남들이 보는 회사에서는 안 되겠으니 집에서 만나자고 한다. 생판 모르는 문제를 가정교사에게 배우는 기분이 들었다. 박 대리 말마따나 이렇게 모르는 숙맥에게 왜 이런 엄청난 일을 맡겼는지 모를 일이라고 하면서 뒷줄이 있지 않나? 의심하는 눈치였다.

　이 회사는 장래가 촉망되는 중소기업이라고 알고 있다.

　보일러를 만들던 기술자 몇 명이 의기투합하여 새로운 메커니즘의 보일러를 만들어 회사를 차렸다고 한다. 아직 자본금이나 회사 인지도가 낮아 영업실적이 저조하다만 직원 모두 희망에 부풀어 있고 영만도 알아볼 만치 알아보고 입사를 결심했다.

　영만은 데이터 프로그램을 제작하면서 우리 제품의 우수한 메커

니즘과 타 회사 제품의 차이점까지 두루 섭렵하여 이론상의 기술을 터득하였고 이 직장에 대한 많은 흥미와 기대하게 되었다. 또한 제품의 디자인과 도색만으로도 고품격을 창출해 내는데 큰 역할을 한다는 것도 배웠다.

팀장은 칭찬에 인색했다. 딱 한 마디만 "쓸 만한데."

박 대리를 따라 건설회사에 보일러 컨설팅 세일즈에 나섰다. 영만은 일주일 내로 박 대리로부터 고객 확보의 요령을 터득하라는 임무를 받았다. 박 대리는 매사에 서두르는 법이 없다. 그는 자상하고 눈빛만 봐도 믿음과 정감을 불러일으키는 온화한 얼굴을 가졌다.

그가 고객을 설득할 때, 영만은 여러 번 자리를 박차고 일어나려 했었고 때려치우자고 악을 쓰고 싶은 울뚝 성미가 치밀어 오르는 것을 힘들게 참느라 어깨의 힘이 들락거렸다. 그는 인내 끝에 싱글싱글 웃으며 일을 성사시키는 저력을 보여 주었다.

영만은 며칠 사이에 바짝 달라진 직원이 되어 회사의 특명을 받았다. 첫 무대는 H 건설의 신도시 아파트 프로젝트에 우리 회사 제품을 선보이라고 한다. 그것도 독단으로 하라니 초짜에게는 말도 안 되는 소리인데 한술 더 떠 경쟁 입찰에 들어가기 전에 아주 납품계약까지 따내 보라는 터무니없는 주문을 한다.

과장은 재미를 붙였는지 점점 더 어려운 일을 맡기고 알 수 없는 야릇한 웃음을 입가에 띄우며 사무실을 둘러본다. 그 의미는 모든 직원도 다 알고 있으라는 귀뜀이다.

공략에 대한 회사의 특별한 전략이 있냐고 물었다. 그냥 알아서 한번 해보라고 한다. 어이가 없었다. 새끼를 낭떠러지에 떨어트리는 사자의 스파르타식 교육인가?

이도 저도 아니면 왜 유독 영만에게만, 이런 극기 훈련을 시키는지 알 수가 없다.

아무리 머리를 쥐어짜도 왜 미움을 샀는지 물기 하나 비치지 않았다. 그렇다면 남의 눈에 띄는 멀끔한 허우대나 내세울 만한 학벌이라도 있어야 하는데 그것도 아니다. 갑자기 밑도 끝도 없는 엉뚱한 생각이 들었다. 입사 때 시험관 중에 관상쟁이가 끼어 있어 영만에게 숨어 있는 대단한 길쾌를 귀신같이 집어내었나?

이미 떨어진 특명을 거역할 수 있는 명분을 찾지 못했다. 이럴 땐 차라리 굽힐 것 없이 당당하게 나서는 게 낫겠고 어쩌면 기회가 될 수 있다는 마음도 들었다.

건설사의 시설물 담당자와 통화하는 것도 쉬운 일이 아니었다. 직통전화가 아니고 비서인지, 대리인지 중간에 끼어 있어 굽실거리며 전화를 하는 게 왠지 쪽팔리는 것 같아 오전에 두 번 하고 말았다.

메시지를 남겼는데 깜깜무소식이다. 점심을 간단히 때우고 전화기를 만지작거리다 건설회사로 쳐들어갔다. 현대식 고층빌딩은 고개를 뒤로 발딱 젖혀야 끝까지 바라볼 수가 있어 빌딩 밖에서부터 주눅이란 놈이 덤벼들려고 했다. 안내데스크에서 면회를 신청했다.

예약이 되어있지 않으면 명함만 놓고 가라고 해서 사정사정하는데 누군가 뒤에서 어깨를 툭 친다. 뒤돌아보니 말쑥하게 정장으로 차려입어 몰라보게 변한 놈은 놀랍게도 고등학교 동창생이다.

대기업의 직원은 걸친 옷부터 달라 보였다. 놈은 내 손을 꼭 잡고 구내 커피숍으로 잡아끌었다. 그때까진 순수한 우정이다. 건넨 명함을 받더니 뜻밖이라는 말을 되뇐다. 꺼덕거리더니 별 볼 일 없다는 눈치다.

그놈과 함께 학교에 다닐 땐 놈의 눈엔 선망의 대상이 나였을지도 모른다. 부잣집 아들이란 소문은 지방 소도시에서는 모를 수 없는 일이고 학교 성적도 남에게 빠지지 않아 친구들 간에 인기가 있어 친구 여럿을 몰고 다녔다.

그러던 친구가 보일러나 팔러 다닌다니 안됐다 안됐어. 아니, 깨소금 맛이라는 마음에 바로 눈을 내리깔았고 나는 어깨 힘을 바짝 빼냈다.

그래도 친구의 주선으로 담당자를 쉽게 만났을 수 있었고 회사와 제품에 대해 정성을 기울여 가며 소개했으나 그 계통에 전문가라는 사람이 우리 제품에 대해선 들어본 적도 없다고 해서 이번 기회에 시설과 직원들에게 우리 보일러의 장점에 대해 프레젠테이션을 열게 해달라는 부탁을 해 허락을 받았다.

대단한 기회를 잡은 우쭐한 기분에다 어쩔 수 없이 친구에게까지 추한 모습을 보여 준 기분은 영 말이 아니었다. 찝찝한 기분으로 회사로 돌아와 전문가를 붙여달라는데 기술 개발과로 가보라는 말 한마디만 한다. 오늘은 그 낯짝에 침이라도 뱉고 싶었다.

큰일을 맡겨 놓고 도움을 주지 않으려고 작정을 한 사람 같았다. 알 수 없는 사람이다. 회사를 말아먹기 딱 좋은 인간이란 생각을 하면서 속에서 욕설이 난장을 친다.

프레젠테이션은 성공적으로 끝을 냈다. 엔지니어는 회사 소개를 하면서 유학파 공학박사가 회사를 설립했다고 말해 깜짝 놀랐다.

누구일까? 아는 사람만 아나?

엔지니어와 함께 견본용 보일러를 트럭으로 옮기는데 중년 신사한 분이 말을 건다. "수고들 하네!" 웬 사람인가 해서 쳐다보니 사장이다.

사장은 영만에게 볼 일이 있다며 확 낚아채듯 일행에게서 빼내차에 태운다.

사장은 영만에게 자주 만나는 친한 친구들에 대해서도 어떤 친구이냐? 무슨 일을 하고 얼마나 자주 만나는지 꼬치꼬치 캐묻는다.이 양반이 사윗감을 고르고 있나?

대답을 듣는 사장의 태도는 이상하리만치 신중했다. 잠깐 말이끊어져 한숨 돌리려는 참에 팀장의 성격에 대해 말머리를 돌리는데누구에게서 들었는지 팀장의 험담을 늘어놓는다. 듣기만 하는 영만은 섬뜩했다. 혹시 회사 곳곳에 프락치를 심어 놓았나? 하는 생각까지 들었다.

"자네는 아무 일 없었나? 그 사람 성격에 그냥 넘어가지는 않았을 텐데." 머릿속을 설핏 스치는 경고가 울렸다. 말려들지 말자! 말없이 그냥 얼굴을 우그려 웃음기만 슬쩍 담았다.

사장은 또 부추겨 등을 떠민다. 직원들이 솔직히 말을 해 주어야어떤 조치라고 내릴 것 아니냐고 다그친다. 어떤 말이라도 해야 끝이 날 것 같아 입을 열었다. 사람마다 성격이 다 다른데 일일이 꼬투릴 잡아 고깝게 들으면 어떻게 직장생활을 할 수 있냐고 손사래를 쳤다.

사장의 얼굴이 편해지고 얼굴엔 환한 웃음이 번졌다.

H 건설의 납품 문제는 경험자들로 따로 팀을 꾸렸다고 한다. 팀

장은 이어 영업팀에게선 홍 대리가 합류하게 되었다고 한다. 홍 대리는 놀라는 기색 없이 동료들에게 손을 살래살래 흔든다. 그리곤 영만을 흘끔 쳐다보고 싱긋 웃는다. 무슨 의미일까? 좋은 감정은 들지 않았다. 농락당한 분노가 꿈틀댄다. 그래도 놀아나지 않았다는 안도감에 후유, 숨을 내쉬고 있는데 지켜보던 직원들도 당연하다는 눈치다. 박 대리도 그러하다. 사무실 돌아가는 낌새를 모르겠다. 분명한 건 회사라는 조직체에서도 마치 전쟁을 방불케 하는 권모술수, 아귀다툼이 난무한다는 것을.

며칠 외근 맛을 본 나는 해종일 사무실에 처박혀 있자니 온통 좀이 쑤셔 몸이 비비 꼬였다. 영업부 다른 직원들은 팀장의 눈치 안 보고 들락거리는데 영만은 답답하다. 이대로 언제까지나 비위에 안 맞는 팀장과 함께 내근만 하게 된다면 버틸 수 있을까? 하는 절박감을 느꼈다. 영업팀을 지원한 것도 영만은 자신의 동적인 성격을 알아서인데.

"팀장님 저에겐 외근 맛만 보이고 마시렵니까?"

"뭐 특별히 뛰어난 게 없으니 어쩌겠나?

그리고 그런 이야기를 사무실에서 꺼내 좋은 일을 기대하는 자네에게 문제가 있다는 생각은 안 해봤나? 직장생활을 하려면 융통성이 있어야 해! 곱창집에라도 가 소주로 내 정신을 흐려놓고 해야 할 말을."

머쓱해서 제자리로 돌아왔다. 사장에게 다 털어놓을 걸 그랬나? 그만두자!

다음 날 과장이 서류 봉투를 내밀었다. 어제 일이 마음에 걸려 일거리를 만들었나 하고 반겼다. 번역하라면서 급한 일이니 시간을 끌지 말라고 하고는 가다 말고 돌아다 보며 입사 지원서에 번역과 통역이 가능하다면서? 군말하지 말라는 소리다.

성당을 다니면서 방학 때면 미국인 신부에게 틈틈이 영어를 배운 게 있어 취직에 도움이 될까 하고 써넣었다. 겉장을 읽어보니 회사 업무와는 동떨어진 '한국형 경제시스템'이라는 제목에 논문이었다. 아무 말 없이 하려다 쫓아가 물었다. "업무의 연장입니까?"

"그런 건 왜 물어?"

"아니면 거부할 수도 있으니까요!"

"마음 내키는 대로 해!"

"그냥 해드리는데 이건 제 아량입니다."

경제시스템이라니! 아마도 아들이나 딸이 경제과를 다니는 대학생이 있나 보다. 부하직원을 제집 머슴 부리듯 하면서도 미안한 구석이라곤 눈을 씻고 봐도 없는 걸 보면 양심이란 것도 낯가죽처럼 검고 두꺼운 모양이다.

갑자기 그것도 전공 분야가 아닌 학술논문에 손을 대려니 기가 꽉 막혔다. 작업은 너무 느렸다. 게다가 서둘러 달라는 소리가 귀에 맴돌아 똥줄이 탔다. 하는 수 없이 사무실에서 밤을 새우겠다고 마음을 먹으니 되레 궁둥이를 붙일 수 있었다.

공을 들인 보람으로 마음 흡족하게 번역을 끝내 과장에게 건넸다. 자리로 돌아와 과장을 곁눈으로 슬쩍슬쩍 흘겨본다. 봉투를 열고 서류를 꺼낸다. 훑어보는 게 아니고 신중하게 읽는다. 저 인간이 읽을 줄이나 알고 저러나? 내 곁눈질을 의식하고 능청을 부리나? 모를 일이다.

서류에서 눈을 붙이고 있는 시간이 꽤 나 길었다. 덩치에 맞게 인내심은 있네[!

연기력도 좋고 눈이 서류에서 떨어져 멍하니 허공을 응시한다. 눈을 살포시 찌그리는 게 뭔가 계산하는 눈치다. 슬쩍 입가에 웃음기를 잡았다 놓고 제 모습으로 돌아왔다. 팀장이 부른다.

"이거 다른 사람 손을 빌렸다면 지금 말하는 게 좋아!"

아니, 이 인간은 어떻게 생겨 먹었기에 세상을 모두 삐딱하게만 보나?

삐뚤어진 인간! 이런 사람의 아들로 태어나지 않은 것만으로도 축복을 받았다고 생각했다. 지금 그의 얼굴은 험악하지 않다. 왠지 지금은 어머니의 걱정스러운 얼굴을 보는 것도 같다는 생각이 들었다.

"아닙니다. 누구의 도움도 없었습니다." 어깨 힘을 바짝 올려붙였다.

"그러면 지금 회사에서도 이 정도로 번역을 할 수 있단 말이지!"

"네, 제가 아는 분야에서는 가능합니다."

"제법인데 아주 날라리는 아니구먼, 됐어!"

되기는 뭐가 됐다는 건지? 이 인간이 뭘 좀 아는 건가? 알다가도 모를 일이다.

걸머진 짐을 벗은 기분으로 사무실을 나와 자판기에서 커피를 뽑는데 3층 회의실로 오라는 홍 대리의 메시지를 받았다. 듣는 순간 짜증부터 났다. "왜, 또 오라 가라야, 밥맛없게!" 무엇 때문에 못살게 구나?

팀장의 삐딱한 성격이라도 등에 업을 생각을 하고 고자질하는 심정으로 과장에게 홍 대리가 오라 한다고 퉁명스럽게 보고를 하니 왜냐고 묻지 않고 얼른 가보라고 한다. 점점 내 의구심에 부채질하는 것 같았다. 둘 사이도 의심이 된다.

회의실에는 네 사람이 머리를 맞대고 있다. 사람이 들어왔다는 걸 뻔히 알면서 자기네 대화를 이어간다. 기분이 더럽다. 왜 다들 곱지 않을까? 영만은 괜히 사무실을 둘러보면서 시큰둥한 여유를 부렸다. 홍 대리가 빈정대는 투로 "왔으면 합석을 해야지 왜, 건들 거려!"

"뭐 하는 자리인지도 모르면서 덥석 앉으라고요?"

"신입사원이 꽤나 깐족대는군."

한마디 더 하려다 말고 자리에 앉았다. 그중 좌장인 듯한 사내가 입을 열었다. 기술 개발부 김 부장이라 밝히고 번역할 게 있어 불렀다고 한다.

서류 한 부는 H건설이 미국계 은행에 융자서류를 보내려는데 구매상품에 대한 정보가 필요하다고 하고 이번 기회에 회사 상품의 선전용 팸플릿을 영문으로 만들려고 한다고 한다.

일손을 덜어 주려 했는지 기계의 구조나 원리, 부속품 명칭은 다 영어로 넘겨주어 다행이다. 그래도 기계에 대해서는 까막눈이라 쉬운 일은 아니었다. 끙끙거리며 번역을 끝내고 나서 창밖을 내다보고 있는데 홍 대리가 번역을 끝냈냐고 물어 영만은 서류를 홍 대리에게 건넸다.

홍 대리는 서류를 훑어보더니 "이걸, 번역이라고 해놓고 나 참 어이없어서!"

"뭐가 잘못되었습니까?"

"이거 전부 회화체로 해놓으면 어떡해?"

좌중의 시선이 일제히 홍 대리에게 쏠린다.

분위기는 그녀의 폭탄에 수런수런 흔들리더니 번역본을 보려고 서로 손을 내민다.

영만은 쇠망치로 얻어맞고 나자빠진 사람같이 멍하니 있기만 했다. 어깨 힘을 넣지 않은 게 다행이다.

그네들도 뭘 아는지 손가락으로 글자를 짚어가며 뭐라 하는데 내겐 하나도 들리질 않았다.

정신을 차리고 반격에 나섰다. 어디 한번 나서봐라! 어물쩍은 못 넘어간다.

"그래, 어떻게 고쳐야 회화체에서 벗어날 수 있습니까?"

그녀는 몇 줄을 다시 읽고 나더니 서슴없이 뚝딱 번역하고 내게 내민다. 심장이 뛴다. 서류를 잡는 손이 부르르 떨렸다. 사기를 당한 분한 마음도 들었지만. 놀랍도록 명쾌한 번역이다. 눈을 아무리 끔뻑거려도 빈틈이 없다. 다행히 무엇이 잘못인지 바로 알아챘다. 문법보다는 악센트에 충실하면 된다는 걸.

우선 꼬리부터 내렸다.

"이렇게 잘하시는 분이 왜 저를 부르셨나요?"

"좀 할 줄 알면 혼자서 다 해야 하나?"

사람들을 우습게 본 건 아니다. 아는 대로 하면 꿀릴 게 없다고 생각한 것뿐이다.

지금도 달라진 건 없지만, 회사 사람들 모두가 무서워졌다. 그동안 홍 대리와의 있었던 일, 팀장하고의 일, 모두를 되짚어 보았다. 아무리 들쳐도 후회할 일은 없었다. 그래도 무언가 찜찜하지만, 번역 일에서 배운 것도 많았고 능력을 인정받았다.

팀장으로부터 또 다른 지시를 받았다. 대리 하나가 병가로 당분

간 휴직하게 되었다며 그의 임무인 하청업자 쫑파티에 다녀오라고
한다. 보일러 시공은 모두 하청업자에게 도급으로 맡기는데 시공
일자를 맞춰주면 고맙다는 인사로 술대접을 하는 게 관례라고 하며
회사법인 카드를 건넨다.

　식당에 들어서서 두리번거릴 필요는 없었다. 작업복 차림의 사람
들이 죽 늘어앉아 술잔을 주거니 받거니 거친 말로 떠들어 대는 사
람들은 보나 마나 보일러공들이다.
　하청업자 김 사장도 한눈에 알아봤다. 막노동판에서 잔뼈가 굵은
사람답게 잠바 차림의 우락부락하고 건장한 사내다.
　인사를 청하자 건성건성 맞잡은 손을 흔들며 술자리에다 대고 본
사에서 나온 분이라고 고함을 친다. 그 소리는 무엇인가를 알려주
는 코치를 하는 것처럼 들렸고 그에 응답이라도 하듯 여기저기서
빨리 와 앉으라는 손짓을 보낸다.
　옆 테이블에 앉은 여자 손님들도 손짓한다. 식당에는 빈 테이블
이 많은데 저 여자들은 왜, 시끄러운 자리에 앉아 있나? 하는 생각
을 했다. 그녀들은 네 명이다. 옆 사람이 툭 치더니 귀에 대고 "사
장이 데리고 노는 여자들이야."
　사장은 불쾌한 얼굴로 한 자리씩 옮겨 다니며 봉투를 찔러 준다.
옆 사람이 또 귀에 대고 보너스 봉투라고 나지막이 귀띔해주었다.
사장은 옆 테이블의 한 여자에게도 봉투를 내밀고 엉덩이를 토닥인
다. 다들 만족한 얼굴로 파티는 쫑났다.
　계산대에서 식당 주인이 두 테이블의 계산서를 합하는 걸 보고
신경이 곤두섰다. 주인에게 하나는 우리 것이 아니라고 했다. 주인
이 난처한 표정으로 사장의 얼굴을 쳐다본다.

"그 여자들 내 손님들이야!"

"그럼 전 이쪽만 내면 되겠네요?" 어깨 힘이 들어갔다.

"이거 왜 이래? 초짜라 모르는 모양인데 그냥 다 계산해도 야단 안 맞을 테니 걱정은 마!"

"아닙니다. 이건 경우가 아니죠!"

"그래? 그럼 그만둬!"

사장은 화를 못 이겨 얼굴은 붉으락푸르락하고 씩씩거리며 자기 카드로 계산 몽땅하고 휙 나가버렸고 남아 있는 기술자들은 물론 사장의 여자 친구와 식당 주인까지 나를 외계인 보듯 흘깃거려 당당하던 기세는 물바가지 뒤집어쓴 개꼴이 되었다.

경과보고는 해야겠기에 팀장 앞으로 다가갔다가 내던지는 서류 뭉치에 얻어맞았다.

하청업자가 우리 일을 보이콧한다고 하니 알아서 마음에 드는 업자를 데려오든지 기술을 배워 직접 하든지 꼴리는 대로 하라고 악을 쓰고 자리를 뜬다.

왜 그랬을까? 꼭 그래야만 했나? 아냐, 잘했어! 잘했다고 뒤집어진 속을 토닥이고 토닥여 삭인다.

횡단보도 앞에 섰다. 신호등에 녹색등이 켜졌는데 발이 들러붙어 떼어지질 않는다. 갈 곳을 잃었다. 얼마나 서 있었는지 알 수 없다. 끊기지 않고 울려 대는 전화벨 소리에 제정신이 들었다. 빨리 회사 회의실로 가보라는 박 대리의 목소리가 신경질적이다.

올 것이 왔군! 징계 위원회라는 생각이 가슴에 바윗덩어리가 내리눌린다.

이젠 어떻게 해야 하나? 발 뻗을 자리가 없다. 일그러진 어머니 얼굴에 표독스러운 큰누나의 얼굴이 겹친다.

머릿속엔 갖가지 생각들이 급하게 들락거린다. 어렵게 하나 잡히는 게, 우선은 유학으로 소낙비를 피하는 게 상책이란 생각이 들어 한숨을 몰아쉬고 회의실에 들어섰다.

회의실 분위기가 의외롭다. 사장과 팀장이 웬 외국인 두 사람과 유창한 영어로 대화를 나누고 있다. 지금 팀장의 목소리는 뭉게구름처럼 우렁차고 여유롭다. 또한 외국인은 팀장에게 말끝마다 닥터라는 존칭을 붙인다.

"우리 집 막냇동생에게 얻어맞지는 않았겠지?"

"무슨 말씀인지?"

"아, 하청업자 김 사장이 우리 집 막내이고 내가 첫째 그리고 사장이 둘째라고.

그렇게 해서 셋은 삼 형제라고!

영만은 무언가에 얻어맞은 것처럼 어이가 없어 팀장을 쳐다본다. 눈이 마주치자 팀장은 씨익 웃으며 "하여간에 영만 씨! 잘 이겨냈어!"

오가는 말은 L.A. 지점 개설에 대해서인데 영만의 주거 문제까지 거론하고 있다. 미국인이 내게 말을 걸었다. 결혼했느냐? 얼마나 빨리 떠날 수 있는지?

영만은 얼떨결에 L.A. 지점장이 돼 있었다. 어깨의 힘이 자릴 잡았다.

불편한 관계

　벌건 대낮에 해피가 마룻바닥에 바짝 웅크린 채 곯아떨어졌다. 온밤을 뜬눈으로 밝혔으니 제 간 놈이 용빼는 재주가 있을 턱이 없겠다. 구석에 웅크리고 있는 모습이 흡사 장마철에 급하게 팽개친 물통이 빨래 뭉치처럼 보인다.

　그놈 입장에선 천지개벽이 일어나지 않는 한 끄떡도 안 할 말뚝을 박아 놨다고 자신을 가졌던 자리일 텐데 갑자기 나타난 놈팡이가 빼내려 드니 놈은 미치고 환장할 노릇일 게다.

　이놈이 내 아내에게 삼 년이란 긴 세월 동안 간이며 쓸개를 다 빼놓고 온갖 재롱과 서비스로 공을 들여 잠자리까지 꿰찼으니 적어도 이 집에선 그 기세가 조강지부糟糠之夫도 부럽지 않다고 여겼을 것이다.

　하지만 나 역시 멋모르고 큰돈 들여 놈을 데려온 진짜 주인인데 겁 없이 물어 뜯으려 드니 나 또한 팔짝팔짝 뛸 노릇이 아닌가. 데려오면서 아내에게 재롱이나 떨어 울렁증인가 뭔가 하는 배부른 투정이나 달래주라고 해서 해피라는 이름을 붙여주었다.

　큰돈을 들인 값을 했는지 내 새끼 내 새끼 물고 빨을 만큼 해피해 하지만, 나는 어젯밤 이놈에게 당한 배신감이 섬뜩하게 뒤통수를 후려쳤다.

거들먹거리는 꼴이 꼭 주먹깨나 쓰는 기둥서방 뺨치게 으르렁대며 윽박질러 내 기를 꺾으려 했고 게다가 느물거리기까지 했지만, 아내 옆이라 차마 주먹을 휘두를 수가 없어 씨근덕거리다 말았다.

어젯밤은 와인으로 얼큰하게 젖은 우리들의 몸뚱어리는 실오라기조차 거추장스럽다고 안달이었다. 서로가 이날이 오기를 고대했던 순간이었는데 저 망할 놈의 해피가 산통을 깼으나 기껏 '저 개새끼를' 외마디만 남긴 채 용 한번 제대로 써보지 못하고 벌렁 나자빠져야 했다.

한시 경쯤 지나 못내 아쉬운 마음에 다 꺼져간 불씨를 살살 달래보니 고맙게도 다시 살아나는 낌새가 보여 때는 이때다 싶어 구렁이 담 넘어가듯 몸을 들추는데 놈은 귀신같이 알아채고 또 으르렁댄다.

내 껄 건드리면 가만 놔두지 않을 거라고 으르렁 을러대면서 방문을 사정없이 빡빡 찍찍 소름이 끼치게 할퀴어댔다. 결국 아내는 방문을 열어주었고 놈은 능수능란하게 침대에 뛰어올라 아내의 품안으로 파고들었다. 멀쩡하게 두 눈을 뜨고도 제 것을 빼앗겨 혀를 차는 남편은 개떡 취급을 해도 되는지, 놈의 등을 토닥토닥 달래느라 애를 쓰는 걸 보니 기가 막혔다.

목돈을 만져보려는 욕심에 육지와 섬을 잇는 초대형 교량공사에 용접공으로 떠나면서 우리는 월말 부부가 되어 떨어져 살게 되었다.

매월 말이면 공사장과 집 사이에 임시 둥지를 틀어놓고 꿀 같은 하루 동안의 외출로 밀린 이야기와 성욕을 몰아 해치우면서 매번 흡족하지 못한 아쉬움에 세월이 후딱 지나 공사가 끝나기만을 학수고대했었다. 그게 어제이고 한 달간의 특별휴가의 첫날이었는데…….

아내는 둘이 살기에는 너무 크다고 불평을 한 집에서 혼자 덩그러니 밤을 보내는 것이 무섭고 외롭다고 불평했다. 밤에 전화벨이 울려도 가슴이 두근거려 울렁증이 생겼다고 고양이 앓는 소리로 엄살을 떨었다.

함께 꽃집을 운영하는 처제를 데려다 같이 지내라 해봤지만, 처제도 사귀는 남자가 있어 수시로 아파트에 드나드는데 나 필요하다고 묶어둘 수 없다고 하니 먼 곳에 떨어져 있는 나는 그저 짜증스러울 뿐이고 매일 위험한 일을 높은 곳에 매달려 작업하는데 집안일로 신경을 쓴다는 것이 여간 부담이 되는 게 아니었다.
그때 함께 일하던 동료들의 조언이 애완견한테 정을 붙이게 해보라는 소릴 듣고 부랴부랴 구한 것이 크지도 적지도 않은 중국 발바리 종인 퍼그라는 못생긴 놈이다.
애견센터에 들러 그저 눈에 드는 놈으로 한 마리 데리고 오면 그만이라고 가볍게 생각했는데 그게 그리 쉽지는 않았다.
사람 많은 곳에서 마음에 드는 한 사람 고르기가 쉽지 않다는 말이 괜한 말이 아니듯이 종류도 무척 많고 값도 천차만별에 소위 족보가 있는 명품이라는 놈은 잘해야 서너 근밖에 안 되는 놈의 몸값이 황소 한 마리와 맞먹는 놈도 있다고 하니 아차 잘못 왔구나 싶어 갑자기 뒤통수가 뜨거웠다.

아내가 밤엔 틀림없이 무섭다고 개를 방으로 끌어들일 텐데 덩치가 큰 놈이 안방에서 휘젓고 지낸다면 그 냄새며 떨어진 개털로 뒤범벅이 돼, 그야말로 개판이 되겠고 푸들은 인형 같아 밤낮으로 끼고 지낼 테니 가뜩이나 바지런하지 않은 아내를 생각하면서 눈살이 찡그렸다.

생각 없이 마무리하는 마음으로 획 지나치는데 퍼그라는 놈의 우그러진 상판대기에 이끌려 다가갔다가 그 꼴에 명품딱지가 붙어 가격이 만만치 않은 것이 심기를 비틀어 놓았다.

아내는 명품이라면 사족을 못 쓴다.

그래도 제 처지를 알아 짝퉁이라는 걸로 만족할 줄 아는 여자이다. 무엇에 홀린 듯 객쩍게 부린 장난으로 큰돈을 주고 데려왔다. 그때 관상을 좀 더 신중하게 볼 걸 그랬나 보다.

못생겨 끼고 지내지는 않겠다고 생각을 했다. 그러나 그놈은 속에 능구렁이가 들어앉아 아내를 어떻게 구워삶았는지 맥을 못 쓰게 만들었다. 이제 와 미친개 다루듯 몽둥이찜질로 다스렸다간 동물학대죄로 쇠고랑을 차거나 이름 석 자가 신문에 대문짝만하게 실려 그야말로 개망신을 당할 테니 아무래도 머리를 굴려야 할 골치 아픈 전쟁을 치러야 할 것 같은 불안이 앞선다.

내가 집을 비운 긴 세월을 쭉 끼고 지냈으니 그 정이 얼마나 두텁겠나. 이걸 단칼에 바로 잡아야지 섣불리 건드렸다간 감당 못 할 일이 되고 말 것이란 생각에 얼굴에 노기와 위엄으로 무장을 단단히 했다.

"이젠 내가 집으로 돌아왔으니 해피는 당장 뒷마당으로 내보냄

시다."

서로 의논을 하면 말이 길어질세라 군소리는 얼씬도 못 하게 선을 똑 부러지게 그었다. 나의 거지 같은 울뚝 성미에 두어 번 곤욕을 치러 본 아내는 군소리 없이 바로 그놈을 밖으로 내보냈다.

놈은 처음 겪는 괄시에 펄쩍펄쩍 뛰다, 제 편의 아무런 역성이 없자 제물에 풀이 죽어 뒷마루에 엎어져 배를 깔았다. 전쟁은 싱겁게 끝이 나 앓던 이 빠지듯 개운했다. 이렇게 간단하게 해결될 걸 공연히 끌탕을 했다는 생각에 헛웃음이 흘러나왔다.

아내의 행동이 심상치 않다. 밤새 뒤척거리고 긴 한숨을 몰아쉬는 소리에 나까지 잠을 설친다. 아침에 보니 수면 부족으로 눈알이 벌겋다.

해피와 떨어진 첫날이라 그렇겠지. 며칠 지나면 그러다 말겠지. 생각했는데 점점 심해져 간다. 온밤을 뜬눈으로 지새우다 벌떡벌떡 일어나 방 밖으로 나간다. 뒷마당으로 나가는 소리는 들리는데 한밤중에 무엇을 하다 돌아오는지 모르겠으나 짐작은 가도 묻지는 않았다. 기 싸움을 한다는 걸 나는 알고 있다. 기 싸움은 뒷심이 부족한 사람이 백기를 들게 마련이다.

웬만하면 남편이 못 이기는 척 양보를 하는 것이 좋을 텐데 그 능글맞은 놈을 잠자리 가운데다 나무토막처럼 눕혀놓고 지낼 수는 없는 노릇 아닌가. 더군다나 국경선도 아닌데 손이라도 선을 넘으면 으르렁 경고 벨이 울리니. 더러워서.

십여 일이 지났다. 아내의 얼굴이 눈에 띄게 수척해졌고 입엔 아주 자물쇠를 채웠다. 나와는 눈도 맞추려 들지 않는다. 답답해서 결국 먼저 입을 뗐다.

"당신 괴로워하는 모습을 보면 나도 괴롭소.

내 곰곰이 생각해 보았는데 방법은 하나인 것 같소. 우리 해피를 없앱시다. 내 말은 인심 좋은 집을 찾아 내보내자는 거요."

"뭐요? 내보내자고요? 그럼 나도 함께 보내줘요. 당신이 없는 삼 년 동안을 매일 같은 공간에서 서로가 의지하고 다람쥐 쳇바퀴 돌 듯 비슷비슷한 생활로 해피와 나는 길이 들여진 한 몸 같은 존재인데 이제 와 하루아침에 떼어놓으니 내 몸과 마음이 제대로 움직일 수가 있겠어요?

요즘은 앉으나 서나 눈에 들어오는 것이나 귀에 들리는 것도 온통 해피의 모습과 그놈이 내게 뭐라고 주절거리는 왈 왈 소리뿐이에요. 꽃가게에서 일을 해도 손님의 주문을 귀담아듣지 않아 실수투성이라 손님도 떨어지고 손해를 많이 본다고 동생에게 핀잔을 밥 먹듯 듣는데도 정신을 차릴 수가 없는 거예요. 이러면 안 된다고 그깟 개새끼 하나 때문에 장사도 부부관계도 망칠 수 있냐고 수없이 자책하면서도 몸이, 마음이 말을 안 들으니 어떡하면 좋아요? 나는 지금 모든 걸 잊을 수 있다면 어떤 짓이라도 해 편해지고 싶은 심정이에요.

생각을 해봤어요. 어떻게 해야 하나? 해답을 못 찾겠어요. 너무 힘들어 모든 게 귀찮을 뿐이에요. 그렇지만 한 가지 분명한 건 난 죽어도 해피와는 못 헤어져요. 당신에게 정말 미안하고 죄스럽지만, 우리 둘을 함께 내다 버리든지 그냥 당신과 내가 갈라서는 게 나으면 그렇게 하시든 마음대로 하세요. 말을 끝낸 아내는 무릎 위에 얼굴을 묻고 격하게 흐느껴 운다.

불똥은 내 발등에 떨어졌다. 선택의 여지가 없는 것 같았다. 내 성질대로 밀어붙였다간 정신줄을 내려놓든지 나쁜 마음먹고 혹여 엉뚱한 짓이나 안 할지 가슴이 내려앉는다. 다행히 내게는 아직도 이십여 일의 휴가가 남아 있다. 그 안에 방법을 찾아봐야겠다.

아무 말 없이 해피를 데리고 들어왔다. "당신이 그토록 간절히 원하는데 낸들 어쩌겠소." 자리를 피해 밖으로 나갔다. 집안에서 엉엉 목 놓아 우는 소리가 대문까지 쫓아 나온다.

어제까지 죽어 가는 시늉을 하던 여자가 살아났다고 또 해롱거린다.

비만으로 몸무게가 만만치 않은 해피를 부둥켜안고 콧노래를 흥얼거리며 집안을 휘젓고 다닌다. 그동안 고단수의 계책으로 나를 갖고 놀아 미련한 내가 당한 것인지. 원래 뒤끝이 없는 성격이라 그런지 도무지 가늠이 안 잡힌다.

결혼 전에 인천에서 통통배를 타고 만리포로 여행을 가면서 파도가 높아 뱃멀미로 토악질에 금방 죽을 사람처럼 떼굴떼굴 주접이란 주접을 다 떨던 여자가 땅을 밟는 순간 언제 그랬냐는 듯 생글생글 웃으며 한쪽 옆구리에 손까지 얹고 삐딱하게 선 폼으로 기념사진을 찍어 달랬을 때도 난 알딸딸했었다.

며칠 마음고생으로 잠이 밀렸던 아내가 어젯밤엔 해피를 품에 안고 밀린 잠 보충을 했는지 늦잠을 늘어지게 자는 바람에 출근 시간이 늦었다. 서둘러 나가면서 그놈의 개 걱정을 빼놓지 않는다.

"어제저녁에 해피가 먹던 밥그릇을 귀찮다고 그냥 쓰지 말고 꼭 닦아서 주고 애가 요즘 스트레스를 받아 많이 먹으려 드니까 덥석 뜨지 말고 용기로 칠 홉만 줘야 해요. 알았죠?"

남편 스트레스를 받는 건 안중에도 없고 개새끼 걱정만 한다. 내

스트레스는 어떻게 해야 하냐고 묻는다면 낫살이나 먹은 사람이 치신머리가 없다고 할 테니 입을 꾹 다물 수밖에. 깨끗한 채는 끔찍이 한다만 내 눈엔 그저 가소롭다. 어쩌다 기분이 좋아 아내의 입술을 더듬는 날이면 냄새가 나느니 충치로 세균이 득실거릴 텐데 뭐, 좋다고, 들이대냐고 면박을 주면서 생전 가야 칫솔질이나 스케일링 서비스 한 번 안 받는 해피의 끈적거리는 혓바닥은 피하지 않는 건 어떤 변명을 할까?

손등은 예사고 목덜미에 입언저리까지 던적스럽게 핥아대도 하하 호호 좋아 죽는다. 아주 좋아 죽어. 크크크.

구정물을 뒤집어쓴 기분으로 개밥그릇에 사료와 물그릇까지 정갈스럽게 아침상을 차려놓았다.

자식이 큰마음 먹고 차려준 사람의 성의를 봐서라도 냉큼 다가와 처먹어야 미움이 덜 할 텐데 시큰둥하게 나를 째려본다. 이놈이 벌써 집안 판도가 달라졌다고 상전 노릇을 하려고 들어 도도하게 구는 걸까, 약이라도 타서 제 놈을 죽일지도 모른다는 생각에 내 눈치를 살피는 것일까?

아무리 개 눈이라도 사람 곁을 봐서 그럴 사람으로 보지는 않았겠지. 암.

하기야 사시사철 아침저녁으로 똑같은 모양에 똑같은 맛일 테니 무슨 군침이 돌겠나? 다른 동물보다 유별난 성능의 코를 갖고 있으면서 만날 얻어먹는 건 바짝 마른 염소 똥같이 밥그릇에서 달그락거리는 걸 허구한 날 먹고 있으니 애완견 이름만 번지르르하지 네 놈의 신세도 개떡 같다.

저희는 계절 따라 영계백숙이나 민어 매운탕에 가을이면 전어로 입맛을 돋우고 툭하면 기운 없다고 곰탕이니 장어구이를 챙겨 먹기도 하고 살면서 입만 벌리면 내 새끼 내 새끼 한 식구라는 네놈에게는 불쌍해서라도 맛을 보게 하는 일은 절대로 없고 매몰차게 공장 사료만 고집하는지 내 머리로는 도저히 이해를 못 하겠기에 언젠가 한 번은 물어봤더니 겨우 한다는 말이 사람 먹는 걸 먹으면 싸는 똥도 같을 텐데 집안에서 어떻게 같이 지내냐고 하더라. 알아들었냐? 네놈이 아무리 재롱을 떨어봐야 음식 대우는 달라지지 않는다는 거야!

숫제 사룻값도 대기 힘든 가난한 집 마당에서 천대를 받고 지내는 똥개들은 주인이 된장국을 먹는 날은 된장국을 고등어를 굽는 날은 고등어 대가리라도 얻어먹을 텐데 네놈들의 실속은 개뿔도 없으니 한 마디로 자리를 잘못 잡은 거야."

어영부영하다 휴가 마지막 날짜가 코앞에 다가왔다. 뭐래도 해서 내 잠자리를 다시 찾아야 한다는 급박한 마음에 만만한 애견센터에 들렀다가 대수롭지 않게 애견상담소를 소개받았다.

영어로 찍찍 갈겨 쓴 팻말이 무슨 말인지 모르겠으나 밑에 작은 글씨를 보니 애완견 훈련소 맞춤 조련, 맹인 안내견, 문제 애완견 상담 등이 걸려 있었다.

상담은 선불로 십만 원이라 한다. 생각 같아선 말 몇 마디면 될 것을 기본이 한 시간이라니 거금을 쓰는 게 아까웠다.

해피가 우리 집에 온 동기, 지금은 부부 잠자리에 뭐 끼듯 가운데 박혀 빠지지 않는 게 문제라는 것을 다 설명한 시간은 겨우 일 분이 넘지 않았다.

해결 방법을 들으러 왔다는데 엉뚱하게 웬 애완견의 성격 형성과

정이라나 뭐나 하는 것을 시작으로 개의 종류에 따라 다른 특성, 집 안 식구에 따라 다른 유대관계 등등 괜히 빙빙 돌려가며 문제를 심각하게 몰고 가더니 아주 삼 개월 맞춤 조련으로 매듭을 지으려 들었다.

개한테 그만한 돈을 들일만큼 여유가 없는 사람이니 돈 안 들이고 할 수 있는 방법이 없으면 내다 버릴 수밖에 없다고 막돼먹은 놈 떼쓰듯 했더니 싹수가 없다고 생각했는지 내뱉듯이 잘될지는 모르나 사랑으로 대하면 달라질 수도 있고 다른 방법으로는 같은 종의 퍼그 암캐를 한 마리 더 키우면 그놈들끼리 정이 쉽게 붙어 한 곳에 푹 빠진 사랑을 분산시킬 수 있다는 말도 들었다. 다행히 사무실을 나올 때는 오길 잘했다는 생각했다.

이놈이 내겐 벌써 적대 감정을 품고 있어 접근조차 쉽지 않은데 이걸 어떻게 풀어나가야 하나? 게다가 시간이 없는 게 더 큰 일이다.

언뜻 생각하기로는 사탕발림밖에는 방법이 없을 듯싶다. 쇠뿔도 단김에 빼랬다고 시장에서 양념불고기 한 팩을 샀다. 제 깐 놈이 불고기 냄새에 버틸 수는 없을 게다.

집으로 오자마자 부엌에서 구울 채비를 하는데 놈이 제 딴엔 감시를 한답시고 졸졸 따라 들어와 떡하니 버티고 있다. 고기가 지글지글 구워지면서 불고기 냄새가 부엌 안을 가득 메워 진동을 한다. 슬쩍 곁눈질로 놈의 상판대기를 훔쳐보았다. 아가리에 침이 흥건히 고여 침을 흘린다.

불고길 놈의 코앞에 던져놓고 천연덕스럽게 딴청을 부렸다. 흘깃

놈이 먹는 모습을 보았다. 목구멍이 포도청이라더니 할 수 없는 모양이다. 다음엔 놈을 쓰다듬으면서 먹일 수 있었다. 기분이 흡족할 만큼 먹였다.

날 쳐다보는 눈초리에 힘이 빠져 이젠 강아지 눈이 되었다. 두어 시간 지난 다음 가까이 가서 쓰다듬으려 하는데 으르렁댄다. 한 번으로는 어림없다는 알량한 자존심이 남아 있는 모양이다. 사나흘 지나 불고기 파티를 한 번 더했다. 요놈이 감질나게 아주 조금 더 다가왔다.

하루는 아내가 며칠 전에 끓여놓은 닭곰탕을 따끈하게 데워서 몇 숟갈 뜨는데 전화가 걸려왔다. 통화가 길어지는 바람에 국이 다 식고 말았다. 다시 데우려다 닭 비린내가 확 끼쳐 아무 생각 없이 개밥 그릇에 쏟아부었다. 놈이 킁킁 냄새를 맡더니 허겁지겁 눈 깜짝할 사이에 그릇을 씻은 듯이 비워 놓았다. 빈 그릇을 보고 잘했다고 생각했다.

아내는 새벽녘에는 어김없이 해피를 깨워 응가를 하라고 밖으로 내보낸다. 이때부터 삼십 분이 내게 주어진 남편의 권리를 행사할 수 있는 시간이 되었다.

아침마다 늦잠 자는 늦둥이 깨우듯 흔들어 등을 떠밀어야 마지못해 어슬렁대며 나가는 놈인데 오늘은 일찌감치 나가겠다고 방문을 긁어댔다. 뒷문을 열어주려고 따라 나간 아내가 갑자기 사기그릇 깨지듯 악을 쓴다.

왜 그래! 외마디 소리에 팬티에 들어가 준비운동을 하던 손이 뭔 잘못인 줄을 모른 채 덴겁하여 뛰쳐나갔다.

"왜, 무슨 일이야?"

"도대체 애에게 뭘 먹인 거야?" 악을 쓰는 눈이 살쾡이로 변했다. 놈이 미쳐 밖으로 나가기 전에 방문 밖에서부터 뒷문까지 누런 물찌똥을 질질 흘리고 말았다. 만날 똑같은 사료로 길이 들여진 위장이 기이한 음식에 놀라 나자빠져 소화고 나발이고 포기를 한 모양이다. 아차, 닭곰탕이구나! 지은 죄가 있어 찍소리 못하고 당해야만 했다.

참새가 죽어도 짹 한다고 겨우 한마디만 했다. "그러게, 밖에서 키우면 이 더러운 꼴은 보지 않을 거 아냐! 하여간 일부러 한 짓을 아니니 그만 해요. 내가 잘못했소."

재빠르게 꼬리를 내려 화를 면했다.

어쩌다 보니 시간이 바닥이 났다. '그깟 개새끼 하나쯤이야.' 우습게 여겼던 내 꼴이 가뭄에 병든 가지처럼 처참하게 쪼그라들었다. 아니꼽지만 사랑도 줘 봤고 치사스럽게 뇌물도 건네 봤고 심지어 개새끼와 마주 앉아 꼬드겨도 보고 들쑤셔도 보았지만, 말짱 도루묵이 되었다. 그렇다고 벌렁 나자빠져 내 베개의 반쪽을 곁다리에게 내준다면 결국 삼각관계를 인정하고 만다.

전문가라는 작자의 말대로 정 안되면 암캐를 데리다 미인계를 아니 미견계를 써야 할 판인데 이게 영 자존심 꾸겨지는 일이라 더럽게 찝찝했다. 이것이 큰돈이 걸린 사업도 아니고 권력층의 파워가 필요한 청탁도 아닌 기껏, 제 여편네를 되찾기 위해 포주 노릇까지 해야 하는 꼴사나운 신세가 되었으니 기가 막힐 뿐이다.

이러느니 차라리 개 탈에 뻘건 띠 두르고 여편네에게 멍멍 짖어보든지 달려들어 물어뜯는 것이 더 나을성싶다. 이렇게 구차하게 살 좀팽이인 줄도 모르시고 어머님은 무당집에서 들으셨는지 이다음에 제 몫은 톡톡히 챙겨 남부럽지 않게 잘 살 놈이라 했다고 두고두고 한 말 또 하시며 좋아하셨으나 처신을 잘못한 내가 죽일 놈이다.

시간에 쫓기다 보니 '쫓기는 개가 요란히 짖어댄다.'라고 사소한 일에도 신경질을 내 부부싸움이 잦았다. 어차피 해야 할 일 해야겠다고 문을 박차고 나와 해피를 샀던 애견센터로 갔다. 진열된 퍼그가 없어 나가려 하는데 주인이 붙들고 늘어진다. 전화 몇 통화면 해결된다고 해 그냥 앉았다.

데리고 온 놈을 아니 년을 보는 순간 분명 어쩔 수 없는 숙명이라는 엉뚱한 생각까지 했다. 털 색깔에 우그러진 상판대기 흉물스러운 눈매까지 한배에서 나온 오누이라 해도 손색없게 쏙 빼닮았다.

집 현관문을 들어서기가 무섭게 내뱉는 아내의 말이 "이 개는 또 뭐야?" 완전히 시비조로 눈이 금방 독사로 변했다.

"며칠 해피와 지내보니 외로움을 타는 것 같아 친구라도 하나 있으면 좋겠다고 생각해서 데려온 놈이야."

"누가 당신한테 그런 걱정을 하랬어?"

"아니, 당신 말마따나 이젠 한 식구인데 말 못 하는 짐승 알아서 챙겨줘야지 뭘 일일이 당신에게 물어봐야 해? 난 또 칭찬이나 들을 줄 알았지. 젠장."

"여러 말 말고 필요 없으니까, 도루 데려가요."

"필요 있는지, 없는지, 벌써 해피가 말을 합디까? 며칠 그냥 놔도

봅시다. 지들 끼리 잘 놀면 잘한 짓이고 으르렁대면 내다 버리면 될 것 아니오. 그러니 며칠만 지켜봅시다."

아내는 불안한지 한군데 가만히 있지 못하고 거실에서 부엌으로 부엌에서 방으로 왔다 갔다 안절부절못한다. 그 큰 해피를 부둥켜 안고 다니며 씨근덕거리는 꼴이 혼자 보기가 아깝다.

그대로 집에 앉아 있다간 어떤 불똥이 튈지 몰라 말없이 밖으로 나와 밤늦게 술이 거나해서 돌아왔다. 잠자리에 아내와 해피가 죽은 듯이 누워있다. 숨소리를 들으니 아직 잠이 들지는 않은 것 같다. 괴괴한 어둠을 찢는 낯선 개, 컹컹 짖는 소리가 아내와 해피의 숨소리를 잠시 앗아갔다.

나도 잠을 자는 둥 마는 둥 얕은 잠에 이리저리 떠다니다 말았다. 여느 날같이 새벽녘에 해피를 뒷마당으로 내보냈을 시간이다.

아침상을 치우고 해피를 집안으로 데려오려고 나간 아내는 슬픈 얼굴을 하고 혼자 들어 왔다. 무슨 일이 있나 싶어 뒷마당으로 나갔더니 연놈이 엉겨 붙어 엎어지고 자빠져 뒹굴어 노느라 옆에 내가 있는 줄도 모르고 어우러져 놀고 있다.

아내는 아프다는 핑계로 꽃가게에 출근을 안 했다. 점심때가 지나 방문을 열려던 나는 꼼짝 못 하고 그 자리에 얼어붙었다. 아내의 흐느끼는 울음소리가 몹시도 애절하다.

암캐를 데려온 게 너무 심했다는 생각이 뇌리를 스쳤다. 뺨을 맞았다고 몽둥이를 휘두른 게 아니었나 하는 생각까지 들었다. 더 버텨야 할 배짱이 쪼그라들었다.

암캐를 잡아끌고 집을 나섰다. 놈을 돌려주고 너그러운 얼굴로 집안에 들어섰더니 집안이 썰렁하다. 아귀같이 짖어대며 뛰어나올 놈의 기척도 없다. 방문을 열어보니 아내가 없어졌다. 갑자기 불안한 느낌이 몰려왔다. 애써 별일 아니라고 감정을 눙쳤지만, 마음이 다잡아지지 않는다.

놈을 데리고 산책하러 나갔나? 아닐 거야. 놈이 뚱뚱해지면서 아내는 의외로 산책을 그만두었다. 숨이 차서 헐떡이다 심장마비라도 올 것 같다며 꺼렸다.

산책하러 나갔어도 돌아올 시간이 넘었다. 조바심이 일어나기 시작했다. 마음이 양은 냄비에 물 끓듯 재랄을 떤다.

아내는 날이 새도록 돌아오지 않았다. 이제나저제나 아내가 돌아오길 기다리느라 불안과 초조로 미칠 것 같은 며칠 밤을 뜬눈으로 밝혔다. 아내는 아무 소식 없이 일주일을 넘겼다. 단단히 화가 난건 틀림없어도 이건 아내의 성격하고는 맞지 않는 일이라 불길한 생각이 들었다.

회사에서 일 재촉이 불같았다. 감기에 걸렸다. 몸살이 났다 해가며 일을 미루다가 불벼락을 맞았다. 흠뻑 젖은 솜뭉치처럼 무거운 몸을 이끌고 일을 나갔지만, 온종일 딴생각을 하느라 일을 엉망진창으로 만들어 놓고 녹초가 되어 집에 돌아왔다.

대문 고리를 잡는데 정겹고 그리운 김치찌개 냄새가 풍겨 심장이 발딱댔다. 의아스레 집안으로 들어섰다. 아내가 활짝 웃는 얼굴로 서 있고 해피는 아내의 하얀 티셔츠에 떡하니 자리를 잡고 앉아 나를 쳐다본다.

놈은 아내의 젖가슴을 독차지하고 혓바닥을 날름 내밀어 내게 음흉하고 능청스러운 야유를 보내나 놈은 왈왈 짖질 못한다고 생각하면서 순간 비비 꼬인 배알을 감추려고 그냥 맥없이 허둥댔다. 잠자리에 들자 신경을 곤두세우고 슬며시 아내를 끌어당겼다. 기다렸다는 듯이 선뜻 다가온다. 쪼그라들었던 몸뚱이는 순식간에 달떠 주체를 못 할 만큼 부풀었다.

웅심 깊은 곳에 묻어 둔 회포를 마음껏 풀었다. 힘을 다 쏟아내 곤한 나머지 벌렁 나자빠진 채 얕은 잠에 빠졌는데 잠을 가르고 아내가 또 가슴팍으로 파고든다.

은밀하게 낮은 목소리로 "왜 그래? 뭐가 좀 모자랐어?"

대답이 없다. 나는 아내의 등을 토닥이며 그지없이 흐뭇했다.

다시 잠에 빠지려는데 이번엔 입술을 더듬는가 싶더니 입언저리를 든적스럽게 핥는다.

"아니, 이 사람이!"

눈을 번쩍 뜨는데 해피가 내 품에 덥석 안긴다.

불쌍한 사람들

휠체어에 앉아 있는 울뚝배기 남편과 자기 자신은 머저리라고 자책하는 내가 술장사를 하고 있다.

술집에는 회사 직원 대여섯을 항상 몰고 다니는 배 씨와 장 씨 같은 손님의 덕으로 영업에 활기를 얻어 셋돈 걱정은 안 하게 되었다.

술집에 자리가 텅 비어있으면 들어오려는 손님이 발걸음을 돌린다. 그러나 패거리 대여섯 명의 욱적북적대는 기운이 자석이 되어 기웃거리던 손님들을 끌어당기고 들어온 손님들의 불알을 긁어서라도 단골을 만들어야 한다는 남편의 말에 따라 나는 체면을 헌신짝 버리듯 내동댕이쳐 버린 허깨비처럼 하라는 대로 다 했다.

나야말로 진즉에 세상 돌아가는 형편에 따라 처신을 해야 했다.

객지로 돌아다니면서 배달을 해 며칠씩이나 집엘 들어오지 못한다는 남편을 위로한답시고 갈아입을 옷가지와 주전부리가 될 만한 육포까지 만들어 그 먼 데를 찾아갔더니 떡하니 홀아비 행세로 술집 작부와 살림을 차려놓고 어쩌다 미안한 마음이 들면 인심 쓰듯 한 번씩 집에 오면서 능청맞게 엄살을 피웠다.

하숙한다는 방에서 연놈이 벌거벗은 채 뒤엉킨 걸 보고도 '어쩜, 이럴 수가? 라는 말 한마디 삐쭉 던져놓고 뛰쳐나왔다. 정이 깊어서도 아니고 무서워서도 아니다. 본디부터 생겨 먹길 야무진 데가 없어 순둥이란 소릴 달고 살았고 유독 둘째 언니만은 머리빡에 알밤을 먹이면서 머저리라고 톡 쏘아붙였다.

그때 그 자리에서 단판을 냈으면 이렇게까지 추하고 구차하게 살지 않아도 될 걸, 야무지지 못한 성격 탓에 남편의 인생도 망쳐놨고 나 또한 그의 휠체어에 매달려 살고 있다.

나의 뜨뜻미지근한 태도에 그는 귀가 솔깃한 말 몇 마디면 화를 누그러트릴 수 있겠다는 생각에 트럭을 몰고 뒤쫓아 오다 대형 사고를 당했다.

휠체어에 앉아 똥오줌도 못 가리게 된 웬수를 나 몰라라 하고 떠날 수 없는 마음이 끝내는 족쇄가 되고부터 어느 날 밤 꾸었던 흉측맞은 꿈이 쇠파리 소 눈깔에 달라붙듯 마음을 성가시게 붙들고 늘어져 툭하면 놀라게 한다. 이부자리 속에서 기껏 부둥켜안고 있던 남편을 보고 소스라쳐 외마디 소리를 지를 뻔했다. 얼굴은 분명 남편인데 몸뚱어리는 흉측한 벌레가 되어 내 몸을 덮치고 있었다. 깨고 나서부터는 때때로 남편이 그렇게 보였다.

살면서 여지껏 경험해 보지 못한 심적 혼돈이 난마처럼 갈등에 빠져 허우적거리다가 우선은 있어야겠다는 마음을 정하고도 난 왜, 이렇게 야무지질 못할까 하는 자기 자신의 혐오와 원망이 아직까지도 이어지고 있는 내게 고맙다는 생각은 못 할망정 윽박질로 화를 돋우게 만든다.

거기에다 철저하게 감시까지 당하고 있다는 걸 알았을 땐 나는 차라리 승냥이처럼 아우우~ 아우우! 울면서라도 둘째 언니의 도움을 청하고 싶다. 왜 이렇게 못했을까.

마음만 먹으면 언제라도 벗어날 수 있을 텐데 그저 당하고만 있는 나는 언니의 말마따나 영락없는 머저리다.

내게도 남모를 꿈이 있었으나. 남편을 만나고 나서 나의 꿈은 산산조각이 났다.

지금 내가 살고 있는 현실은 어릴 적 내가 꿈꾸던 것과는 너무나 달라도 어떻게 고쳐 나가거나 도망갈 수도 없는 주변머리인데다 왜, 급하게 서둘러 선뜻 다 주었을까? 형편없는 인간에게.

그 꼴에 누굴 감시하다니 그저 어이가 없다. 감시는 의심을 자아내고 그 의심만으로도 되알지게 닦달해 꼬투리를 잡아내려고 볼멘소리하며 눈을 부라리고 마른 수건 쥐어짜듯 압박을 해댄다.

나갔다 들어오면 킁킁거리며 냄새를 맡지 않나 잠꼬대까지 들먹이고 누구를 만나려고 쏘다니는지 대라고 족대기며 화장이 너무 짙다. 옷에 왜, 그렇게 신경을 쓰느냐? 일일이 말대꾸하기도 짜증이나 알아보던 일거리를 포기하고 말았다.

당장은 회사 상해 보상금으로 근근이 끼니를 때우지만, 머지않아 일 년을 채우고 나면 그때는 정말 먹고 살길이 막막해 둘이서 끌탕을 하다가 남편이 보험금을 일시에 받는다면 작은 식당을 차릴 수 있지 않겠냐는 말을 내비쳤다.

하반신을 못 쓰게 되면서부터 가끔은 내 눈치를 본다. 혹시나 마음을 상하게 했다간 내버리고 줄행랑을 놓을까 겁이 드나 보다. 그러다가도 제 성질을 가누지 못하면 눈이 뒤집혀 손에 잡히는 대로 집어 던지고 행패를 부린다.

그럴 땐 나는 겁이 덜컥 난다. 아직도 저런 성질머리가 남아 있으니 수틀리면 잠자는 내 목 누르기는 식은 죽 먹기 아닐까.

누가 먼저랄 것도 없이 식당 자리를 구하러 나섰다. 다행히 근처에 공장 직원들은 도시락을 싸 들고 다녀 김밥이나 빨리 먹을 수 있는 국밥이라면 대박이 나지 않겠냐는 말을 부동산 중개업자도 거들었다.

식당 문을 열고 몇 달 안 가 생각지 못할 엄청난 곤궁에 빠졌다. 철석같이 믿었던 공장이 확장하면서 소리 소문도 없이 구내식당이 생겨 손님이 뚝 끊겼다. 식당 음식 가격의 반도 안 되는 식권에 발품 팔지 않고 쪼르르 지하로 내려만 가면 한 끼 해결될 걸 뭣 하러 밖으로까지 나오겠나?

주위에 식당들도 똑같은 고민을 하다 대개는 일찌감치 문을 닫았고 몇몇 집은 주점으로 업종을 바꿨다.

우리에겐 선택의 여지가 없거니와. 손에 쥔 돈도 없고 휠체어를 밀고 어디인들 갈 수 있겠나? 간판만 갈아 달고 버틸 수 있는 만큼 버틸 수밖에 없었고 주점 영업은 초저녁부터라.

찬거리라도 벌어 볼 욕심에 아침나절에 뭐라도 해보려고 하면 남편이 심통을 부린다. 꼭 잡아두려는 심사인 줄 알아 대꾸를 안 했다.

식당을 할 때는 주방에서 홀로 왔다 갔다 바빴고 조리 방법까지 참견하는 남편과 복닥복닥 옥신각신 다투는 게 싫었으나 주점으로 바꾸면서 나는 홀에서 일하게 해 내게 접근하지 않는 것만으로도 날아갈 듯 기뻤으나 접대부라니 어이없고 한심스러웠다.

결국 나는 얼결에 술집 작부가 되어 술을 한 잔이라도 더 팔려고 눈웃음을 치는 내 꼴이 가련해 문득문득 한탄이 절로 흘러나온다. 남편은 휠체어에 맞게 주방 시설을 모두 얕게 뜯어고쳐 안주나 설거지를 알아서 다 맡아 했다. 객지로 돌아다니면서 술집에 드나들어 먹었던 가락이 있어 곧잘 흉내를 내 다행히 안주에 대해 불평을 하는 손님은 없었으나 나에 대한 불평이 있는지 손님을 대하는 내 태도에는 말이 많았다.

왜 여자 몸짓이 설삶은 말 대가리처럼 뻣뻣하나? 팔다리나 몸놀림을 보면 영락없이 선무당 장구 치듯 덜렁거린다느니 심지어 어디 사내들이 혹해 또 오고 싶은 마음이 들겠느냐며 더 망가져야 한다고 채근을 한다. 그렇게 물고기 잡아 오는 가마우지를 노려보듯 고약한 눈으로 내 몸짓을 감시하고 있다.

심지어 잔챙이엔 신경 쓸 것도 없고 굵직한 놈들을 골라내 착착 안기라고까지 하지만, 내겐 그런 피가 섞이지 않았으니 쉽게 달라질 수가 있을까 했는데 건너 술집에 손님으로 북적거리는 걸 보고는 마음이 조금씩 샛노랗게 변해가고는 있다.

옷을 야하게 입고 어깨는 물론 젖무덤까지 반쯤 드러내 놓고 손님의 얼굴을 빤히 쳐다보면서 괜히 실실 웃어주고 오며 가며 옷깃을 스치기만 해도 웬만한 사내들은 아주 좋아 죽는다는 걸 터득했다.

반응은 총알 같았다. 어수룩해 보여도 건드리면 마다하지 않을 여자 장애인 남편으로 굶주린 여자 등등 입에 담지 못 할 말들이 여기저기 가리지 않고 날아다닌다.

영업을 끝마치고 집에 들어오면 파김치가 된다. 그래도 수입이 올라 내일을 걱정하지 않아도 돼 마음만은 편하다. 또한 남편은 나의 달라진 행동에 대해 일절 말이 없었다.

초저녁에 주점을 열자마자 이상야릇한 행색의 여자 손님 하나가 여행 가방을 끌고 들어왔다. 화장한 거며 야한 옷차림에 해롱대는 걸 보는 것만으로도 기분이 영 고약한데 어디서 본 듯해서 얼굴을 뜯어보는데 다짜고짜 "형님 나 왔소!"

"형님이라니 누구?"

"아니 형님에겐 대역 죄인일 텐데 못 알아보시니 참 딱하오."

아! 그 계집년이구나. 어쩐지 좀 이상하더라니. 이 인간이 인두겁을 쓰고 여기가 어디라고 얼굴을 디밀고 들어오나? 반신불수가 된 샛서방이라는 작자는 가진 것 하나 없는 상거지인데 무얼 또 뜯어 먹을 게 남았다고?

하여간 어이가 없어 쓰레기한테 몰아 쓰레기통에 넣듯 내뱉는 말로 "그이 주방에 있어!"

기다렸다는 듯. "아, 그래요. 내 이름은 화자예요. 지화자가 아니고 이화자라구요."

주방으로 들어가더니 한참이나 감감무소식이다. 궁금해야 할 아무런 건더기도 없다고 생각한 것이 조금씩 무너지고 있다. 아직도 마음이나마 주고받는 관계인가?

그렇다면 벌써 보따리를 싸야 할 사람은 내가 아닌가? 머릿속이 온통 뒤죽박죽되어 버려 아무것도 잡히는 것이 없다.

마침내 화자라는 미친년이 휠체어를 밀고 나왔다. 둘은 무슨 작당을 했는지 그년은 뒤로 물러나 실실 웃고 남편은 반장이나 된 듯 어이없게 작업 분담을 한다. 오늘부터 카운터와 주방에 음식 주문은 당신이 하고 화자를 손님 접대를 맡기로 했어. 그렇게들 알고 한

번 판을 크게 벌여보자고!

고맙다고 해야 할 마음이 더럽게 찝찝하다. 설 자리가 이리도 구차한데 자릴 박차지 못하는 나라는 인간은 세상에서 가장 나약한 한 마리의 애벌레보다도 못하다.

손님들이 들어오기 시작했다. 화자는 어느새 하늘거리는 옷으로 갈아입었고 화장도 야하게 고쳤다. 들어오는 손님마다 알고 지내던 오빠 대하듯 착착 감기는데 손님들은 곧바로 넋이 나간 얼굴로 단골이라는 도장을 찍으려고 덤벼든다. 그리고는 통 큰 주문으로 화자의 마음을 남보다 먼저 매수해 놓았다고 착각을 한다.

술집은 아무나 하는 게 아니라는 생각에 머리를 수없이 끄떡였다. 세상은 요지경이다. 피땀 흘려 번 돈을 이렇게 쓰고도 즐겁다고 껄껄대는데 뭔 말을 할 수 있겠나?

화자가 문턱을 넘어 들어왔을 때부터 꼴 보기 싫었는데 이제는 매일 없이 코앞에서 낯 뜨거운 짓거리를 지켜봐야 하는 고역을 치러야 하는 신세가 되었다.

매상이 바랐던 것 이상으로 엄청나다. 이대로만 유지된다면 떵떵거리고 살 수 있겠다고 생각하다가 셋은 어떤 관계이고 내 인생은 어디로 가고 있나? 하는 대목에선 한없이 슬퍼지기만 한다.

물어보고 싶다. 화자나 남편이라는 작자는 어떤 마음들을 가지고 있는지. 어떤 결정이라도 빨리 났으면 좋겠지만 먼저 물어보기가 두렵다. 맨손으로 쫓겨난다 해도 얼씨구나 할 판국에 나는 왜 이렇게 불안할까.

이럴 때 표독스러운 둘째 언니라도 옆에 있으면 얻어터지더라도 갈피를 잡아 줄 텐데 하루하루 불어나는 걱정을 갉아먹고 산다.

영업이 끝나면 나는 돈 궤짝과 씨름을 하고 남편은 담배를 물고 내 얼굴을 읽는다.

한쪽에 화자는 빈 술병과 먹다 남은 안주로 어수선한 테이블에 널브러져 앉아 사이다를 따라 마시는 것이 매일 늦은 이 시간에 광경이다.

화자는 발랑 까진 것과는 달리 술 담배를 안 한다. 술손님들이 술잔을 건네면 입에 대는 척만 하고 귀신같이 자기 옷에 쏟아붓는다. 얼마나 능수능란한지 빤히 알고 있는 나도 잡아내질 못한다.

"이거 매상이 매일 올라가는데! 오늘은 이 백이 넘었어!"

화자가 사이다를 빨대로 쪽쪽 빨다 말고 퉁명스럽게 한마디 한다.

"장사가 잘된다고 넋 놓고 앉아 있다간 순식간에 밥그릇 빼앗길 수도 있어!"

남편이 피우고 있던 담배를 재떨이에 짓뭉개면서.

"힘 빠지게 이건 또 무슨 개소리야?"

"지금 주변 주점에서는 어떻게 하면 우리를 짓밟고 일어날 수 있을까? 호시탐탐 넘보는데 그들이 바보가 아닌 이상 어떤 잔꾀를 부릴지 누가 알아?

화자의 말을 듣고 생각난 게 있어 입을 뗐다.

"그러지 않아도 말하려던 게 있었는데 오늘 눈에 설지 않은 손님이 왔었어. 노동꾼 복장에 어울리지 않는 굵은 테 안경으로 변장까지 했어도 어딘가 이상해서 눈여겨보았더니 글쎄 길 건너 마지막 술집 주인이 아니겠어. 왜 공장 구내식당 생겼을 때 음식점 주인들 모두 함께 한번 만났었잖아? 연신 두리번거리며 꼼꼼히 살피고는 가지 않겠어. 손님이 미어진다는 소문이 났으니 뭐가 다른가? 궁금

했겠지."

남편이 화를 버럭 내면서. "왜, 내게 말을 안 했어?"

화자가 비아냥거리듯. " 휠체어에 앉아서 뭘 어떻게 하겠다고?"

"저 우라질!" 하다 만다.

"그러니 우리도 계속 새로운 걸 내놓아야 한다는 생각에서 에어컨도 설치하고 내부를 칸막이로 바꿨으면 해요. 영업 끝난 후에 공사를 하면 영업에 지장도 없을 테고."

화자는 기술자다. 손님이 무엇을 원하는지 꿰뚫고 있어 가려운데를 정확히 알아 긁어준다. 그녀의 서비스를 받은 손님이 그 값을 치르기를 꺼려하지 않는 걸 보면 알 수 있다. 후하게 치러야 다음에도 또 그 대우를 어쩌면 그 이상 되는 뭔가를 얻어걸릴 수도 있다는 기대를 거는 모양이다.

알 수 없는 일이다. 저렇게 당당한 기술자가 왜 여길 제 발로 걸어 들어왔을까? 버리기 아까운 기둥서방도 아니고 내게서 빼앗고 싶은 것이 따로 있을 리 만무한데.

칸막이 하나가 완성되어 손님에게 선을 뵈었다. 반응은 거의 폭발적이다. 서로 자리를 차지하겠다고 아우성치고 자리를 차지한 손님을 노골적으로 부러워하는 손님도 있었다.

남편이 미묘한 표정을 지으며 화자에게 묻는다. "왜 손님들이 칸막이를 좋아하지?"

막 바로 나온 대답은 "슬쩍슬쩍 만지려고 그러지!"

화자는 화요일이면 열 일을 제쳐 놓고 병원엘 간다. 병원이 그야말로 엎어지면 코 닿을 데인데도 꼭 두 시간이 넘어야 돌아오는 것이나 돌아와서는 세상없어도 두세 시간은 방에서 나오질 않는다. 그것도 꼭 남편과 함께. 처음엔 걱정이 돼 어디가 아프냐고 물었더니 별거 아니라고만 한다.

매주 똑같은 일이 반복되면서 의심이 의심의 꼬리를 물고 늘어진다. 둘이서 무얼 하기에 문을 걸어 잠그고 꼼짝을 안 하나? 생각이 더 깊게 파고 들어가다가 나는 나의 본얼굴을 보는 것 같아, 아예 소스라치고 만다.

남편도 달라진 게 있다. 사고 후 모든 걸 포기한 사람처럼 굴더니 화자가 오고부터 짬짬이 운동하는 걸 보았다. 휠체어에 앉아서 팔 굽히기 문틀 보에 삼밧줄을 매달아 놓고 잡아당기면서 일어나려고 기를 쓰기도 한다.

처음 본 순간엔 목을 매달려는지 알고 악을 쓰고 덤벼들었다. 또한 얼마 전엔 둘이 함께 나갔다 들어오면서 불쑥 내 명의로 된 예금통장과 도장까지 내밀어 놀라게 했다.

그다음부터는 매주 뭉칫돈을 통장에 넣어 준다. 돈 정리를 하는 나는 그 액수가 거반 다 수익금의 반 이상이라는 걸 아는 터라 놀라지 않을 수가 없었다. 나는 두 사람의 석연치 않은 행동을 이리저리 의심해 보다 이 인간이 둘을 다 데리고 살려고 작정했나? 하다 픽 웃고 말았다.

막 출근해서 커피를 마시는데 남편의 전화벨이 울린다. 보기 드문 일이라 서로 얼굴을 쳐다보는데 전화를 받는 남편의 얼굴이 반가움에서 짜증스럽게 변하더니 마지못한 대꾸로,

"안 되겠네요."

"알았어요."

하고는 팽개치듯 전화를 내려놓고는 화자에게 "자기 좀 나갔다 와야겠어!"

"왜, 어딜?"

"배가 놈이 자넬 내보내 달라고 찐득찐득하게 물고 늘어지니……."

화자는 영 내키지 않아 하는 눈치로 잠시 머뭇거리다 화장을 고치고 나간다. 남편의 뒤틀린 심기로 설거지통에 접시들이 쨍그랑 쨍쨍 곤욕을 치른다.

남편은 배 계장 밑에서 트럭을 몰았고 사고 후 회사에서 받는 상해 보상금도 배 계장이 힘을 많이 보탠 은인이다. 또한 그에 눈 밖에 났다간 얼마나 많은 손님을 잃게 될지 모르는 파워를 가진 자이니 남편 속이 편할 리는 없겠다.

숨을 죽이고 화자가 돌아오기만을 기다린다.

이 인간이 내 앞에서 당당하게 자기라는 호칭을 썼다. 어처구니가 없다. 숫제 둘이 붙어살겠다고 선언을 한다면 이렇게까지 열불은 나지 않을 것이다. 둘을 다 붙들고 늘어져 어떻게 하겠다고.

내가 나갔더라도 저렇게까지 화를 낼까? 바로 아니라는 대답이 툭 튀어나왔다. 정이 얼마나 깊게 자리를 잡았기에 저렇게 한시도 떨어져서는 큰일 난 것처럼 유난을 떨까? 알 수 없었던 사실이 드러난 것이라는 생각에 이어 오다가다 만난 사이는 아닌 게 분명하다.

생각지도 않게 남편과 겸상으로 마주 앉았다.

오붓해야 할 자리가 오히려 불편하고 서먹서먹해 화자가 돌아오기만을 기다린다. 기다림이 연속되는 시간 속에서 화자에 대한 미움과 원망이 재처럼 고요히 사그라지는 묘한 느낌에 빠져 씁쓸한 웃음을 지었다. 아침에 나간 사람이 어디서 무얼 하기에 영업시간이 다 되도록 오질 않는다.

나는 남편 눈치 보기에 바쁘고 주방에 남편은 분을 못 이겨 다 때려 부수는지 깨지는 소리가 요란하다.

가만있는 것도 뭐해. "전화해?"

"냅 둬!"

영업시간 발게 헐레벌떡 들어온 화자는 양손에 쇼핑백을 힘겹게 들고 억지웃음을 지으며 눈짓으로 끔벅 주방을 가리킨다. 나는 어깨를 들썩 올렸다 내려놓았더니 눈웃음을 지으며 코를 찡긋하다 마는 걸 보니 알아들었나 보다.

배 계장은 여느 날처럼 제시간에 또 운짱들을 몰고 왔다. 화자는 뭔가 보답하려는 지 오면가면 그의 등짝을 쓱 문대며 지나가고 그는 등 뒤로 팔을 비틀어 어딘가를 더듬어 화답한다. 기술자들이다.

나도 그렇게 하고 싶다는 신호가 몸 구석구석에서 스멀스멀 아우성이다. 내게도 그런 기회가 오기는 하려나? 어쩌면 기회는 내 자신이 만들어야 한다는 깨달음에 뭔가가 스멀스멀 기어오른다.

영업이 끝나고 숨을 돌리는데 화자가 보따리를 풀어 옷가지를 꺼내고 남편은 퉁명스럽게. "뭘 어떻게 해줬기에 그 짠돌이가 통 크게 인심을 썼을까?"

"하긴 뭘 해? 대낮에."

"이거 왜 이래? 기술자가!"

손님이 매일 저녁이면 북적북적해도. 올 사람이 안 보이면 기다려지게 마련이다. 꼭 매상을 생각해서가 아닌 그 뭔가가 있다. 그중에서 유독 세 사람 입에 오르내리는 사람은 단연 작업반장 장 씨와 운송 배차계장 배 씨다. 두 사람은 원래 혼자 오는 법이 없고 꼭 패거리들을 몰고 오는 큰손들이기도 하지만, 만날 보는 사람이라 마음을 주었다. 빼앗았다 하다 보니 생판 남 같지 않았다.

일이 터졌다. 술집이 잠잠해서야 어디 매상을 올릴 수 있겠냐만, 시끄러운 일이 일어났다. 사단은 언제나 화자가 몰고 온다. 낯설은 사내가 갑자기 나타나 화자에게 질 떨어지게 치근댄다.

그것도 몸 여기저기를 더듬고 있으나. 걱정은 안 했다. 가끔은 있는 일이고 워낙 그런 일 처리에 능란한 사람이라 그저 지켜만 보고 있었다. 그런데 그 자리를 피하는 화자를 보고 놀랍고 사내는 쫓아가 잡아끌어 옆자리에 앉히는 깡다구도 있었다.

걱정하게 되었다.

어떻게 해 줄 수는 없으나 남편에게라도 말을 해야 할 것 같고 저런 행패를 받아 주면 다른 손님한테도 물이 들어 그야말로 개판이 될 것이라 내 눈은 바짝 붙어 앉은 두 사람에게만 쏠렸다.

놈이 갑자기 '악' 소리를 질러 주위 사람들의 시선이 한순간에 몰렸다. 화자의 손이 놈의 사타구니에 무엇을 움켜쥐고 있는 것 같았다. 놈이 발작이 난 사람처럼 자지러지게 고래고래 악을 써 댄다. 그제야 사람들은 놈이 부자지를 채였다는 걸 알았다. 화자가 손에 힘을 쓴 채 여유만만하게 입을 연다.

"물건도 물건 같지 않은 걸 갖고 어디에다 명함을 내밀어?"

화자의 능청스러운 말에 손님들에게서 박장대소가 터졌고 그 소리에 떠밀려 놈은 줄행랑을 놓았다.

요란한 소리에 놀란 남편이 주방에서 고개를 삐죽 내민다. 궁금할 것 같아 귀띔해주었더니 대뜸. "미친년!"하고는 이거 다른 술집에서 보낸 파괴 공작원 아냐?

이틀을 연거푸 화자와 남편이 나간다. 둘이서 병원엘 갔나? 했다. 아무 소리도 없었는데 어디가 아픈가? 기분이 좋지 않았다. 말해주면 어디가 덧나나? 괜한 일로 자존심을 건드린다. 그러다 말았는데 다음 날 또 나간다. 이번엔 남편이 전화를 받고 화자에게 서둘러야 한다고 재촉을 해 데리고 나갔다.

그렇다면 화자의 일이 분명해졌다. 무엇일까? 화가 치밀었다. 이것들이 철저하게 나를 묵살해 버린다. 꽤 오래 있다 들어오면서 두 얼굴에는 다소 화색이 묻어나고 고개를 끄떡끄떡 낄낄 웃기까지 한다. 좋은 일이 생겼나 본데 나는 거기에 제외되었다는 것만은 분명하다. 혹시나 해서 오면 가면 눈치를 보면서 말을 걸었다.

"좋은 일 있나 봐?"

"좋은 일은 개뿔!"

뒤로 쓱 물러앉아 묻는 말을 싹둑 잘라 먹는다.

느닷없이 내게 선물을 사 오라는 화자의 격양된 목소리 끝에 걱정거리가 생겼다고 한다. 공장에 계장급 이상 직원들의 대폭적인 물갈이 태풍이 불어 닥쳤다는데. 배 계장과 장 반장도 거기에 끼어 있어 장 반장은 내일 아침 첫 춘천행 버스로 배 계장은 저녁에 대전을 기차로 떠난다고들 하니 오늘부터 당장 영업은 엉망이 될 거라 한다.

한 방 얻어맞은 듯한 멍한 기분으로 밖에 나왔다가 배 계장을 만났다.

직감으로 화자의 꾸밈이 있었다는 걸 알아차렸으나 그때까진 거부반응은 없었다.

배 계장은 대뜸 누구 사정 봐주듯이. "시간이 없어 내 단도직입으로 말하겠소.

나 대전으로 발령이나 오늘 저녁에 대전으로 가게 되었는데 우리 이것저것 따지지 말고 나와 같이 가서 나와 살아 보지 않겠소?"

"아니, 누굴 어떻게 보고 그런 말을 하세요?

처자식이 있다는 말도 들었고 화자하고는 그렇고 그런 사이로 아는데."

"집사람은 애들 교육 문제로 절대 서울을 떠나지 않겠다고 하고 화자는 임자가 있으니 어쩌겠소?"

어이없어 낯짝에 가래침이라도 뱉어 주고 싶지만 억지로 참고 앙칼지게 대들었다.

"그럼 저와 배 씨 하고는 어떤 관계가 되는 건가요?"

"골치 아프게 뭘 그렇게 따져요? 그럼 아줌씨는 무슨 명목으로 세 사람이 붙어사는데?"

"붙어살다니? 중간에 화자가 끼어들었긴 했어도 장사 그만두면 붙어 있겠어요?"

"아직 깜깜이신 모양인데 주인 양반이 바로 내일 간경화로 언제 죽게 될지 모르는 화자에게 간땡이 떼어주어 살려내면 둘이 함께 고향으로 내려가 살기로 철석같은 약속까지 했다는데 당신을 걱정한 나머지 나를 만나게 한 것에요.

원래 둘은 처녀·총각 때 임신까지 했던 사인데 집안에서 강제로 끊어 놔 헤어졌다가 화자가 간경화라는 병이 들고 나서 다시 만났다고 하더군."

할 말을 잃었다. 갑자기 온통 구더기가 우글거리는 똥통에서 허우적거리는 나를 본 나는 미치고 들뜬 마음을 어디다 진정할 길 없어 연신 떠나야 한다는 말만 뇌까린다.

여행 가방을 손에 든 화자는 화장을 화자처럼 떡칠하고는 아무 버스나 무턱대고
오른다.

순탄치 않은 여정

나는 앞자리에 앉은 남자의 인상부터 훑는다. 자그마치 5시간이 넘게 얼굴을 마주 보고 있어야 할 사람인데 이렇게 겉보기로 넌지시 떠보고 나야 내 처신이 한결 편해진다. 또 여차하면 거리를 둘 방어막을 미리 쳐놓을 수도 있다. 말하자면 무사안일을 바라는 소심한 자의 자기 보호책이다.

중키에 걸맞은 체격, 몸피는 작대기보다 그만큼 강단지게 느껴진다. 얼굴을 찬찬히 뜯어보니 얇은 윗입술에 세모난 눈의 모양새가 만만치 않아 보이는 데다 얼굴빛까지 가무잡잡한 게 성질깨나 있어 보인다.

그의 옆자리에 여자는 전혀 짐작할 수 없을 만큼 단아하게 만들어 놓은 무표정한 사진을 보듯 그 얼굴에 그냥 박혀 있다. 그것이 타인의 억압으로 찍어 누른 흔적인지 아니면 속내를 드러내지 않으려는 위장막인지는 여간해서 판단하기가 어려운 얼음 조각상을 보는 것 같다.

무릎을 맞대고 있는 이들도 나와 마찬가지로 귀를 쫑긋 세우고 우리 쪽으로 촉수를 뻗쳐 놓고 있지 않은가.

사실 나는 처음 앞사람과 눈인사를 할 때부터 그의 인상에 졸았고 이래저래 그를 가차 없이 기분 나쁜 이단자로 마무리 짓고 나서부터 거기에 걸맞은 수비 자세로 돌입했다.

눈길을 주지 말고 말을 섞지 말아야 한다는 생각에 목소리 톤을 낮추었더니 화담이 눈을 치켜뜨며 왜 이래요? 라고 눈으로 물었고 나는 어깨를 으쓱 추키는 걸로 얼버무렸다. 기차는 꺼림칙하고 주체스러운 보따리를 매달고 쏜살같이 시간을 앞질러 내달린다.

나는 화담 씨와 기차를 타고부터 불안하다. 어머니는 뒷전이고 작은아버지의 매섭고 날카로운 눈초리로 '야무지지 못한 놈'이라면서 뒤통수에 꿀밤을 먹이던 악몽이 되살아나 나는 바로 주눅이 들어 버린다.

그래도 작은아버지의 승낙 없이 결혼할 수는 없다. 고등학교에 들어갈 때부터 작은아버지의 도움을 받아 학비는 물론 먹는 것에서 운동화까지 모두가 작은아버지의 주머니에서 나와야만 했다.

아버지가 돌아가시고 나서 살림밖에 모르던 어머니가 억척스러운 아줌마로 변했다는 말을 들어야 집안이 편할 텐데 어머닌 그대로 주저앉아 멀건이가 돼버렸고 나 또한 모든 것이 고등학교 수학 선생님이신 작은 아버지의 방정식 같은 완벽에 미치지 못했다.

학교 성적은 친구들도 부러워할 만큼의 점수를 유지하는데 왜, 하필 수학이 좀 떨어져 핀잔을 받을 때면 어깨를 활짝 펴지 못하는 성격까지 싸잡아 탓을 들었다.

그렇게 자란 내가 지금 와서 내 마음 내키는 대로 하겠다는 말을 꺼낼 수는 없다.

더군다나 어머니는 아직도 작은어머님이 하시는 음식점에서 허드렛일해주고 생활비를 받아 오신다.

여자가 네 살이 위라는 것은 요즘 세상에 탓할 일은 아니라 해도 여자가 카페를 직접 경영한다는 걸 떳떳하게 할 말은 아닌 것 같아 속을 끓인다. 진즉에 집안 어른이 이러이러하니 하는 사업을 다른 어떤 것으로도 둘러대자고 상의를 해야 했는데 화담 씨 하고는 진드근히 앉아 진솔한 대화를 이어 가기가 곤란했다. 데이트는 화담 씨가 운영하는 카페에서 쪼가리 시간에 이루어지는 게 고작이다. 카페가 늦게까지 문을 열어 끝까지 붙어 있기를 피했다.

늦게까지 있으면 문 닫는 걸 도와줘야 하고 너무 늦어 집에 데려다 주고 나면 집이 멀다는 핑계로 어물쩍 들어가 눌어붙을까 하는 잔걱정을 했다. 또 화담은 손님이 자주 드나들어 한가해지기를 기다려야 그때 가서 내 자리로 올 수 있고 무슨 말을 꺼냈다가도 손님이 찾으면 부리나케 달려 나간다. 이러니 말할 기회를 잡기가 쉽지 않아서인지 뭉그적거리는 내 성격으로 때를 놓쳤는지는 나 자신도 모르겠다. 하여간 여기까지 온 지금은 발등에 불이 떨어졌다.

어떻게 말을 꺼내야 듣는 사람의 심기를 상하지 않게 할 수 있을까 하고 머리를 굴려도 길이 안 보인다. 괜히 삐딱하게 듣기라도 한다면 카페라는 영업을 대폿집쯤으로 깎아내리려 드는 게 아닐까 하는 생각을 불러일으킬 수도 있겠다. 그렇게 되면 모든 게 끝장난다.

화담은 술기운이 오른 뭇 사내들을 상대하다 보니 사내들의 심리를 빠삭하게 꿰뚫고 있다. 어떤 사람, 무얼 바라는지 주워섬길 때 보면 고장 난 수돗물 새듯 술술 말문이 트인다.

내게 한 첫마디는 "참 순진하시네요."

어쩌다 들른 카페가 단골이 되었고 이런저런 자질구레한 말까지

할 수 있는 말동무가 있는 안식처가 되었는데 화담이 먼저 손을 내밀었다. '같이 살면 좋겠다고'

그러면서 그때 내게만 알려준다며 본명은 류인화라고 했다.

우리 사회는 아직까진 새파랗게 젊은 여자가 맥주와 와인까지 파는 카페의 주인이라면 곱지 않은 눈으로 보는 사람들이 더러는 있다. 그걸 아는 화담은 어떻게든 남의 눈에 어른대는 노랑 빛깔을 지우려고 옷차림까지 신경을 쓰고 있다고 한다.

새로운 기차역 팻말이 휙휙 눈앞을 지나칠 때마다 등줄기에 식은 땀이 솟고 가슴이 답답하다. 숫제 핑계를 만들어 다음 기회로 미루는 게 낫지 않을까 하는 궁색한 생각을 수없이 찍어 누르고 누르다 나도 모르게 그만 봇물 터지듯 터져 나오는데 비포장도로에 들어선 차바퀴처럼 덜덜거리며 말문이 열렸다.

"화담 씨, 작은 아버님이 워낙 고루하신 분이라 걱정이 돼서 하는 말이니 오해 없이 들으셨으면 해요. 하시는 일을 물어보실 텐데 카페라고 하면 단박에 언짢아하실 것 같아서 생각해보았는데 임시 방편으로 다르게 말씀드리면 어떨까요?"

화담의 얼굴은 잠시 흑백 사진처럼 움직임이 없더니 입을 달싹이며 무슨 말인가 하려다 그 말을 삼키고 입을 일자로 굳게 다문 채 차창 너머로 눈을 피하면서.

"내가 알아서 말씀드릴게요."

뇌리에 스치는 간판을 뒤적이느라 골머리가 빠지는데 화담이 어깨를 툭 치는 바람에 흠칫 놀라는 나를 웃으면서 한 번 더 툭 치고는 한 움큼의 과자를 내민다. 손가락 같은 찹쌀 유과에 김을 두른 맥주 안주로 내가 좋아하는 것을 가져온 모양이다.

　얼굴엔 화가 나거나 분한 모습은 아무것도 보이지 않았다. 알 수가 없다. 원래 모난 데 없이 무덤덤한 편인지 물장사하면서 여성 특유의 새침한 마음보에 굳은살이 생겼는지 모르나 팩 토라지거나 암상이 돋친 걸 보지 못했다.

　어찌 보면 이런 사람이 더 무서울 수도 있겠다고 생각하지만 참다가 단번에 무 밑동 자르듯 인연을 싹둑 끊자고 하면 어떻게 하지.

　시계 초침이 짤깍짤깍 등짝을 찔러 벼랑 끝으로 내몰고 있다. 제발 어떤 반응이라도 보여 주면 좋겠다. 이대로는 가기도 뭐하고 안 간다고 하기엔 너무 늦었다. 질질 끌다가 화담의 마음이 바뀔까 봐 걱정이 앞선다.

　놓치고 싶지 않은 여자다. 사귀어 본 여자가 없어 그런지는 몰라도 내게 없는 걸 모두 지녔고 만나면 있던 걱정도 술술 풀어준다. 나는 이런 여자라야 된다. 그래야 화끈한 성격을 반만이라도 닮아 무섭고 어지러운 세상에 당당하게 설 수 있을 것 같다.

　정 안될 것 같으면 동거를 먼저 해 아이를 낳고 그때 가서 찾아뵙는 방법도 있기는 하다. 애가 생긴다면 그야말로 양수겸장이다. 아이 때문에 카페를 때려치우겠다는 말이 나올 수도 있고 작은아버지도 무얼 하던 여자인지 알 수 없게 된다. 나는 화담의 마음이 변하지 않기를 빌 뿐인데 화담은 아무 일도 없다는 듯이 괜히 앞사람과의 이 일 저 일 필요 없는 말을 집적대 가며 짓까불어 짜증스럽게 편치 않은 시간이 이어지고 있다.

앞자리에 세모꼴의 메밀 눈의 남자가 비아냥거린다기보다는 자분자분 타이르는 듯한 그의 어쭙잖은 어조가 속을 뒤집어 놓는다.

"참견할 바는 아니나 듣자 하니 어려운 일에 부딪힌 것 같은데 정면 돌파만이 해답일 것입니다. 둘러대 봐야 위기를 임시방편으로 모면한다지만, 그다음에는 틀림없이 거짓을 더 보태야 하고 그것이 터무니없는 거짓이 되어 결국엔 용서받지 못할 탄로가 나게 마련이지요."

그때 그 자식도 그랬다.

수학 시험 시간에 커닝하다가 그놈과 눈이 마주치는 순간 가슴이 덜컹 내려앉았다. 놈은 낚싯밥을 놓치지 않으려고 울상이 된 얼굴을 재빠르게 훑은 것으로 인증샷을 머릿속에 입력했나 보다

그때는 내 이름이 시궁창으로 텀벙 떨어지는 걸 직감했다. 학교 친구들에게 떠벌릴 테고 작은아버지의 귀에 들어가는 건 시간문제다. 그렇게 되면 학교는 물론이고 집에서도 무슨 낯짝으로 버틸 수가 있겠나? 갑자기 도망을 가야 할 것 같다는 생각까지 했다. 어디로 도망을 가야 하나?

시험지를 받아 들었을 때 겁을 먹어서인지 다른 문제와 혼동을 해 당황했고 잠시 머릿속은 하얗게 지워져 버려 제정신이 돌아왔을 때는 마음이 급해져 엉뚱한 짓을 하고 말았다. 제 놈이 봤어도 그렇지 저만 알고 있으면 될 일을 일부러 찾아와 어른티를 내려고 목소리나 말투를 꾸며 깐족거리면서 비난과 공박을 해 속 깊은 데까지 후벼 파고 들쑤셔 짓이겨 놔야만 했나?

오죽 사정이 절박했으면 커닝을 했을까? 그것도 작은아버지에게 배우는 수학 시험이고 수학 시간이면 번번이 곤욕을 치르는 걸 봐

왔으면서 왜 그러는지? 알 수 없다.

수학에는 날카로운 가시가 박혀 있다. 아버지가 돌아가시고 나서부터 작은아버지는 내게 신경을 많이 쓰셨다. 특히 공부에 대해서는 더욱 그러했다.

다행히 공부를 잘하는 편인데 하필이면 수학 점수가 좀 떨어져 따로 시간을 내 지도를 해 주셨는데 살가운 정을 느끼기 전에 안경 너머의 눈매가 너무 무서워 겁을 집어먹었다.

그러고 난 후로는 작은아버지와 마주치기만 해도 겁에 질려 내 몸은 굳어지고 나중엔 수학책만 봐도 정신장애를 일으킬 정도로 민감하게 되었다.

과외를 받아 성적이 올라야 하는데 날이 갈수록 성적은 점점 떨어졌다. 견디다 못해 작은 집에 가야 할 시간에 핑계를 대고 도망을 다니기에 급급했다. 다행히 눈치를 채시고 나서 과외를 그만두셨지만. 결국 이런 소심증으로 실력에 비해 터무니없이 안전한 대학을 선택했고 남자답게 변하는 과정도 딱딱한 키틴질로 씌워졌는지 아주 더디고 조심스러운 성격으로 변했다.

뭣 하나를 하려고 해도 처음 하는 일은 덥석 덤벼들지 못해 남들보다 훨씬 뒤져 직장에서 '애늙은이'라는 별명을 얻었고 화담에게도 벼르기만 했지 할 말을 꺼내지도 못하는 걸. 화담은 오히려 모든 일에 머뭇거리는 내 성격이 되바라지지 않아 좋다고 한다. 카페 단골손님 중에 마담에게 잘난 체하면서 집적대는 건달들은 언젠가는 찜 쪄 먹으러 덤벼들 놈이라고 매도해 버리면서.

메밀 눈이 또 입을 열었다.
"그리고 카페가 뭐 어떻다는 거요? 맥주를 판다고 해서 요즘 세상에 맥주를 따라주거나 권주가라도 부르는 데가 있나요? 아니면 옆에 앉아 여우짓을 하길 합니까?

젊은 친구가 그런 생각한다니 남이 들으면 꼴통이란 소릴 듣겠어요. 안 그래요?"

아니, 남이 들으면 이라니, 또 뭐 꼴통?

제 놈이 언제부터 나를 알아 슬쩍 터놓고 지내려고 하나?

참으로 어이없는 놈을 만났다. 대꾸할 말을 찾는데 화담은 맞장구를 치고 거기에 부채질까지 한다. "이이는 옛 선비 같은 사람이에요. 저는 그런 소릴 들어도 때 안 묻은 깨끗한 사람이라 그러려니 한답니다. 따지고 보면 남 헐뜯기는 좋아하는 게 잘못이지 이이에게 문제가 있는 게 아니잖아요?"

"그 말을 들으니 그렇기도 하군요."

잘들 놀고 있네! 저희끼리 북 치고 장구 치며 짓까불어 멀쩡한 사람 병신 만들고 있어도 가만있으니 망정이지 말대꾸했다가 본전도 못 건질 말재간에 적이 놀란다. 그만했으면 좋으련만, 노인들의 고루한 고정관념에서부터 왜 결혼에 부모의 승낙을 받아야 하는지를 놓고 토론인지 성토장을 방불케 열을 올리고들 있다. 한마디 하고 싶은데 뭐라 해야 할지 머리에 떠오르는 것도 없고 나는 아직 말로서 어느 누구를 이겨본 적이 없으니 국으로 입 다물고 낫겠다고 생각했다.

배가 편치 않다. 먹은 것도 별로 없는데 속이 더부룩하고 숨쉬기가 거북스럽다.

신경이 배 쪽으로만 가 있으니 부글부글 끓는 것도 같아 설사하려나 하는 생각이 들었다.

기차에 오르기 전에 뭐 좀 간단히 먹었으면 좋겠다는 화담이 매점에 들러 카스텔라와 우유를 사 함께 먹었는데 그게 탈이 났나 보다. 조금 있으면 가라앉겠지 했던 것이 점점 심해져 다급한 불안이 몰려온다. 생각할 여지 없이 화장실로 가 까고 앉았다. 속은 비비 트는데 기적이 없다. 아! 몹쓸 병이 또 도졌나 보다. 기차표를 예매하고 나서부터 신경이 쓰이더니…….

어려서 작은아버지를 무서워했을 때는 꿈에까지 따라와 괴롭히셨다. 밤새에 부대낀 날은 여지없이 아침에 뱃속이 꼬집어 뜯기고 곱똥을 눈다. 그 후부터는 어떤 고민거리라도 씨름을 하면 귀신같이 배를 강타한다.

누군가를 두려워한다는 건 그 누구에게 자기 자신을 지배할 힘을 내준 것이란 말을 다른 사람이 아닌 작은아버지에게 들었다. 그걸 아시는 분이 왜 하나밖에 없는 조카에게 겁을 주실까?

멋모르고 작은아버지를 따라 큰 병원엘 가 갖가지 검사 끝에 '과민성대장증후군'이라는 병명을 받고 '참 여러 가지도 하는구나.'라는 작은아버지의 한마디를 얹어 들었다.

밖에서 기다리는 사람도 꽤 급한지 사람이 안에 있다는 걸 알면서 노크를 해댄다. 더 오래 앉아 있기도 뭐해 마지못해 일어서야 했다. 자리로 돌아가려고 몇 걸음 떼는데 갑자기 배가 뒤틀리면서 벌써 항문이 움찔거려 견뎌 낼 수가 없었다.

그 자리에 멈춰 선 채 꼼짝 못 하고 온몸에 힘을 바짝 주어 요동치는 배가 가라앉기를 기다렸다. 차츰 진정되어 화장실에 갈 수 있었다. 그렇게 급하더니 또 기적이 없다.

자리로 돌아와 보니 외로 꼬고 있는 여인은 아예 없는 사람처럼 눈길도 주지 않고 둘이서만 천연덕스러워 보일 만큼 깔깔거리며 수

다를 떨고 있다.

또 시작이다. 처음 만난 사람을 그냥 놔두질 않는다. 자신을 스스로 알리려는지 상대편을 알려고 하는지는 모르나 꽤 바쁜 사람이다. 어쩌면 내게 없는 그런 면이 보기 좋아 그녀에게 마음이 끌렸는지 모르지만, 가끔은 이방인을 대하듯 문득 이상한 눈으로 그녀를 쳐다보는 내가 있어 씁쓸한 웃음을 짓고 만다.

말이 끊어졌다. 모르는 사람끼리 수다도 그만치 했으니 동이 날 때가 됐다 하였더니 메밀 눈이 야릇한 표정을 짓고 나를 빤히 쳐다본다. 낌새가 또 말 몇 마디로 한 번 더 우쭐 곤댓짓을 하고 싶은 모양이다.

커닝하는 걸 본 놈도 음흉한 미소를 띠고 있었고 나는 할 말을 잊고 잠시 멀뚱히 서 있기만 하다. 놈은 굳어진 표정으로 입가에 야비한 웃음을 띠고 조용한 곳에서 애기 좀 하자며 앞장서 외진 곳으로 갔다. 놈과 마주 서서 놈의 말을 기다리는 게 몹시 마음을 조여왔다.
"나는 너 같은 모범생이 커닝하는 걸 보고 처음엔 그저 놀랐어!
그런데 그게 지워지질 않고 계속 머릿속을 휘젓는 거야. 너로 인해 쓸데없는 고민을 하게 되었지. 이 고민에서 벗어나려면 선생님에게 일러바쳐야 한다는 충동이 꿈틀거리는데 또 선생님이 알게 되면 너는 얼마나 곤욕스러운 입장이 될까? 그것도 내게 안겨질 부담이 될 거 아냐?
그러다가 이런 생각을 하게 되었어. 나도 너처럼 그만큼의 옳지 않은 짓을 너와 연관되게 일을 벌인다면 서로의 잘못이 상쇄되지 않을까 하고. 말하자면 내가 눈을 감아주는 대가를 받는다든지 너의 입장에선 뜯어낸다고 해도 상관없지만.

무슨 말인지 알겠어? 처음엔 이것도 미친 짓이란 생각을 했지만, 영화나 드라마에서 보면 껄끄러운 일을 그런 방법으로 넘기기도 하잖니?

야, 이놈 봐라. 새파랗게 어린 것이 까져도 아주 발라당 까졌네. 무서운 놈이다.

아니, 흘깃 본 걸로 제 잇속을 차리겠다는 거 아냐?

"무얼 원하는데?"

"내가 요즘 기타를 배우고 싶은데 학교 성적이 좋지 않다고 부모님이 취미생활마저 승낙을 안 하시는데 네가 여유가 있으면 하나 사주면 안 될까?"

나는 슬픈 표정으로 말했다.

"내게 돈 이야기는 꺼내지도 마라. 아버지 돌아가서고 나서 모든 생활비는 작은아버지인 수학 선생님의 주머니에서 나오는데 내가 무슨 돈이 있겠냐?"

"그랬구나? 난 몰랐어. 미안하다."

미안하다는 말도 했겠다. 사정을 알았으면 보내 줄 것이지.

왜 또 미적거리면서 무엇을 생각하는지 땅바닥을 내려다보고 냅다 걷어차질 않나.

쓱쓱 문지르기를 되풀이하다가 우뚝 서며 빙그레 웃는다. 무엇인가 반짝이는 묘책을 낚아챘는지 그의 사악한 눈이 악마처럼 번득였다.

"이렇게 하면 어떨까? 친구가 내 뒤처진 공부를 도와주려고 하루에 한 시간씩 우리 집에 온다고 하면 부모님은 아마 대환영일 테고. 수고비로 얼마는 너에게 줄 거 아냐? 그러면 그 돈을 모으는 걸 내 기타를 살 때까지만 네가 수고해주면 어떨까?

요놈이 공부는 시원찮아도 머리 굴리는 건 보통이 아니네. 암만해도 외통수에 걸린 것 같다. 싫다고 하면 놈은 바로 맞받아칠 무기가 있어 나만 더욱 비참하게 된다. 오히려 인심 쓰고 통 큰 척이나 하는 게 낫겠다고 생각했다.

"그렇게만 해주면 된단 말이지? 나중에 딴소린 하지 마라."

"알았어! 나 그렇게 나쁜 놈은 아니야. 지내보면 알겠지만."

이렇게 해서 며칠 동안 마음 졸이고 애태웠던 고민이 씻은 듯이 해결되었고 꿈에도 생각을 못 했던 가정교사가 되었다.

나는 책상머리에서 태도를 엄하게 잡도리했다. 처음에는 놈이 어이가 없는지 대들려고까지 하더니 그래도 제 공부 수준에 저도 할 말을 잃어 무던히도 참아가며 내 지도에 따랐다. 그 덕에 얼마 안 가 공부에 취미가 조금은 붙는 낌새가 보였다. 놈의 학습 태도가 진지하게 달라진 걸 본 놈의 어머니도 나를 대하는 대우가 달라졌다.

찐 고구마였던 간식이 백화점에서나 볼 수 있는 외국 과일에 과자도 외국제로 바뀌었다. 이럴지 알았으면 나도 진즉에 알바 자리를 알아볼 걸 그랬다 하는 생각을 했다. 또한 놈에게 수학을 지도하면서 나 자신에게도 놀랄 정도로 자신감이 붙어 수학 시간의 두려움이 아주 사라졌다.

석 달 만에 놈은 기타를 쟁취했다. 그 집 어머니의 더 있어 달라는 간곡한 부탁이 있었지만, 기타를 손에 거머쥔 놈의 마음을 일찌감치 잿밥으로 가 있는 걸 안 나는 그길로 발을 끊었다. 그 후로 한참은 잠잠하던 놈이 또 무엇이 필요한지 맡겨 놓은 돈 이자 챙겨가듯 뻔뻔스럽게 나타나 과외를 다시 해달라고 떳떳하게 요구했다.

어이없고 기가 막혀 "너 지금 빚 받으러 왔니? 째려보며 통명스럽게 물었다.

놈이 급하게 "나도 대학을 가야겠어! 실용음악과를 지원하려고 하는데 너도 잘 알다시피 내 실력으로는 어림도 없잖아? 그러니 날 좀 도와주면 좋겠다."

"그래서 요구를 하는 거야? 부탁을 하는 거야?"

아니, 놈이 무릎을 털썩 꿇는다. 어지간히 급했던 모양이다. "미안하고 잘못했다."

이건 나에게는 놀라운 순간이었다. 기쁨과 놀람이 나의 전신을 관통해 나갔다.

또한 나는 그 누구와도 적을 만들고 싶지 않았고 얼마나 다급하면 무릎까지 꿇을까? 하는 생각에 그만 도와주자는 마음이 동해 일주일에 한두 번 시간을 만들어 뒤떨어진 공부를 채워 주었다. 놈은 열심히 따라왔고 나도 아는 것을 철저히 다져 나가게 되었다.

다행히 놈은 원하는 대학에 입학했고 친구 어머니는 아들과 나에게 입학 선물로 신사복을 선물로 사주었다. 놈은 요즘 TV에도 얼굴을 내미는 연예인이 되었고 아직까진 잊지 않고 찾아와 술을 사주는 호의를 베푸는 친구가 되었다.

지금까지도 거의 이해가 안 되는 나의 돌출 행동은 내 속 어디엔가 웅크리고 있던 악마도 여리고 여린 내 성격을 보다 못해 떠다민

장난이었으나 보다.

메밀 눈이 여유를 떨며 농조로 또 내게 또 포문을 열었다.

"실례지만 형씨를 참참이 보고 있으면 맑은 눈을 갖은 청노루 같다는 생각이 들어 뭣 좀 물어보려고 해요. 분명 깨끗하고 올곧은 대답을 기대하면서요.
결혼해 살면서 누구나 부부싸움을 하게 되는데 형씨는 어떻게 대처해야 가정이 화목하게 지낼 수 있다고 생각하십니까?"
이건 또 무슨 뚱딴지같은 소릴 지껄이냐? 이거 미친 거 아냐.
"아니, 결혼도 안 한 사람에게 덕담을 못해 줄망정 왜 부부싸움을 들먹입니까?"
"아, 글쎄 누구나 겪는 일이라 현명한 청년에게 조언을 듣고 싶다고 했잖아요."

공이 또 내게로 넘어왔다. 나는 얼결에 놈이 펴놓은 장기판에 맞상대가 되어있었다. 한 수가 들어왔는데 응수하지 않으면 졸지에 지질한 사내로 찍혀 화담에게 쪽을 못 쓰고 살게 된다.
답을 기다리는 눈빛 속에 감추어진 조소가 자존심을 까뭉개려고 한다. 놈은 마치 단판으로 내기를 끝내기라도 할 기세로 '장기 두는 사람 어디 갔느냐? 는 듯한 희롱조로 "한마디 하시지." 재우친다.
나는 지금 화담 앞에서 놈과 철저하게 비교당하고 있다. 입을 떼지 않으면 역시나 하고 말까? 어쩌면 실망이 너무 커 마음을 바꿀 수도 있다. 그러나 서투른 대응으로는 놈을 이길 확률은 극히 희박하다. 아니 도저히 없을 것이다.

차라리 책에서 본 논리대로 정연하게 펼쳐나가면 아무리 어깃장을 놓아도 끝끝내 내 주장을 굽히지 않고 대들 수 있겠고 그나마 체면을 유지할 수 있겠다는 자신감이 싹트기 시작한다.

　　"팔릴 지브란 시인이 쓴 시 '아이들'에 주인공을 바꾸어 들려 드려 보겠습니다."

　　당신의 부인은 당신의 것이 아닙니다.
　　당신들은 서로가 선택했지 누구도 끌려온 것이 아니니까요.
　　당신과 함께 살고 있지만, 당신에게 얹혀사는 것은 아니잖아요.
　　부부는 사랑을 줄 수는 있어도 생각을 줄 수는 없지요.
　　사람들은 누구나 스스로 생각하고 있기 때문입니다.
　　당신은 부인에게 육체의 집을 지어 줄 수는 있어도
　　영혼의 집을 지어 줄 수는 결단코 없습니다.
　　부부 누구든 때론 혼자만의 영혼 속에서 살 수도 있고
　　누구든 그 집을 결코 꿈에서도 찾아갈 수 없을 때도 있습니다.
　　그렇다고 상대편처럼 되려고도 하지 마십시오.
　　삶이란 뒷걸음 쳐 가는 법이 없으며
　　어제에 머물러 있는 것도 아니기 때문이지요.
　　당신은 살아 있는 화살이고
　　부인은 살아 있는 활일 때도 있지요.
　　부부지간은 활과 화살의 관계입니다.
　　부인이 활시위를 힘껏 당겨
　　화살인 당신이 힘차게 나아갈 수 있도록
　　도와주는 사람일 뿐입니다.

"어떻게 부부싸움에 대한 대답이 되었습니까?"

"말수가 적은 분인 줄 알았더니. 대단하십니다. 우리 같은 사람에겐 너무 어려워 입 한 번 더 뻥끗했다간 또 무슨 말 벼락이 떨어질까 무서워 그냥 '알아들었습니다.'라고 하고 그만두는 게 상책이 아닐까 싶습니다."

화담이 내 손을 꼭 잡고 힘차게 두어 번 흔든다. 한참이나 가만 있던 메밀 눈이 그냥 끝내기가 뭔가 못내 서운한지 점잖을 떨며 입을 또 연다.

"사내들이 급하면 우선은 우격다짐으로 심하면 폭력까지 써가며 위기를 모면하려고 하는데 그게 크게 잘못되었다는 걸 알면서도 고치지 못하는 게 사내들 아닙니까?"

또 달갑잖은 입을 열어야 했다.

"우선 언성이 높아지면 문제는 걷잡을 수 없이 변전 되어 커지게 마련입니다.

오죽하면 마당에서 놀던 개도 집안에서 큰 소리가 들리면 꼬리를 사리고 구석빼기로 몸을 피한다는 말이 왜 생겼겠어요?"

그놈의 입이 오두방정이라 또 나불댄다.

"그렇다 해도 부부의 일이란 생각하기는 쉬워도 닥쳐 보면 그게 그렇지 않아요. 대화로서 안 될 일이 세상에 어디 있겠냐는 말을 수 없이 들어 저도 벌써 참고 살려고 노력은 하고 있지요."

돌처럼 아무 말 없이 굳어져 있던 냉동 여인이 갑작스럽게 입을 열었다.

작심한 듯 앙칼지게

"그렇게 사리가 밝은 사람이 왜 저한테는 윽박지르고 툭하면 주먹을 휘두르세요?

내가 파운데이션으로 짙게 화장하게 된 게 다 멍 자국을 가리려는 것이라는 걸 모른다는 말을 할 수 있겠어요?

가만 보면 남 앞에서는 가장 멋진 신사처럼 번지르르한 말을 늘어놓고 남의 눈 뒤에선 시정잡배와 다를 것 없는 무지막지한 행동을 하니 참 어이가 없네요. 공연히 남에게 시답지 않은 참견 말고 우리 관계나 명확하게 입장을 밝히세요. 내가 말했지요? 그 버릇 못 고치면 안 살겠다고.

막힘없이 이어지는 냉동 여인의 말이 가시가 되어 메밀 눈의 목구멍에 콱 틀어박혔나 보다. 떼굴떼굴 구르던 말들이 일시에 멈춘 정적 뒤에는 두 사람의 드러나지 않은 관계와 숨이 가빠질 앞일이 매우 흥밋거리로 상상이 된다.

메밀 눈의 얼굴엔 야릇한 웃음기가 어리고 몸통은 말뚝처럼 뻣뻣하게 굳어져 버려 공간의 분위기까지 다 얼어붙었다. 화담도 입을 다물고 아예 감은 눈을 손바닥으로 덮었다.

메밀 눈이 냉동 여인을 노려보더니 독하게 쏘아붙인다.

"네가 죽으려고 환장을 했구나!"

때마침 기차가 어느 역인지 정차를 했다. 갑자기 냉동 여인은 여행 가방 하나를 홱 낚아채 뛰어나간다. 메밀 눈이 얼결에 상황 판단을 못 하고 머뭇거리다 뒤늦게 벌떡 일어나 뒤를 쫓았으나 시간이 짧았는지 되돌아오다 우뚝 서더니 원망에 가득 찬 눈초리로 애꿎은 내 얼굴을 스캔하여 메모리칩에 저장하고 발길을 돌린다.

아마도 아쉬워할 때마다 원망의 아이콘을 들춰내 갖은 욕설을 퍼붓겠지.

악마는 강자 편에 서다

악마는 강자 편에 서다

남에게 비수가 될 수 있는 말을 거리낌 없이 내뱉는 마녀라면 저럴까?

나는 그 어이없는 말을 듣고도 그 자리에 얼어붙어 있다. 대들지 못할 사정이라 해도 한마디쯤은 해야 하는데 걸리는 게 너무 많아 무방비로 치인 채 죽은 듯이 가만있자니 온몸에 피가 거꾸로 치솟아 내 눈은 해칠 수 있을 만한 둔기를 바쁘게 찾고 있다.

이대로 있다간 뒷생각 않고 일을 저지를 것 같아 문을 박차고 나와 정원 귀퉁이에 구차하게 붙어 있는 창고로 내달려 창고 안 담벼락에 대고 욕을 입에서 나오는 대로 주워섬겨가며 바락바락 악을 써도 시원치 않아 비어있는 쓰레기통에 빈 유리병을 냅다 집어 던져 박살을 내고서야 맥없는 웃음이 픽 새어 나온다. 화가 풀릴 때까지 한껏 집어 던지고 나서 집 안으로 들어오니 강 회장이 한마디 한다.

"내 욕을 얼마나 했는지 귀가 가려워 혼났는데 이제 좀 풀렸어?"

한 짓이 뜨끔은 한지 어설픈 말로 퉁 치려는 뻔뻔함과 넉살에 또 한 번 질렸다.

마지막 남은 내 희망을 그저 장난질하듯 눈 하나 깜짝 안 하고 뭉개 버린 염치없는 여자 앞에서 할 말은 꺼내지도 못한 채 얼굴조

차 똑바로 바라보지도 못하는 내게 침이라도 뱉고 싶다.

숨어 살면서도 그 사람 만나기를 고대하며 숨을 죽이고 살고 있는데 고약같이 까맣게 졸아든 한 방울에 희망까지 날려 보냈으니 무슨 낙으로 산단 말인가.

그 사람이 나를 마음에 두고 있다는 건 진즉에 알았지만, 반들반들한 놈의 꼬임에 빠져 꽃다운 청춘의 임자를 이도 저도 다 놓쳐 버렸다.

그 순진한 오빠는 내 흠집을 다 알면서도 끈을 놓지 않고 있다기에 사촌오빠에게만 넌지시 그러나 아주 지극히 깊고 간절한 마음으로 은둔처를 밑밥으로 흘려 놓았는데 사라진 기대의 무게가 고스란히 내 가슴을 누르고 있을 그만치 아프다. 아니, 어떻게 그럴 수가 있나? 자기 눈에 거슬린다고 다시는 얼씬 대지 못하게 한마디로 딱 잘라 그런 사람 없다고 했다는 말에 옆에서 지켜보던 편 사장이 듣기에도 안됐던지.

"그건 좀 너무 심했네! 꽤나 기다리던 사람 같은데."

한마디 거들다가 구정물을 옴팡지게 뒤집어쓴다.

"그렇게 모든 일을 좋게만 생각하니 회사에서는 당신을 물러 터졌다고 물컹이라고 부르는 거야. 아무려면 내가 아무에게나 덮어놓고 까다롭게 구는 줄 알아? 척 보는데 집에 들여놓고 싶지 않은 사람이라 그랬어! 수백 명을 거느린 회사를 운영하다 보면 반은 관상쟁이가 되거든.

얼굴을 드러내지 않으려고 굵은 검정 안경테를 썼고 검정 바지에 검정 후드 재킷에다 군화 같은 걸 신었는데 꼭 뉴스에서 본 범인 같았어. 내가 아니고 어느 누구도 그 사람을 좋게 볼 사람은 없을 거야.

미스 고도 좋은 사람을 만나야지 안 그래?

지금처럼만 얌전히 든직하고 있으면 내가 알아서 짝을 채워 줄 테니 너무 다심히 생각지 말고 마음 편히 기다려 봐. 그러지 않아도 내가 벌써 점 찍어 둔 사람이 있긴 한데 길게 잡고 지켜보고 있거든. 한 사람의 인생과 행복을 좌우하는 일인데."

말하는 본새가 집안 안팎일을 어벙한 부부에게 맡길 만한 나 같은 숙맥을 찾아내 평생을 부려 먹겠다는 소리로 들린다.

나는 아프다. 쫓아가 머리끄덩이를 틀어쥐고 패대기를 치든 낯짝에 침이라도 뱉어야 할 판국에 내뱉지 못한 말들을 머릿속에서나 둥둥 떠다니게 놔두고 발이 바닥에 얼어붙었으니 그야말로 신세가 뭐 같다.

한동안 이상하리만치 잠잠하다 했더니 일이 터졌다. 운전기사 박 씨가 집에 사정이 있다고 해 결근을 허락한 편 사장이 직접 차를 몰아 출근을 하다가 접촉사고를 냈다. 차 범퍼가 심하게 찌그러지고 상대편 차를 작살냈다는 걸 강 회장에게 어느 누가 잽싸게 일러바친 모양이다.

강 회장의 운전기사 송 씨의 말로는. 강 회장에게 바지 허리춤을 바짝 잡힌 편 사장은 걸음도 제대로 걷지도 못하고 게걸음을 치며 끌려오다시피 했다고 한다.

오늘도 역시 체면을 깔아뭉개는 쌍소리부터 시작한다. 언제나 그렇듯 집 안에 있는 아무라도 보고 들을 수 있는 응접실에서 판에 박은 듯 똑같은 레퍼토리가 쏟아져 나온다. 망신을 극대화하려고 그녀가 깔아 놓은 멍석에서.

이런 광경을 부부싸움이란 말로는 얼토당토않고 마님이 시키는 대로 하지 않고 딴짓하다가 들킨 돌쇠가 혼쭐이 나는 광경이라 할까. 하여간 그녀의 악다구니질에 짓눌려 한마디 대꾸도 못 하고 하얀 벽면의 어딘가를 아연히 바라보는 남자는 항상 방패고 여자는 창이다.

내 눈깔이 삐었지. 아버지가 보는 눈이 있어 그렇게 반대를 하셨는데 결국에는 내 눈 내가 찌르고 있으니 내 참. 껍데기만 보고 홀딱 빠져 인연이 아닌 악연을 불러들였어. 처음 만났을 때는 신사인 척 그렇게 연기를 잘하던 단역배우 출신이 왜 이 모양이 되었는지 모르겠어.

회사에서도 하는 일 없어 심심하다고 투정하지 말고 영어 하나라도 똑 부러지게 배워 외국 손님이 왔을 때 사장이 직접 나서서 진두지휘하면 얼마나 보기 좋으냐고 그렇게 노래를 불러도 어느 집 개가 짖느냐? 하고 마는 저런…….

'여염집 여편네 같았으면 진즉에 도장 찍고 갈라섰어.'란 넋두리로 끝을 낸다.

언젠가 한 번은 편 사장이 술이 떡이 되어 한다는 말이. "제발 나 좀 버려다오!"

동네 당구장 하나 차릴 밑천이면 더 바라지 않고 떠나서 죽은 듯이 살 테니.

강 회장이 싸울 때면 바락바락 목청을 높여 가며 원수니 악연이라고 하면서도 헤어지자는 말은 입 밖에도 내지 않는 이유를 모르겠다. 어쩌다 친구들이 집으로 와 수다를 떨 때도 남편의 흉을 있는 대로 다 보면서도 꼭 끝말에는 그래도 지금까진 큰 말썽을 부리지는 않는다고 치마폭으로 감싼다.

어이가 없다. 선뜻 몸을 맡긴 건 아니라 해도 악을 쓰거나 발버 둥을 치지도 고슴도치처럼 몸을 돌돌 말아 손을 쓸 수 없게 방어태 세를 취하지도 않았지만, 그래도 헤프다는 소리는 듣지 않을 정도 로만 시간을 끌다가 빗장을 풀어주었는데 뭐가 그렇게까지 몸 둘 바를 몰라 절절매는지 남자가 그만한 일로 그처럼 소심하니 여편네 에게 만날 쫑코를 맞고 살아 골샌님 소리를 듣지.

어찌 됐든 남녀가 몸을 섞었으면 그때 그놈처럼 애가 생기거나 말거나 뒤도 돌아보지 않고 어디론가 훌쩍 떠나 버렸어도 어쩔 도 리가 없는데 왜 또 봉투에 오만 원짜리 지폐를 미어지도록 채워 내 미는 것이나 비위를 맞추느라 절절매기까지 해야 하는지?

몸값을 따진다는 것도 쪽팔리는 일이겠지만, 불과 몇 분 동안에 몹쓸 짓을 했다고 이렇게 큰돈을 받을 수도 있다는 게 오히려 놀랍 고도 화가 난다. 이렇게 큰돈이면 울 엄마가 언제 데리고 갈지도 모 르는 손녀를 혹처럼 달고 남의 집 비닐하우스에서 일이 년은 날품 을 팔지 않아도 될 큰돈을.
하기야 이름뿐인 바지사장이라도 사장이 이깟 돈 정도는 잔돈푼 같겠지만 과해도 너무 과했다.

편 사장이 몸살 기운이 있어 누워있는 방에 물병을 들고 들어갔 다가 손목을 잡혔을 때 내 머릿속 회로에는 초고속 계산기가 통박 을 굴려댔다.
강탈자를 순순히 받아들이느냐 마느냐에 따라 바로 내 삶이 달라 지고 어차피 막아낼 수 없다면 그냥 맡기는 게 낫다는 생각도 들고 까딱하면 내 일자리부터 휙 날아가 버린다는 걱정이 앞서는 중에 벌써 오래전에 더럽혀진 몸뚱이에 남편이 있어 정조를 지켜야 할 처지도 아닌데 더 생각할 것 없이 인심이나 쓰고 나 또한 즐기면 마음 편할 일이라 생각했다.

처음에 잠깐 뿌리쳤던 건 단지 보여 주기 위한 형식적인 태도가 아닌가?

어쩌면 길을 걷다가 모르는 사람에게 어깨를 세차게 부딪쳐 넘어지는 우연한 사고 같은 것일 테고 그저 순간적인 충동이겠지 했다.

어디서나 처녀 행세를 하고 있지만, 못된 놈에게 딱 하룻밤 불과 몇 분 동안 서투른 몸짓에 상대방은 무시한 채 급하기만 한 행패로 두려움과 고통 그리고 가물가물하지만, 온몸을 달뜨게 한 놀랍도록 신기한 맛을 본 것으로 거치적거리는 딸내미 하나를 얻은 게 전부다.

말이 가정부이지 일반 가정부의 서너 배가 되는 월급을 아무 데에서나 받을 수 있는 게 아니다. 물론 시도 때도 없이 어떤 일이라도 시키면 해야 하고 허구한 날 구정물 같은 까닭 모를 불평불만을 뒤집어써도 다행히 뒤끝은 없는 여자다.

애써 준비해 놓은 음식도 수틀리면 그 자리에서 쓰레기통으로 쳐놓고 본인이 지켜보는 앞에서 시키는 대로 하라고 하면 아무 말 못하고 다시 요리하지만, 하다 보면 대개는 내가 한 그대로 일 때가 많다. 그래놓고 연신 맛이 다르지 않으냐고 다그칠 땐 속이 차지 않은 허깨비가 그녀의 비위를 맞춘다.

보나 마나 사장과 회장의 밤일도 그럴 게다. 불만과 불신의 타박으로 찌들대로 찌들은 편 사장은 아예 멀찌감치 떨어져 앉아 있듯 눈치를 봐 가며 나한테도 했듯이 연신 '괜찮아?'란 말로 뒤를 두면 서 벗으라면 벗고 끝내라면 알았다고 하겠지. ㅋㅋㅋ

한 번도 아닌 '괜찮아?'라는 목소리가 하도 딱하게 들리기에 "왜 그런 걸 물어요? 소리를 들으면 아실 텐데."라고 하는 말에 대답은 "그래야 맘이 편해."

이상한 일이 일어났다. 음부에 가려움증이 생겼는데 자세히 볼 수도 긁을 수도 없어 소금물로 닦아내기도 하고 식초를 섞은 물로 토닥토닥 두드려 주었더니 화끈거려 약이 되는 게 아닌가 하고 기 대를 했더니 벌집을 쑤셔 놓은 것 같다.

병원을 가야 하는데 강 회장에게는 입도 뻥긋할 수 없다. 감기만 걸려도 무슨 역병이라도 앓는 병자처럼 득달같이 호텔로 피접을 보 낸다. 덕분에 호텔방에 편히 앉아 음식이며 처방약까지 서비스를 받는다.

처음 이 집에 들어올 때도 병원으로 먼저 데리고 가 종합검사를 받았다. 종목별로 검사를 받고 결과가 나오면 의사와 이 집 부부는 무엇인지 서로 수군거려 겁이 들기도 했다. 혹시 마취제로 잠들게 하고 장기 하나 쓱싹 잘라내는 건 아닌가 하고.

이때 의사가 다 알고 묻는 말처럼 실실 웃으며 아이를 몇이나 낳 았냐고 물어 바른대로 다 불어 들통이 났다.

그걸 다 아는 강 회장은 그래도 미스 고라 부른다. 어쩌면 부르 기 편해서.

늘 하는 일에도 어떨 때는 유난히 지치고 달거리까지 겹치면 허 리와 다리는 쇠뭉치를 단 듯 무겁고 전신이 나른해 꼼짝하기 싫어 져 감기라도 걸렸으면 했다. 그러나 이번에는 알려서는 안 될 것 같은 그 무엇이 뇌리를 탁 친다. 시간을 아끼려고 택시까지 타고 동네 밖 산부인과를 찾았다.

비누를 바꾼 적도 새로 산 속옷도 특별한 음식을 먹은 일도 없다는 답변에 처음 만난 사람과의 성관계를 물어 아차, 강 회장에게 말하지 않아 다행이라는 생각부터 들었다. 정액 알레르기라는 진단을 받았다. 다행히 거부반응이 아니고 처음에만 일어날 수 있는 경고반응 수준이니 걱정을 안 해도 된다고 한다. 처방 약을 손에 쥐고 이런 생각을 했다. 어떻게든 허락지 말았어야 할 유부남에게 몸을 맡긴 벌이라고.

약을 먹어도 가려움증은 쉽게 물러나지 않고 기승을 부리다가 열흘이 지나면서 사그라지는 듯 차도가 보이기 시작하는데 또 예고 없이 대낮의 정적을 깨는 강탈자가 들이닥쳤다. 송 씨를 망보기로 밖에 세워두었는지 오늘따라 편 사장은 혼자 들어와 제 보따리 챙기듯 내 어깨를 감싸 안고 내 방으로 잡아끈다.

또 상처를 헤집으려 드는데 난 스스로 어이없을 만큼 갑작스러운 욕정이 곳곳에서 스멀스멀 피어오르니 이건 또 무슨 속없는 장난인가. 아무리 무의식적인 동물 본성의 감정이라 해도 인간으로서의 지켜야 할 것을 나 몰라라 내동댕이치고 당장 눈앞에 보이는 쾌락의 손을 잡는 나는 인간쓰레기라고 치부하면서도 입안 가득 고인 단물에 들뜬다. 무모한 불장난을 저지르고도 꼭 획 지나간 것처럼 남는 게 없으나 굳이 하나를 꼽자면 "괜찮아?"란 말이 귓가에 맴돈다.

먼저나 이번에도 몸으로 들어올 때 '괜찮아?' 나가면서도 "괜찮아?"라고 물었다. 하도 이상하게 들려 곰곰이 생각해 보니 주눅이 만들어 낸 구차한 자기방어가 아닐까? 하는.

하루 종일 이 생각 저 생각 끝에 이 남자는 무슨 생각으로 한 번도 아니고 두 번이나 찾아왔을까? 아마도 또 계속 오겠지? 맛을 들였으니. 스테이크를 먹던 사람이 꽁보리밥의 맛이 궁금했나 여편네에게 쪽도 못 쓰는 꽁생원의 어쭙잖은 반항, 스릴, 어쩌면 객기일지도 모르지만.

그러면 나는 뭔가?

심심풀이로 씹는 오징어?

힘에 못 이겨 아무 말 못 하고 찾아오면 '옜소'하고 열려 있는 시궁창이란 말인가?

당당하고 싶다. 마땅히 그래야 남아 있을지도 모를 자존심이 덜 상할 테고 이 집 남자에게 빼앗긴 내 몫을 되찾게 되는 게 아닌가 하는 엉뚱한 자기 합리화로 갖다 붙여 보며 입에서 툭 튀어나온 말 "한 남자에 두 여자."

내가 들어오고 얼마 안 있어 이 집 부부는 침실을 따로 쓴다. 합방하는 날은 여자가 남자에게 미리 귀띔을 해놓는가 보다.

며칠을 두고 벼르고 벼르던 것을 하고자 하는 일이 온당한지 걸렸다간 잃을 게 너무 많아 할까 말까를 오랫동안 망설인 끝에 드디어 결심했다. 더 미루지 말고 오늘 밤에 내 몫을 찾으러 나선다. 시간을 새벽 세 시쯤 해서.

양심에 찔릴 땐 두근거리고 도박이라 생각하면 불끈 주먹이 쥐어진다. 뜬눈으로 나와 내가 씨름을 하다 깜빡 잠이 들었는데 뭣에 쫓기는지 도망가다가 발을 헛디뎌 벼랑으로 곤두박질치면서 소스라치다 깨니 바로 그 시간이다.

알몸에 잠옷만 걸치고 살며시 일어나 문 틈새로 밖을 내다보면서 가슴에 두려움이 불꽃이 붙어 쿵쿵대기 시작했다. 진정하려고 아무리 애를 써도 소용이 없고 괴괴한 집 안에 짙게 드리운 정적은 시커먼 두려움으로 내 몸을 덮어씌운다.

발뒤꿈치를 살짝살짝 들고 편 사장의 방으로 들어간다. 남자는 세상모르고 푸륵거리며 자고 있다.

미스 고는 동작 빠르게 잠옷을 홀러덩 벗고 이불 속으로 들어가 알몸으로 그를 안고 숨을 고르니 가슴에 불길이 차츰 사그라지는데 편 사장은 무의식적인 방어본능으로 더듬이를 이리저리 내졌다가 닿는 게 있어 깜짝 놀라 몸을 사리고는 정체 모를 침입자를 밀어내다 말고 쿵쿵 냄새를 맡는다.

미스 고는 기다리지 않고 몸을 비집어 가며 파고들었다.

편 사장의 말이 달라졌다. '그렇게 좋아?'

살금살금 도둑고양이처럼 들어와 십여 분 동안에 발정 난 표범처럼 덤벼들어 갖은 교태와 재랄을 끝내고 나서 일어나 조심스럽게 문손잡이를 잡기만 했는데 문이 발칵 열리고 그 자리엔 강 회장이 우뚝 서있다.

"무슨 일이야?"

미스 고는 눈 깜짝할 사이에 그 자리에 얼어붙었다.

"무슨 일이냐고?"

미스 고는 기어들어 가는 소리로.

"심하게 앓는 소리가 사장님 방에서 나기에."

"그랬구나 난 오밤중에 이상야릇한 소리가 들려 잠이 깼어. 약을 먹을 만치 먹었건만, 그놈의 고약한 잠버릇은 아직도 그대로인 모양이군.

자다 말고 일어나 괜한 생고생을 했군. 그래, 벌벌 떠는 것 좀 봐."

내 방으로 들어오고 나서야 언 강에 빠진 개 떨 듯 와들와들 떨고 있다. 무사히 넘겼지만, 뭔가 알 수 없는 아쉬움이 삐쭉 고개를 내민다. 아니야, 이게 아니었어. 왜 그 생각을 인제 와서. 어쩌면 나는 은연중에 들키기를 바랐나 보다. 성폭력에 대한 피해보상을 요구할 수 있는 피해자로 인정을 받아 놓으면 예기치 못한 곤경에 빠졌을 때 도움이 될 뒷배를 만들 수 있겠다는 꼼수가 은연중에 숨어 있었나 보다. 그나저나 어떻게 그런 거짓말이 툭 튀어나왔는지 모를 일이다. 살면서 작정하고 거짓말을 해본 적은 없는데.

강 회장의 눈치를 흘끔흘끔 살핀다. 그렇게 쉽게 넘어간 게 마음에 걸린다. 다 알고도 모른 체하려는 건지 현장을 덮치려고 잔뜩 벼르고 있었는지 하여간 잘하면 전화위복이 될 뻔이나 한 일이었고 편 사장에게는 확실하게 내 마음을 전달했다. 며칠을 눈여겨 살폈지만, 이상한 낌새를 찾지 못해 삐딱한 마음은 사그라졌다.

편 사장과 나와의 길은 편하게 트였다. 편 사장이 심심하면 시도 때로 없이 찾아온다. 꽃 무리 만난 벌처럼 나 또한 그 시간이 자꾸만 기다려지고 외줄 타는 짜릿한 맛에 정신을 못 차려도, 가끔은 이래도 되는 건가 하는 두려움과 될 대로 되라고 하지 아무려면 이 남자가 옆에 떡 버티고 있는데 하면서 편 사장은 이제 만만한 내 남자라는 복에 취해 마음은 더 갈 데 없이 언젠가는 편 사장과 새살림을 차리겠다는 엉뚱한 생각으로 놀아나고 있는 이때 시샘이 많은 악마로부터 빨간 통첩을 받았다. 생각할 여유조차 갖지 못하게 곧바로 떨어뜨린 시한 포탄을 가슴으로 안으라고 하는데 이것이 비보인지 아니면 계획한 일을 대격 잘 풀리게 해 줄 낭보인지 모르겠다.

왜, 그 생각을 못 했나? 매달 내비치는 몸엣것이 보이지 않는다. 쾌락에 눈이 멀어 모든 걸 까맣게 잊고 지냈다.

빌어먹을 이건 너무 이르다. 며칠을 두고 끙끙 앓아 가며 생각해 봐도 뾰족한 수가 보이지 않는다. 아이를 낳으려면 우선 남자에게 승낙? 어쩌면 애원을?

우리는 어디서 어떻게 살게 될까?

사극 영화 같으면 본부인은 안채에서 작은댁은 바깥채에 뚝 떨어져 산다고 하겠지만 그럴 수도 없고 시간을 끌면 끌수록 머리가 빠개질 듯 아파 아무 일도 하지 못하게 될 만큼 심각하게 되어 편 사장에게 고민을 털어놓으면서 흉중을 짚어 보기 위해 일부러 기쁨을 전하듯 당당한 목소리를 내었다.

편 사장은 소식에 활짝 웃는 모습으로 잠시 기뻐하더니 정색하고 한마디 한다.

"그럼 우리는 어떻게 되는 거지?"

나 또한 말문이 막혔다.

편 사장이 달라졌다. 바쁜 일이 생겼다고 드문드문 찾아오는 건 그렇다 해도 열이 식어 그런지 가끔은 이불속으로 들어와 꼭 껴안고 있다가 그대로 일어나기도 한다.

이런 변화에도 나는 좋은 쪽으로만 생각을 해도 남자의 뜨뜻미지근한 태도에 열불이 나면서 강 회장을 조금씩 이해하게 된다. 그런 불안한 속에서도 시간은 목줄을 잡아끌어 내일 내일로 치닫는다.

임신 11주가 지나면서 배가 부른 거 같기도 하다는 생각이 들었다. 14주 넘어서는 배가 볼록한 게 완연히 티가 나 두려움에 떨다가 강 회장이 집에 있는 시간에는 압박붕대로 볼록 나온 배를 칭칭 감고 강 회장에게 폭탄선언을 할 날짜를 저울질하고 있다.

20주쯤 되어 가니 압박붕대로는 도저히 숨길 수도 없거니와 숨을 쉬기가 어려워 절절매고 있는데 오랜만에 편 사장이 불쑥 들어와 자리에 눕는다. 아마도 또 강 회장에게 꾸중을 먹었나 했다. 위로해주고 위로를 받으려고 옆에 가 바짝 붙어 누웠다.

남자는 몸을 돌려 내 몸에 손을 얹으려다 붕대에 손이 닿자 소스라치며 일어나 "그렇게 붕대로 감으면 배 속에 애가 어떻게 숨을 쉬겠어! 하고는 나가 버린다.

불안과 근심이 무심중에 한숨을 토해낸다.

하루 종일 강박감에 쫓겨 불안한 시간을 보내면서 내일은 세상없어도 폭탄을 터트려야 한다고 생각하니 걱정과 두려움이 밀려오고 뜻 모를 쓴웃음이 흘러나온다. 나는 물론 편 사장도 죽일 놈 소리를 듣지 않을 정도의 할 말을 아니 변명을 머리로 짜 그러모으려는데 그 몇 마디가 생각만큼 쉽지는 않다.

끌탕을 하다 잠이 들었다.

꿈에서 약이 바짝 오른 마녀로 변신한 강 회장한테 매를 맞는다. 죽일 듯이 내려치는 채찍을 맞고 살을 찢는 고통을 못 참고 악을 쓰다가 벌떡 일어나 앉았다.

아침 식사가 끝나기가 무섭게 강 회장은 나와 편 사장을 불러 세웠다. 매서운 눈초리로 보아 올 것이 왔다는 생각에 급기야 절망에 휩싸여 모든 게 체념 속으로 빠져들어 간다.

"차라리 빨리 끝내 주세요."라고 주문을 걸었더니 응답이 바로 왔다.

"이 사람이 사실대로 다 털어놓으면서 자기 실수였다고 용서를 비는데 난들 어쩌겠어?"

"남자라는 짐승이 곁눈질로 남의 여자를 흘끔거리면서 알게 모르게 군것질을 해도 눈에 띄지만 않으면 눈감아 주는 게 여자로 태어난 슬픔 아니겠어? 괜히 일을 크게 벌여 집안 결딴나면 서로가 다 인생 망치게 되고 또 우리처럼 크게 사업하는 사람에겐 소문 하나만으로도 회사 신용도가 곤두박질치기도 하고 회사 사정이 어려워질 수도 있거든. 그러니 서로가 헐뜯어 피투성이 되지 말고 좋은 쪽으로 해결하자는 결론을 내렸어.

그리고 아이를 낳아 데리고 가든 두고 가든 미스 고의 뜻에 따를 것이야. 다만 데리고 가면 우린 그날로 인연을 끊고 남남으로 살게 되겠지만, 혹시라도 두고 간다고 하면 미스 고로서는 어렵겠지만, 아주 없던 일로 잊어버리고 살아야 아이의 삶이 평탄하고 맘껏 제 의지대로 살 수 있게 된다는 걸 생각해야 해!"

강 회장은 무서운 갈퀴눈으로 다짐을 받아내려 하고 나는 그래도 힘 못 쓰는 편 사장의 입에서 무슨 말이라도 나오기를 바라는 서글픈 눈으로 뭉그적대는데 그게 못마땅한 강 회장이 다그치듯.

"자, 그러면 지금 말한 대로 하기로 하고 우선은 아무 일 없었던 것처럼 지낼 수 있지만, 바깥출입은 절대로 해선 안 돼! 소문이라는 게 무섭잖아."

그 말을 끝으로 벌떡 일어나 밖으로 나가는데 편 사장은 머저리처럼 따라 나가면서 눈길 한 번 주지 않는다. 코 풀은 휴지처럼 휙 버리겠다는 것인지.

입에서 느닷없이 툭 튀어나온 말. "또 사람을 잘못 찍었어."

이렇게 해서 한고비를 넘기기는 했지만, 만약 당장 발가벗겨 길거리로 쫓겨난다면 애는 어디서 낳고 어떻게 살아간단 말인가? 세상 물정 모르고 공연히 허황된 꿈으로 찧고 까불었다.

딱히 할 일없으면 곧바로 내 방으로 들어가나 방은 예전보다 작아졌는지 숨 막히게 답답하고 갇혀 있다는 생각에 불안과 절망감이 가슴을 옥죈다.

또한 착 달라붙어 떠나지 않는 고민거리는 머릿속을 들락거린다. 아이를 낳으면 이 집에서 떠나야 하고 어디를 간들 누구 하나 반길 사람 없는 내 신세는 속담 그대로 개밥에 도토리 같다.

각성바지 아이 둘을 데리고 또다시 남자를 만날 자신도 염치도 없거니와 아직도 편 사장의 꽁무니를 잡고 싶다는 미련한 마음이 안달이니 나도 나를 이해할 수 없거니와 할 수만 있으면 그저 지금의 처지를 까맣게 염색해 버리고 예전으로 돌아가고 싶다. 그 어느 때라도 좋으니 거치적거리는 것 없이 아무 데서 아무나하고 활보하고 싶다.

매주 한 번은 간호사가 집으로 와 이것저것 물어보고 가끔은 소변과 혈액을 채취해 간다. 조금이라도 이상한 증세가 있으면 즉시 의사를 부르라고 하면서.

분만은 의사가 직접 집에서 할 예정이고 산후조리도 간호사가 삼 주 동안을 돕는 걸로 계획이 다 되어 있다고 한다.

막달이 가까워지니 배가 불러서 아무것도 하기가 싫어졌다. 강 회장은 때를 기다렸는지 늙수그레한 할머니 한 분을 모셔 와 부엌

일을 맡기면서 모르는 게 있으면 미스 고에게 물어보라고 지시를 한다. 이젠 정말 내게 남은 거라고는 골칫덩어리인 애비 없는 각성바지 애 둘까지 엄마에게 빌붙어 거추장스러운 동거를 하는 것뿐이다.

강 회장이 내 방으로 들어오면서 입가에 알 수 없는 야릇한 웃음을 물고 전할 두 가지의 소식이 있다고 한다. 의사의 말로는 다음 주에는 진통이 시작될 것 같다는 말이 있었다 하고 또 한 가지는 좋은 소식 같은데 미스 고가 기다리던 남자 이름이 남기준 씨 맞지? 왜 일 년 전인가 찾아왔던 남자 있잖아?

옷을 시커멓게 입고 왔던 그 남자 말이야?

송 씨가 밖에서 세차하고 있는데 웬 남자가 다가와 다짜고짜 미스 고를 불러 달라기에 먼저 물어봐야 한다고 이름을 물었더니 뭐 그렇게 까다로운 사람이냐고 투덜대면서 메모지에 이름과 전화번호를 적어주면서 꼭 전해 달라고 하고는 휑하니 가 버렸다고 하는데 미스 고에게 좋은 소식인지?

이건 또 무슨 짓궂은 장난인가?

가까스로 짓눌러 놓은 꿈을 내 형편으로 뭘 어떻게 하겠다고?

아무래도 안 된다는 생각은 수없이 하면서도 고개를 들고 일어나는 아쉬운 마음으로 괜히 바쁘기만 한 게 내 마음은 어느새 그에 곁에서 알짱거리면서 어이없게 핑곗거리부터 찾고 있다.

갓난아이의 자지러지게 우는 소리에 놀란 부부가 허둥지둥 거실로 나오고 편 사장은 미스 고 방으로 뛰어 들어가 애를 안고 나오면서.

"미스 고가 없어졌어! 화장실에도 없던데."
"도망을 갔나 보군. 멍청한 것!
국으로 가만히나 있어도 제 몫은 챙겼을 텐데. 쯔쯔쯔.
하여간에 우리 뜻대로 다 됐네! 뭐.
아무려면 근본도 모르는 아이를 입양한 것에 비하겠어."

얼음을 깨는 여자

입안에 그득한 얼음을 궁굴리며 아주 잔인하게 깨부순다. 와그작 와그작 부서지는 소리는 원망에 찬 절규다.

이십여 년을 살붙이고 산 남편이나 코흘리개 적부터 길러낸 자식까지 업신여기는 것을 이제 와 탓하는 나 역시 문제 이긴 매한가지겠지만 심하다 해도 너무 심했다.

말이 정원사지 툭하면 불러 온갖 허드렛일을 시키는 사람 앞에서 그렇게 무안을 줄 수 있단 말인가?

그것도 일이 뜻밖에 많아 점심때를 놓친 사람에게 밥상을 차려준 게 무슨 대수라고 아무나 집에 들여놓는다고 여편네 얼굴에 먹칠하면 자기체면은 온전할 거라 생각을 했는지? 못난 사람!

혼자 있을 때 텔레비전 화면이 흔들리거나 스토브가 고장이 나도 나는 생각 없이 쪼르르 문밖으로 나간다. 그 남자가 사는 곳은 우리 집 대문 옆 담장에 매달려 있는듯한 성냥갑 같은 파란 대문에 판잣집이다. 집을 흥정할 때 그 남자의 집이 눈에 거슬렸던 영감님은 웃돈을 주고라도 사들여 깔아뭉개려고 그와 티격태격 시비를 벌였다. 그 앙금이 여태껏 남아 있을 거라 생각은 했다. 그때 나는 그가 끝까지 버티기를 은근히 바랐다. 고목나무에 매달린 새의 둥지 같아서 한없이 가엽게만 보였다.

나이 차가 자그마치 십칠 년이나 되는 남편을 이제껏 상전 모시듯 섬겼고 아랫사람이라 해도 예의를 갖추어 대하던 사람이었는데 사람이 변했다. 그러는가 했더니 멀쩡하게 잘되는 사업을 말 한마디 없이 때려치우고 집안에 들어앉자마자 두문불출에 서재에만 틀어박혀 지내는 것도 괴이하다.

며칠 전엔 생전 가야 소 닭 보듯 하던 아들을 뻔질나게 불러 수군거리더니 아들은 며칠 동안 아무 말 없이 들락거렸다. 아무리 살가운 정 없이 살았다 해도 이렇게까지 부자가 짠 듯이 사람을 무시하는 것을 어떻게 하여야 할지 열불이 나지만, 참고 강 건너 불 보듯 뜸을 들인다. 아무리 아득바득해 봐야 그들의 세는 언제나 커다란 바위 같다는 것을 일찍이 터득했다.

시계를 쉴 새 없이 쳐다보는 버릇이 생겼다. 조바심이 난다. 불면증에 우울증세가 절망과 비관까지 데리고 왔다. 그저 하얀 벽과 시곗바늘을 번갈아 보며 수천 개의 멀쩡한 세포를 매일같이 잘근잘근 씹어 죽인다. 그렇게 한 발자국씩만 뚜벅뚜벅 떼는

시곗바늘도 줄기차게 나를 어디론지 끌고 가고 있다.

요즘 들어 영감님의 행동이 눈에 띄게 달라졌다. 엊그제께 일은 아무리 생각을 해도 풀리지 않는 수수께끼 같다. 점심상 차려놓았다고 했다. 아무 말 없이 뚫어져라 쳐다보고만, 계시기에 다시 '점심 드세요.'라는 말밖엔 한 말이 없는데 달려들어 얼굴이고 몸뚱이건 닥치는 대로 주먹에 발길질하다니 참으로 황당한 일을 당했다. 평생 책 읽는 것밖에 몰라 누구 얼굴에 생채기 한번 안 낸 사람이라더니 명색이 아내인데 어떻게 그렇게 무지막지스럽게 때릴 수가 있나?

보따리를 싸야겠다는 마음이 막 꿈틀거릴 즈음 전실 자식이 밖으로 불러냈다. 아버님이 치매를 앓아오셨고 점점 심해지는 걸 본인도 알고 요양원에 들어가시길 원해 내일 아침에 모시고 가겠다고 한다.

쉬쉬하더니 한마디 통보로 끝을 내는 걸 보고 결국 나는 영감님의 부인이 아닌 동거녀였다는 말이 쓴웃음과 함께 툭 터져 나왔다.

전화벨이 울린다. 가슴이 덜컥 내려앉는다. 전실 자식이라는 생각이 들었다. 또 무슨 애먼 소릴 하려는지. '여보세요'.

"나야 뭐해? 나올래? 친구들이 모이는데 너도 좀 끼지 그래?"

"나갈게!"

언뜻 나가야 한다는 생각이 등을 떠밀었다. 맛있는 거 했는데 집으로 와라. 놀러 가는데 함께 가자. 얄밉도록 시큰둥한 거절에도 한결같은 선배가 오늘은 고마움을 넘어 구세주 같았다. 얼마 전 종로에 새로 오픈했다는 맥도널드를 찾기는 그리 어렵지 않았다. 여자들 틈에 계주 같은 폼을 잡고 설쳐대는 상상이 빗나갔다.

웬 남자 셋을 앉혀 놓고 떡 주무르듯 큰소리로 허허대는 언니가 대견스러워 보였다. 이런 모습이 내 뇌리에 각인 되어있는 그녀가 맞다.

그녀는 덩치가 크다. 크다는 건 여러 의미에서 긍정적인 면이 많이 보인다. 큰 나라, 큰 집, 사람도 크면 우선 넉넉해 보이고 믿음과 호감이 가는 것은 당연한 것 같다. 작은 키에 항상 불만을 품은 나로선.

하여간 그녀 앞에선 무엇엔가 압도당하는 느낌을 피하지 못한다. 고교 시절 교내에서 그녀를 모르는 사람은 없었다. 학교 수위는 물론 주변 학교에까지. 큰 덩치에 농구선수로 활약을 해 우리 학교의 명물로 군림했던 인물이었다. 한 가지 떠돌았던 소문은 그녀가 동성애자라 남자친구가 없다고들 했다.

"자, 소개하지. 이 과부가 늙은 늑대들이 고대하시던 청담동 홍여사올시다. 내 고등학교 후배인데 아직은 영계이지. 올해까진 오십 줄이니까. 어때 물건 죽여주지. 안 그래?"

과부? 얼떨결에 문지방에 걸려 넘어진 기분이다. 그래도 목에선 아무 말도 나오질 않았으나 남편이 귀때기를 잡아당겨 흔드는 환상에 놀라 급하게 손이 귀로 올라갔다.

"이분은 학교 교장 출신 김 선생, 여기는 페인트 김 사장, 이쪽은 놀고먹자 미스터 장, 그러니까 여긴 다들 홀아비와 과부들인데 짝이 안 맞는 게 흠이구먼, 누구든 동작 빠르게 먼저 침 바르면 임자가 될 테니 노력이나 해보시지. 그래

사십 년 전으로 돌아가 종로 고려당 빵집에 앉아 있는 기분이 든다. 내게도 좋은 시절이 있었다. 사내들과 섞여 앉으니 그 시절이 되살아나는 감정에 놀랍고 싫지 않았다.

몸가짐이나 언행에 신경이 쓰였다.

세 남자 중에 어느 누구에게 마음이 끌리나 탐색을 하다 제풀에 미친년! 하고 만다. 빛바랜 노장 셋이 앞다퉈 경쟁하듯이 질문 공세에 마음이 일렁인다.

그러모은 낙엽에 성냥불을 그어대 활활 타오르듯 화사한 불꽃이 뜨겁게 까불댄다.

얼핏 훑어본 첫인상은 이랬다. 김 선생은 선생님답게 고리타분한 꽁생원으로 융통성이 없어 보였고 김 사장은 살집이 투실투실하고 말투는 수더분해도 능구렁이처럼 의뭉스럽게 보였다. 미스터 장은

세련된 몸짓과 말할 때 풍기는 지성미에 마음이 끌렸는데 꼭 어릴 적 좋아 쫓아다니던 오빠 친구를 닮았다. 그 오빠에게 버림을 받고도 그를 못 잊는 건 아마도 현실에 안주하지 못해서 그런가 보다.

김 선생이 점심을 내겠다는 말을 꺼냈다가 뭇매를 맞는다.
"구두쇠로 소문이 난 사람이 웬일로 인심을 다 쓸까? 아주 찜했다고 선포를 하는 게 낫지 않겠어? 이거 이 양반한테 이런 구석이 있는 줄은 몰랐네.

홍 여사가 긴 가뭄에 단비일세, 단비. 이러다 고목에 꽃 피지 않겠어?"

얼굴이 화끈거려도 재미는 있다. 꼭 교복을 입은 애들 같았다. 집에서 골백번도 더 쳐다봐야 할 시간을 이처럼 빨리 보낼 수 있다는 것을 왜 몰랐을까. 테이블에 앉아 있는 사람마다 다 행복해 보인다. 나도 지금은 행복하다.

남들 웃을 때 웃고 있지만, 내 머릿속엔 두려움이 도사리고 있다. 오늘은 등 떠밀려 울타리를 벗어나 보니 마음이 열렸지만. 나는 스스로 빠져나와야 한다. 그래도 그 울타리를 아주 없앨 수 있을까 하는 걱정이 붙들고 늘어진다. 워낙 겁이 많아 아주 작은 변화에도 당황한다. 오늘은 무슨 바람이 불었는지 울타리를 자꾸 넘나든다.

김 선생의 말이 유난히 귀에 거슬린다. 영락없이 남편의 말투와 같았다. 상대방을 가르치려 드는 태도 교과서처럼 재미없는 말투로 항상 아랫목을 차지하려는 꼰대 같았다. 맞아 꼰대라 부르면 되겠어. ㅋㅋㅋ.

도덕군자인 체하는 그의 장황한 잔소리에 진력들이 나 있는 눈치를 언니가 가로막아 교통정리를 했으니 망정이지 다들 머리에 붉은 띠 두르고 성토라도 벌릴 태세로 얼굴들이 일그러져 있었다.

헤어지면서 전화번호를 교환했다. 모임에 룰이라는데 토를 달 수 없었다. 다음 모임은 다 다음 주 토요일이라고 한다.

집안 모든 게 되살아난 듯 밝아 보인다. 이젠 답답하면 전화할 친구도 생겼고 큰마음 먹으면 만날 수도 있다.

쇼핑을 서둘렀다. 어제 모인 자리에서 내 옷차림이 유독 티가 나 불편했다. 남편에겐 캐주얼이라는 옷은 전혀 없다. 그 취향을 내게 은근히 강요했다. 나 또한 그것을 은근히 즐겼다. 상류층이라고 이제 다시는 미련 떨지 말고 텃밭에 어울려 다니는 토종닭 틈에 끼고 싶다.

캐주얼 옷을 고르기가 의외로 쉽지 않았다.

더구나 나이에 비해 조금은 대담하고 화사한 옷을 만지작거린다. 뭐라 할 사람도 없는데 공연히 손에 진땀이 솟아 자리를 뜨지 못하고 씨름을 하다 계산대로 들고 가면서 가슴이 콩닥거린다. 백화점 문을 나오면서 영수증을 찢어 쓰레기통에 내던지고 알지 못할 웃음이 툭 터졌다.

집 안으로 들어가려는데 전화벨이 울린다.

"김인식입니다. 아니, 어딜 그렇게 오래 다니셨습니까?

핸드폰도 안 받으시고 이게 벌써 여섯 번째 전화에요. 홍 여사."

목소리만 달랐지 말투는 꼭 남편의 억양과 너무 흡사해 섬뜩하게 들렸다. 나무라는 소리처럼 들려 나도 모르게 둘러댈 거리를 찾느라 급급하다가 제정신이 들자 화가 치밀었다.

"아니, 제가 어딜 가면 김 선생님에게 허락을 받아야 하는 사람입니까?

왜, 이러시는 거예요? 제가 그렇게 만만해 보입니까?"

"아닙니다. 전화를 몇 시간째나 안 받으셔서 제 딴엔 아마 걱정을 많이 했나 봅니다. 실례했습니다. 용서해 주십시오.

전화를 드린 것은 다름이 아니라 김 여사를 뵙고 나서 제 마음이 주체할 수 없을 만큼 달떠 일이 손에 잡히지 않습니다. 밤새 곰곰이 생각해 봤는데 홍 여사를 제 사람으로 만들고 싶습니다. 잠깐 얼굴만 삐죽 보인 사람이 낮도깨비처럼 덤벼드는 저의 행동에 놀라실 줄 알고는 있지만, 제 성격이 원래 둘러댈 줄 모르는 어리석고 고지식한 데가 있어 그러니 이해해 주시면 고맙겠습니다.

저는 평생 아이들을 가르치는 선생이었습니다. 친구들이 고리타분하다고 말할 만치 거짓말은 할 줄 모르고 장난삼아라도 친구들 다 좋아하는 화투나 술, 담배도 가까이해본 적이 없는 순수한 사람입니다. 한마디로 속을 썩일 일은 아예 할 줄도 모르는 사람이지요."

솔개 병아리 낚아채 가듯 날강도 같은 사람이다. 순진한 척하면서 상대편의 의사를 뭉개버리는 몰염치한 사람, 나 이런 사람이니 그냥 따라나서라! 이거지. 험한 말이 입에서 툭 튀어나왔다. 웃기고 자빠졌네! 어쩌면 이렇게 똑같을까.

그렇게 해! 한마디면 끝나는 독선적인 말투, 자로 잰 듯 빈틈없는 생활 관념, 백화점에 진열되어 있는 상자 속 상품 같다. 생각만 해도 진저리가 난다. 꽉 쪼이는 옷에 짓눌린 가슴이랄까.

이게 아니다. 내가 그리던 내 삶은 헐렁한 고무줄 바지 편하게 입고 재래시장 휘적휘적 와자지껄 소리 나는데 기웃거려 이것저것 주전부리 깨작대며 시간 가는 줄 모르고 사는 내가 되고 싶다.

"여보세요. 여보세요. 언니, 나 나야. 언니 나하고 어디 좀 다녀 와야겠어!"
"왜 어딜? 무슨 일이야?"
"우리 그이가 오늘 새벽에 돌아가셨다는데 나 혼자 못 가겠어."
"뭐라고? 아니, 어떻게 된 일이야? 어제 면회 갔다 온 거 아냐?"
"어제 뵙고 왔지. 어떻게 된 영문인지 나도 모르겠어."
"알았다. 얼른 준비하고 이리로 와."

"며칠 전에 전실 자식에게서 전화가 왔었어요. 아버지 모시고 나 간 지 보름 만에 다신 안 볼 사람 제 물건 챙겨 나가듯 찬바람을 몰고 가더니만 어쩐 일인지 인사부터 고분고분 눅어져서 그동안 요양 원의 규정으로 면회가 늦어져서 미안하다는 말도 하고 아버님의 심적 안정을 고려해 일주일 후에나 모시러 오겠다고 했어요.
왜 꼭 요양원에 보내야만 했냐는 볼멘소리엔 아버님의 완강한 선택이고 저 또한 이해를 못 하긴 어머님과 마찬가지라고 합디다.
그러더니 머뭇머뭇 말을 잇는데 제가 어머님에게 드릴 수 있는 말은 섭섭한 마음 이젠 접으시고 어머님대로의 새로운 인생을 설계해서 행복을 찾으시라는 말에는 감정이 격해 말을 제대로 잇지 못합디다. 말을 다 듣고 나니 실컷 두들겨 맞아 반죽음이 된 것 같았어. 오랜 세월을 살붙이고 산 사람에게 이럴 수가 있냐는 원망 끝에 '사람을 잘못 만났어!'라는 한마디가 모든 불평을 통째 몸 밖으로 내뱉듯 시원해지더군.

면회 가면서 입맛 없으실 때면 으레 찾으시는 마른 새우 곱게 갈아 끓이는 아욱죽을 준비해 갔는데 드시면서 울컥 격한 감정에 눈물을 보이시기에 이러지 말고 당장 집으로 가자고 악을 쓰고 함께 울었는데…….

"애, 그 양반 일 저지르신 거다. 험한 꼴 안 보이려고 자리까지 옮기시더니 당신 인생을 본인 성격처럼 깔끔하게 끝마치셨어. 세상에."

겉과 속이 얼크러진 채 넋 놓고 앉아 있다가 언니에게 끌려 김 사장 생일파티에 갔다. 우리 멤버만 모이는 조촐한 자리일 거란 생각은 그를 과소평가했다는 것을 집안에 들어서자마자 한눈에 알려주었다.

우리 외에 네 명씩이나 되는 여자들이 일찌감치 자리 잡고 앉아 판을 치고 있었다. 서로 툭툭 쳐가며 가리는 말 없이 농을 트는 걸 보니 얼마나 가까운지 짐작하게 했다. 또 이들은 자기나 오빠로 우리보다 더 가깝게 가 있었다.

얼른 봐서 나 보다도 나이가 한참 아래인 여자가 재미없는 남편하고는 놀기 싫어 집에 놔두고 왔다고 해서 웃었다. 아무런 속박 없는 자유부인 그들이 부럽다.

"김 사장님 생일 축하합니다. 인기가 이렇게 많은 분인 줄 미처 몰랐습니다."

"인기요? 원래 제가 세상을 두루뭉술하게 사는 사람 아니요? 그나저나 오늘부터 그냥 김 씨라고 불러요. 아, 조수 둘 데리고 페인트일이나 하는 사람에게 사장이라니 당치 않아요.

허기야, 요즘은 해장국집, 순댓국집 아줌마도 사장님이라 불러줘야지, 아줌마라 했다간 고기 한 점 덜 얻어먹게 된다고 하던데 난 사장 소릴 들으면 고개를 못 드는 그저 막노동꾼이요.

여자들이 음식을 해왔다는데 하나같이 맛깔스럽고 정성이 듬뿍 들어 보여 다들 칭찬이 오갔다. 술잔을 스스럼없이 주고받아 일찌감치 얼굴엔 불콰하게 술 꽃들이 피어 파티 분위기를 거들었다.

"자, 노래방 기계도 있고 술에 안주도 풍성하니 신명 나게 놀아봅시다. 체면, 격식 다 내던지고 망가져 노는 것도 꽤 재미있어요. 오늘 스타트는 누가 끊을 건가? 어이 이 시스터즈 일어나시지?"

분위기는 순식간에 어우러졌다. 작정하고 온 사람들이라 노는 게 달랐다. 마이크를 먼저 잡으려는 쟁탈전이 춤판에선 남자 셋을 놓고 낚아채려는 손길들이 바빠졌다. 다들 분위기를 맞춰 흥을 돋우면 좋으련만, 김 선생의 손사래와 구겨진 미간으로 손을 내민 여자를 머쓱하게 만든다. 왜 저럴까?" 꼭 티를 내야 하는지? 못마땅해서 꼰대라는 말이 절로 새어 나왔다.

그래도 본인이 깨달은 바가 있었던지 일찍 자리를 떠 그나마 다행이었다.

쭈뼛쭈뼛 꽁무니를 빼다 등 떠밀려 시작한 노래에 발동이 걸려 평생 처음 원 없이 악을 써가며 노래를 불렀더니 막혔던 가슴이 뻥 뚫려 후련했다. 의미 없는 실소, 찔끔거리는 눈물이 허깨비 같은 몸뚱이를 춤판으로 내몰았다.

두 남자의 자리가 비지 않아 언니와 손을 잡았다. 언니의 품은 남자 못지않게 넓고 푸근하다. 곡이 바뀌기가 무섭게 한 여자가 나를 낚아채 손을 잡았다. 남자 역할을 기막히게 잘하는 여자다. 한참 동안 여자는 나를 공 구르듯 갖고 노는데 김 씨가 밀치고 들어와 내 허리는 그의 팔에 감겼다.

"여편네들이 극성맞아 따돌리고 올 수가 있어야지. 음, 바로 이 냄새야. 내가 그토록 그리던. 이 냄새라면 스스럼없이 그 속에 푹 빠져 죽어도 좋을 마음이 들거든. 홍 여사 궁합이라는 게 보아서 싫지 않고 척 안아서 냄새까지 좋으면 그게 찰떡궁합이라는 거요. 음 좋다."

이 남자는 선수다. 밀고 당기면서 몸을 더욱 밀착시킨다. 뜨거운 입김이 뒷문까지 와 닿는다. 퀴지근한 수컷 냄새가 다가왔다. 멀어지면 또 다가오길 기다리고 다리 사이로 허벅지가 부딪치고 빙그르 돌리면서 히프가 아랫배를 스친다.

남자의 팔꿈치가 가슴을 스칠 땐 몸 구석구석에 피가 달궈져 꿈틀꿈틀 펌프질한다.

"홍 여사 결혼이고 애인이고 이름 붙여 족쇄 채우지 말고 몸뚱이가 원하는 대로 재미나 봅시다. 괜히 체면 차린다고 이불 속에서 혼자 끙끙 참고 살아봤자 세월 후딱 지나가 몸뚱이 못쓰게 되면 말짱 헛것 아니요? 우리 멤버들은 언제든 생각나면 만나서 스트레스 풀고 즐기면서 살아요. 홍 여사도 한자리 끼면 좋을 텐데.

언제든 전화만 해요. 이것저것 따지다 보면 아무것도 못 하는 법이고 옴니암니 따져 봐도 나만큼 편한 놈 만나는 게 그리 쉽지는 않을게요."

능글맞게 느물거리는 입이 파리를 잡아먹는 두꺼비 같다. 만만한 싹이 보이면 혓바닥을 널름널름 이리저리 마구 내둘러 닥치는 대로 먹어 치우는 잡식동물. 수단이 좋은 건지 남보다 두드러진 기술이 있는지는 알 수 없으나 그의 주위에는 파리들이 득실거린다.

오늘 나타난 파리들도 그를 독차지하지 못해 안달을 부리고 그가 말만 붙여도 춤 상대까지 해주면 좋아 어쩔 줄을 모른다. 꼭 아편 중독자같이 쾌락에 중독된 여자들이다.

나 같은 숙맥이 끼어들 자리는 분명 아니다. 태도를 분명하게 해야지 어영부영하다간 혓바닥 끈끈이에 달라붙어 꼼짝 못 할 수 있겠다는 두려움이 번뜩 들었다. 적당히 핑계를 대고 서둘러 자리를 피했다.

집으로 가는 길에 밀려오는 두려움으로 마음속에 찬바람이 이는 것같이 선득했다.

남자는 다 늑대라 해도 이대로 살 수는 없지 않은가. 외롭고 두려워도 혼자의 힘으로 살기에는 능력 부족이다.

이십여 년을 손해 보면서 산 줄 알았다. 바깥세상에 나와 보니 나의 볼품없는 존재가 드러났다. 꿈꾸던 배우자는 허영에 들뜬 망상에 지나지 않았다. 뜬금없이 박 씨 얼굴이 떠올랐다. 그는 만만하다. 건강하고 순박하다. 시키는 일을 득달같이 해 다 바친다. 박 씨에게 영감님의 냄새를 지우는 페인트, 도배, 커튼까지 집 내부 수리를 맡겼다. 공사가 시작되고부터 점심, 저녁 식사를 같이하고 있지만, 아직은 나를 땡처리하고 싶지는 않다.

장 선생에게서 편지가 왔다. 뭔 일인데 편지까지. 또 애정 공세인가? 시큰둥한 여유를 부리며 봉투를 뜯었다. 하나같이 늑대가 아니랄까 봐, 들이덤벼 단박에 오케이 소릴 들으려고 해 버썩 겁부터 났다. 편지는 간결했다.

저는 오래전부터 헬스클럽에서 운동합니다.
(월 ~ 금 오전 6:30 ~! 8:00)
홍 여사도 시간이 되시면 나오셔서 함께 운동했으면 합니다.
마침 선전용 15일 후리패스를 얻어 동봉합니다. 장 올림

운동은 본디 게으르게 태어나서 해본 적도 없고 하여야 한다는
생각도 계획도 없이 그냥 편하게 살고 있다. 부모덕에 마음 놓고 먹
어도 이 나이 되도록 뚱뚱하다는 소린 들어보지 못했다. 그렇다고
불만이 아주 없는 건 아니다. 요즘 들어 샤워 후 거울에 드러낸 축
늘어진 팔뚝의 살, 탄력을 잃은 몸매에 눈살을 찧다가 나도 이젠 환
갑이 코앞인데 눈살을 핀다.

편지는 잔잔한 마음에 텀벙 떨어진 돌이 되어 일렁인다. 그만하
면 마음먹은 대로 잘돼 가는데 고새를 못 참고 촐싹거린다. 그는 다
르겠지. 다르겠지라는 말을 주문 외우듯 애절한 넋두리를 되풀이하
고 있다.
결국 15일 공짜 티켓의 등을 타고 아침 여섯 시 조금 넘어서 헬
스클럽 정문에 나를 세워 놓았다.
갈래머리 소녀 시절 약속 시간 전에 오빠 친구를 기다렸던 추억
이 뜬금없이 생각난다. 미술 전시회에 음악회에 데려가 달라고 생
떼를 썼다. 약속을 정해놓고부터 가슴은 설렜고 서른 분 전에 나가
기다리며 콩닥콩닥 별의별 쓸데없는 걱정을 했었다. 약속을 잊지
않았나 갑자기 아프진 않겠지 여대생이 꼬리를 쳐 변심을…….
그때가 그립다. 그 오빠도 그립다.

"아침부터 뭐, 좋은 일이라도 있으십니까? 밝아 보이시는 게 보기 좋습니다. 나오신 걸 환영합니다. 정말 잘하신 결정입니다. 제가 오늘부터 홍 여사의 개인 트레이너로 봉사할 것을 약속하지요."

예순둘이라는 나이가 무색하게 단단해 보이는 근육은 그의 세련미를 한층 돋보이게 거들었다. 숏 팬츠에 러닝셔츠, 머리에 두른 머리띠까지 게다가 풍부한 운동 상식은 프로라는 단어를 붙이기에 손색이 없었다.

이 동작은 어느 부위의 근육을 강화시키고 왜, 우리 실버들에게 중요한지 운동 자세가 바르지 않으면 어떤 폐단이 있다든지 일일이 시범을 보이고 자세를 교정시켜준다.

두발자전거를 배우는 어린 여동생이 미덥지 않아 자전거 등 뒤에서 손을 떼지 못하는 큰오빠의 심정이 이럴까? 눈을 한시도 떼지 않는 그에게 마음을 덥석 맡겨본다.

망설임 없이 일 년 치 멤버 등록을 했다. 장 선생이 무척이나 좋아했다. 자동차 세일즈맨이 고급승용차를 판 기분처럼 들떠 점심을 사겠다고 해서 만나기로 했다. 요즘은 거의 매일 보면서도 만나는 설렘이 있다.

식사는 생각지도 못했던 샐러드 바에서 했다. 젊은이들 틈에 끼는 게 좋았다. 음식도 운동만큼 신경을 쓴다는 그의 생활방식도 좋게 들렸다. 이젠 자주 만나야 할 인연으로 엮였으니 기념으로 선물을 하고 싶다고 해서 따라나섰다. 나란히 걸으면서 손을 잡고 싶고 팔짱을 끼고 싶은 충동에 얼굴이 달아올랐다.

이십여 년을 함께 산 남편에게서는 이러한 기분을 처음부터 느껴

보지 못했다. 항상 뒤쫓아 가기에 바빴으니까.

　N 라벨 상점에 들어갔다. "어이, 박 사장 오랜만이야. 사업은 잘
돼?"

　"어이구, 선배님 오랜만입니다. 요즘 동창 모임에도 안 나오시고
뭐 좋은 일 있나 봅니다."

　"아, 참. 인사들 하시지. 여긴 홍 여사, 박 사장은 대학 후배.

　"그리고 보니 선배님 신수가 좋아 보이십니다."

　"그래? 놀고 지내니까 몸무게만 늘어서 안 되겠어! 내 일전에 부
탁한 거 성사 좀 시켜주게."

　"정말 하시려고요? 어떻게 자금은 준비되셨어요?"

　"그 걱정은 말고."

　한가하던 가게에 손님이 몰려 들어와 서둘러 나왔다.

　"똑똑한 친구인데 구멍가게에서 신발이나 팔고 있기에 안됐다
했어요.

　저 친구 Y대에서 소문난 수재였거든요."

　"그럼, 장 선생님도 같은 대학…?"

　"네, 부끄럽습니다. 이렇게 살아서 저 친구 졸업하고 H 그룹에
들어가 팀장 자리에 있다고 하더니 어떻게 된 일인가 다들 의아했
죠. 알고 보니 어학연수 때 사귀었던

　친구가 N 회사 한국지점의 총책이라는군요. 친구 덕에 저런 가
게를 셋이나 운영한다는데 저 상점 이름이 돈을 긁어모으는 장사라
고들 해서 목 좋은 자리 나오면 나도 좀 끼어 달라고 부탁을 해놓았
어요."

　"직접 하시게?"

"네, 아직 수족 멀쩡한데 할 일 없이 빈둥거리는 것도 큰 고역이라."

홍 여사도 이런 거 하나 소일거리로 하신다고 상상을 해보세요. 돈보다도 삶에 생동감이 넘치지 않겠어요?"

스포츠용품점에 들러 쇼트 팬츠와 탱크탑, 머리띠까지 색상 디자인 모두 본인의 것과 똑같은 것으로 골라 단숨에 계산대로 올려놓았다. 이젠 헬스클럽에서는 누가 봐도 부부로 오인하겠다는 생각에 마음은 의외로 담담했다.

겉보기에 나무랄 데 없는 사람, 키도 그만하면 됐고 성깔은 있어 보여도 가무잡잡한 얼굴엔 어리숙한 구석이라곤 찾아볼 수 없는 이 지적이고 현대적인 감각이 돋보이는 남자, 학벌 또한 내세울 만한 남자, 어쩌면 나는 벌써 그에게 성큼 다가가 있는 것 같았다.

날이 갈수록 운동에 중독이 되어 가고 있다. 어쩌다 하루라도 거르는 날엔 죄를 지은 것처럼 불안하다. 마찬가지로 그이를 못 만나는 날도 불안하다. 둘은 운동 후에도 여기저기를 붙어 싸다닌다. 그러다 집에 들어오면 마음에 윤기가 흐르고 내일의 기대가 한껏 부푼다.

내가 달라졌다. 길거리에서 붕어빵을 입에 넣어 우물거리고 시장 바닥에서 거센 여자

들 틈에 끼어 생선을 들척여도 본다. 널려있는 시선에 간섭 없이 얼굴을 멋대로 일그러트리고 낄낄거릴 수 있는 나를 발견하고 이제 됐다는 안도감에 널브러진다.

어제는 포장마차에서 살짝 오른 술기운을 빌어 그의 손을 슬며시 잡았다. 답례인지 그가 손에 힘을 주고 흔들었다. 숨을 쉬고 있는 내 옆에 그가 있어 행복하다.

언니에게서 집으로 오라는 전화를 받았다.

만나자마자 하는 말이 장 선생. 그 사람 행실이 안 좋다고 하니 그만 만나라고 한다. 잠을 자다 물벼락을 맞은 기분이다. 맨붕의 나락으로 떨어져 나는 암흑 속에 잠겨 그저 멍멍하다. 왜 이럴까. 돈 주고 산 물건도 아니고 길거리에서 주운 것도 아닌데 버리라니. 내가 좋다는데 왜 나서 이래라저래라 참견한단 말인가? 언니, 언니 하니까 내 주관도 없는 사람인 줄 아는 건지.

"나도 그 사람에 대해 황당한 말을 듣고 처음에는 믿지 않았어. 미심쩍어 조심스럽게 알아봤는데 정말 평판이 안 좋으니 더 가까워지기 전에 이쯤에서 끝내는 게 좋겠다. 정말 미안하구나. 소갤 시켜놓고 이런 말을 하는 내가 나도 싫다."

갑자기 그를 헐뜯느라 야슬거리는 입이 너무 얄밉도록 보기 싫었다. 그대로 앉아 있다간 달려들어 두 손끝으로 입술을 잡아 꽉꽉 뜯고 싶은 충동이 밀려와 문을 박차고 나왔다. 넋이 나가 머릿속엔 모함이란 글자만 꽉 차 와글거렸다.

아무리 머리를 쥐어짜도 짐작이 안 된다. 언니를 다시 찾아가 끝말을 다 듣고 싶은데 그 말을 들을 용기가 나지 않는다. 속에서 열불이 난다. 뭔가 잘못된 것이라는 생각이 골백번 뇌를 찔러 머리가 지끈지끈 쑤신다. 참을 수 없어 냉장고로 달려가 얼음을 꺼낸다. 뭐 제대로 되는 일 없는 내 팔자를 와그작와그작 깨트린다.

장 선생에게서 '아바타'라는 입체영화를 보러 가자는 전화가 왔다. 거절할 수 있는 용기도 없고 무슨 일인지는 몰라도 변명이라도 들을까 해서 약속을 했다. 극장 안이 손님으로 꽉 차 있어 그 인기를 실감케 했다. 눈에 꽉 찬 스크린과 3D 영상이 내 몸을 판도라 행성으로 끌고 들어가 황홀경에 던져놓는다. 그런 곳이 있다면 얼마나 좋을까. 하는 생각을 한다.

중간중간에 어깨를 기울여 귓속말로 설명을 덧붙인다. 소곤대는 목소리가 민트초콜릿 같이 상큼하게 달콤하다. 어느 한순간 홀연히 사랑의 씨앗 하나 가슴에 날라 와 나도 모르는 사이에 뿌리 뻗고 잎과 줄기 얻어 꽃피웠는데 이제 와 내 손으로 그 꽃을 꺾으라 한다. 얼음을 죽는 날까지 깨부수면서 살아도 시원치 않을 가혹한 형벌이 아닌가?

"홍 여사님. 저하고 아무도 모르는 먼 곳에 가서 살면 어떨까요? 인생의 황혼을 홍 여사라면 함께 불태우고 싶은 마음 간절해 프러포즈하는 겁니다.

"왜 먼 곳까지 가야 하나요?"

"실은 제가 우리 만나는 멤버 중에 성격이 안 맞는 사람이 있어. 그 모임에 나가는 걸 그만둘까 생각 중입니다. 그래서 아마 마음이 급한 모양입니다."

"내일이 셋째 토요일인데 나오셔서 모인 친구들에게 해명하셔야지요. 저도 무슨 일인지 궁금하고 웬만한 일이면 다들 이해하지 않겠어요? 저도 그렇고"

장 선생은 한동안 말없이 자근자근 입술만 깨물고 있더니 "알았습니다. 그렇게 하지요."

여느 때 같으면 다들 모였을 텐데 장 선생은 아직이다.

혹 일이 불거져 꼬리를 손수 자른 것일까? 조바심이 난다. 안 나올 생각이었다면 미리 귀띔이나 해주던지 사정이 어찌 되었다 하면 함께 짊어질 수도 있다는 생각까지 해놓았는데.

꼰대가 좌중에 시선을 모으며 입을 열었다. "아마, 제가 알기로는 오늘부터 장 선생은 사정이 있어 참석을 안 할 겁니다. 아니, 저 사람이……."

말이 채 끝나기 전에 잰걸음으로 들어서는 장 선생을 꼰대가 못마땅한 표정으로 가로막는다.

"아니, 당신. 내 그만큼 알아듣게 얘길 했으면 그만 접어야지 여길 또 나와서 어쩌자는 거야?"

"당신이 무슨 자격으로 남의 사생활에 끼어들어 참견이야?"

"자격? 자격 있지. 친구가 못된 늑대에게 재산 몽땅 날리고 몸까지 망칠 판국인데 그냥 보고만 있으라고? 양심이라는 게 있는데."

그를 몰아세우는 저 입을 꿰매 막아버리고 싶다는 생각에 열이 난다.

"저분이 무슨 잘못을 저질렀는지는 몰라도 너무 심하신 게 아닌가요? 사람이 어떤 경우라도 체면이라는 게 있는 건데 사람들 앞에서 꼭 이렇게 하셔야 만 되겠어요?"

"제가 그래서 조용히 해결하려고 했습니다. 한데 장 선생이 말을 안 들으니 어쩌겠어요? 어차피 여러분들 앞에서 추한 꼴이 되었으니 모든 걸 말씀드리겠습니다.
또 여러분들도 당연히 아셔야 하고요."

장 선생은 삼 년 전에 이혼했답니다. 이혼 사유가 노름으로 재산을 모두 탕진하고 살던 집까지 잡혀 식구들을 거리에 나 앉게 만들었답니다."

장 선생이 다급하게 말을 막는다. "잠깐 당신 정말 이럴 거야?"

"그러게 내가 뭐랬소? 조용히 떠나면 내 모든 걸 덮는다고 하지 않았소?"

장 선생의 얼굴이 붉으락푸르락 일그러져 노려보더니 떠나면서 힘없이 한마딜 한다. "다 된 밥에 재 뿌린다더니."

나만은 그를 따라나서야 되는 게 아닌가? 지금 이 순간을 놓치면 영원히 가슴에 납덩어리를 달고 살아야 할 텐데. 감당 못 할 무게가 가슴을 짓누른다. 용서하고 받아들일 수 있다고 수없이 뇌까렸으면서 왜 따라나서질 못한단 말인가. 이러는 내가 너무 싫다.

"어차피 꺼낸 말이니 끝을 내야겠지요? 이혼 후에도 옷가게를 하는 여인을 만나 동거를 했다는데 이 사람 정신을 못 차리고 또 그 짓을 했답니다. 가게를 봐준답시고 돈통에서 슬쩍 돈을 꺼내 틈만 나면 노름하다가 결국 그 여인에게 들켜 쫓겨나면서 이 몹쓸 인간이 뭐 꿘 놈이 성낸다고 글쎄. 그 여인을 심하게 폭행까지 했다고 하네요.

경찰서 유치장에, 재판에 사회봉사 60일을 하고 풀려나 갈 곳 없어 여기저기 옮겨 다니다가 지금은 후배 집에 얹혀살고 있다는군요.

며칠 전에 이 이야길 듣고 고민을 많이 했습니다.

요즘 홍 여사에게 접근한다는 걸 알면서 그냥 모른 체한다면 나 또한 똑같은 사람이 아니겠어요?

달려들어 저 주둥이를 물어뜯고 싶다. 저 득의양양한 몸짓 내 말 안 듣더니 그것 보라고 야유라도 던지고 싶어 안달이 난 저 기색 앞에 나는 초라하고 어줍기만 하다. 그대로 앉아 있자니 열불이 치밀어 오르고 가슴이 빠개지듯 답답하다.

때맞춰 언니가 손을 잡아 일으켜 세워 언니의 집으로 갔다. 졸지에 화재를 당해 잿더미 위에 앉은 사람 마음이 이럴까? 손에 쥐었던 희망을 모두 날려 보냈다. 밀려오는 당혹감에 공허. 허탈 무기력 또 무엇이 있나? 그래, 배신감에 치를 떨어 술을 붓고 또 붓는다. 머릿속이 점점 어두워진다. 들쑥날쑥 튀어나온 잡다한 생각이 어둠에 잠겨 맥을 못 춘다.

어둠 속에 벌거벗은 내가 있다. 숨 가쁘게 내 몸을 어루더듬고 뒹구는 알몸의 그이도 있다. 오랫동안 잠자고 있던 무수한 세포들이 고개를 들어 반짝인다. 그 빛이 무르익어 오로라 춤으로 일렁인다. 신비로운 몽환적 쾌감에 빠져 숨이 턱에 받친다. 마침내 수많은 뼈마디가 산산이 흩어져 몸을 한껏 부풀려 놓았다 사그라트린다.

차츰 맑아 오는 의식 속에 뭔가 석연치 않고 땀이 식어 한기가 든다. 손을 뻗어 덮을 것을 찾아 더듬었다. 손끝에 뭉클 와 닿는 게 있어 가슴이 섬뜩해 눈을 떴다. 벌렁 자빠져있는 빈랑 옆에 무참히 헤집어 놓은 내가 버려져 있다.

이빨을 으드득 갈았다. 이도 저도 아닌 얼치기 레즈비언에게 당하다니 낯부끄러운 처신이 역겨워 나를 못 견디게 한다. 한시라도 빨리 이 음흉한 소굴에서 벗어나야 한다. 방바닥에 내깔려 진 옷을 급하게 주워 입고 밖으로 뛰쳐나왔다.

나는 지금 큰 바가지에 듬뿍 담긴 얼음이 있어야 살 것 같다. 얕잡아 보고 껄떡대던 사악한 무리를 아작아작 깨트려 목구멍으로 쑤셔 넣어야 울분을 삭일 텐데 얼음이 없다.

내게도 딴엔 만만한 남자가 있다. 마지막 자존심이 지켜지길 바라면서 그 남자에게 몸을 기대야겠다는 생각이 걸음을 재촉한다.
친정 오빠네 온 동생 설쳐대듯 판잣집 파란 대문의 문고리를 잡아
흔든다.

　문틈 사이로 불빛이 새어 나온다.

　삐걱 소리와 함께 박 씨는 부스스 얼크러진 머리를 삐죽 내민다.

　두 사람의 눈길이 마주쳤고 마뜩잖은 박 씨의 눈초리에 심장이
부산하게 뛴다.

　박 씨는 이내 무지막지하게 내 손목을 낚아채 집안으로 끌고 들
어와 이부자리 위에 내동댕이친다.

죄업과 응보

 기차를 타고 얼마나 왔는지 온몸이 날짝지근하고 철커덕철커덕
기차 바퀴 소리가 귀에 박혀 얼얼하다. 역에서 나왔다. 왼쪽 길로
가라고 했지 입속으로 중얼거린다.
 길은 한산하고 쓸쓸하기 짝이 없다. 을씨년스러운 거리에 동그마
니 앉아 장사를 하는 사람이 있다. 머리에 이고 왔을만한 물동이를
길가에 놓고 식혜라고 쓴 종이 딱지를 붙여 놓은 할멈을 보았다.
 장미는 할멈 앞으로 갔다. 분명 어디서 본 어른인데 생각이 나질
않는다. 식혜 한 사발이면 거뜬하게 생기를 얻을 것 같아 할멈 앞
에 쭈그리고 앉는다. 할멈은 대뜸 다 안다는 표정으로 한 사발은 먹
어야겠지? 말이 떨어지기가 무섭게 한 사발을 푹 떠서 코앞으로 내
민다.
 그릇을 당겨 입으로 가다 말고 소스라치게 놀라 그릇을 내려놓았
다. 그릇에 떠 있는 것은 밥알이 아니고 잘게 부순 유리 조각이 예
리하게 떠 있었다. 어이가 없어 할멈의 얼굴을 치켜 보았다. 얼굴이
달라졌다. 온화함은 온데간데없이 증오에 찬 눈을 착 내리깔고 냉
소적인 비웃음을 가득 담아 기분 나쁘게 흘겨보고 있다. 넌 내게 걸
려들었어. 하는 눈초리다.
 장미는 등골이 섬뜩하다. 급하게 일어서려는데 오금이 떨리고 저

려 엉거주춤 힘없이 주저앉고 말았다. 할멈이 내려놓은 그릇을 집어 다시 장미에게 내민다. 장미는 앉은 채로 한쪽 팔을 뒤로 뻗어 땅을 딛고는 얼굴만이라도 뒤로 물러났다.

할멈은 험악하게 일그러진 얼굴로 잡아 삼킬 듯이 노려본다. 그러면서도 독수리 병아리 어르듯 여유만만하다. 그러더니 착 가라앉아 속삭이는 듯하지만, 분노에 떠는 목소리로 조곤조곤 말을 씹는다.

"네년이 지은 죄는 단박에 초열지옥이나 칼산지옥으로 밀어 처넣어야 마땅한데 그래도 젊은것에 인생이 불쌍해 속죄할 기회를 주려는데 받기 싫다고? 망할 년. 어떻게 각통질해서 먹여 줄까?" 어디서 봤을까? 이 할멈을.

돌아가는 낌새가 손바닥 털 듯 벗어날 수는 없을 것 같아 용기를 내 말대꾸를 했다.

"이것만 먹으면 된단 말이죠?"

"이게 시작이지! 시작을 해야 할 게 아니야?"

죽어 마땅한 년이니 먹겠습니다. 단숨에 들이켰다. 목구멍이 찢어지듯 따가웠다.

장미는 불안하다. 마음 한번 삐딱하게 먹었다가 진창에 빠졌다. 깔보고 무시하는 게 못 견디게 싫어서 그랬다. 장미의 연모는 미움에서 끝냈어야 했다. 그걸 못 참고 불화살을 만만한 언저리로 당겨 불이 번져나가길 바라면서 일을 저질렀다.

그래도 그때는 맺힌 게 뻥 뚫리는 것 같은 회열을 맛본 걸로 오빠의 마음을 찢어지게는 했으나. 영의 상처가 더 번질까 두렵다.

개도 오빠를 닮아 성격이 꽉 막혔다. 발을 들여놓았다고 해도 멈추거나 빠져나갈지도 모르는 외골수라 보고 있는 나는 답답하다. 영은 몹시 화가 나 있었다.

"보태주지는 못할망정 쪽박은 깨지는 말아야지 왜 점잖은 사람을 헐뜯어! 네년도 제 발로 기어들어 간 일터이면서 그곳을 드나드는 인간은 죄다 쓰레기라니. 그러면 그 앞에서 희희덕대는 네년을 어떤 대우를 받아야 하는 거니?"

영은 그 집안의 엄한 규범답게 칼벼락을 맞았다. 잘사는 집안 덕에 돈 걱정 안 하고 학교에 잘 다니는 영을 장미는 작정하고 꼬드겨 룸살롱이라는 곳에 발을 들여놓게 했고 소문을 흘려 오빠와 맞닥트리게 꾸몄고. 결국 영은 호적에서 뿌리가 뽑혔다.

장미에게 룸살롱이라는 데는 신세계였다. 그렇게 궁하던 돈 걱정이 없어지고 더 필요하면 더 얻을 방법을 알고 나서는 세상이 손안에 들어와 있다. 장미는 하루하루를 맛있는 것을 아작아작 깨물어 먹듯 지냈다. 룸살롱에서 일을 함께 하면서도 장미는 영을 끌고 다니면서 영을 망가트리려고 미친 듯이 싸질러 다녔고 돈을 물 쓰듯 방탕한 생활을 가르쳤다.

영도 술자리에만 앉으면 돈을 뭉텅뭉텅 벌었고 제멋대로 쓰는 재미에 푹 빠져 제 영혼이 야금야금 좀먹어 가는 줄 모르고 지낸다. 또한 영은 한술 더 떠서 더 나빠지고 싶은 유혹에 안달이 난 계집애처럼 재랄을 떨었다.

가족에게서 버림받은 상처에 온몸을 치장이라도 해서 '나 이런 사람이요' 광고하듯 옷차림이나 얼굴에 떡칠을 하고 미쳐 날뛴다.

원래 끼가 있는 애도 아닌데 돈을 더 벌기를 경쟁이라도 하듯 손님이 시키는 대로 어떤 땐 느닷없이 엉뚱한 짓을 벌려 특별한 계집애로 통했고 그럴 적마다 동료들도 당황해 혀를 내둘렀다.

장미는 그때부터 후회하게 되었다. 씻지 못할 계산 착오였다. 이제는 영을 이곳에서 나가게 할 재간을 찾지 못해 속을 태우고 있다. 돈맛을 본 사람은 돈이 있어야 산다.

고민 끝에 손님 중에 쓸 만한 사람을 붙여주려고 마음먹었다. 총각이란다. 인물도 괜찮고 돈 잘 쓰고 사람이 첫째 점잖게 행동을 해 영에게 소개를 했다.

그는 항상 청바지에 스포츠 재킷을 즐겨 입었다. 훤칠한 키에 꺼벙한 그를 아가씨들은 청바지라 불렀다. 영은 쉽게 사랑에 빠졌다. 장미를 만나면 그의 칭찬을 침이 마르게 했다. 점잖은 신사라며 술도 과한듯하면 술잔을 내려놓고 여자가 반기지 않는 날은 물러서는 사람이라는 말 뒤에는 잊지 않고 소개해 줘서 고맙다는 인사로 장미의 손을 잡았다.

처음에는 당연한 인사로 받아들였다. 영은 그에게 걸맞은 여자가 되려고 돈이 펑펑 쏟아지는 일터를 과감하게 팽개치고 돈의 유혹에서 벗어나려고 멀리 떨어진 동네 편의점으로 일터를 잡았다. 힘겹게 버는 형편없는 수입이지만, 손에 쥘 때마다 그에게 내보이고 싶은 충동을 주체할 수 없다고 했다.

그러던 어느 날 갑자기 그놈이 사라졌다.

직장에서 태국지사로 발령이나 훌쩍 떠났다는 말을 들었을 때 장미의 마음은 줄이 끊긴 풍선 같았다. 핑계가 틀림없다. 공짜로 놀만치 놀았으니 떠나는 게 건달들의 공식이 아닌가라는 의심이 번쩍 들면서 자신의 서투른 선행으로 또 영에게 큰 상처를 입혔다는 후회가 마음속까지 후벼 파듯 괴로웠다.

손쉽게 버는 일자리를 팽개치는 숙맥이니 더 붙들고 있어 봐야, 떼 놓을 때, 골치 아플 게 뻔해 날라버린 것 같다. 장미는 이참에 어떻게 해서라도 영을 집으로 돌려보내야겠다는 생각에 영을 찾아갔다. 차를 마시고 말을 꺼내려는데 영이 임신했다는 말을 불쑥 자랑스럽게 꺼낸다.

　장미는 그 자리에 맥없이 주저앉고 말았다. 또 일을 저질렀구나. 늪에서 건져내려다 더 깊숙이 밀어 넣었으니 어째야 하나? 겁이 덜컥 났다. 머리를 쥐어짜도 영을 건져낼 방도가 없고 길은 보이지 않아 걱정만 베개 위에 쌓여간다.

　흙먼지 자욱한 벌판에 장미가 서 있다. 몰아치는 바람을 온몸으로 막고 있지만, 발을 땅에 붙일 수가 없도록 바람은 무섭게 행패를 부린다. 내밀치고 내팽개치기를 멈추지 않는다. 장미는 이리저리 부딪쳐 만신창이 되어 비실거리다 흙더미에 묻혔다. 빠져나가려 허우적거리는데 이번엔 땅속에서 뭔가 발목을 잡아당긴다. 지옥으로 잡아가려는 저승사자인 모양이다.

　흙이 코를 막아 숨통이 막힌다. 손발을 바득바득 번지르며 용을 썼다. 몸이 조금씩 움직이다가 벌떡 뛰쳐나왔다. 악몽이다. 온몸이 식은땀에 젖어 몸뚱이는 장마철 걸레 뭉치 같다. 악몽은 하루가 멀다고 끈질기게 달라붙었다. 필름을 돌리듯 똑같은 악몽에 시달려 잠자리에 들기가 겁이 났다.

　청바지는 재미교포라고 했고 미국 본사에서 서울 파견근무를 지원해 나왔다고 했다. 무얼 하는 회사인지 회사는 어디인지 아무것도 아는 게 없다. 술집에서는 그런 걸 묻지 않는 게 상례이다. 어쩌면 영의 말처럼 신사로 보였고 입성은 물론 말끔하게 생겨 의심을 조금도 두지 않았나 보다.

조바심 속에 삼 개월이 후딱 지나갔다. 청바지에게선 아무런 소식이 없었다. 그래도 영은 그 사람의 됨됨이를 철석같이 믿고 꼭 올 거라고 믿고 있다. 하도 기가 막혀 그에 대해 뭘 아는 게 있냐고 퉁명스럽게 물었다.

초등학교 때에 부모님 따라 미국에 이민 갔으나 적응이 쉽지 않았다고 말했고 돈을 어느 정도 모으면 한국으로 돌아가자는 게 식구 모두의 희망 사항으로 아직 지내고 있다는 말. 함께 살던 할머니는 '애비야, 집에 가자'를 입에 달고 사시다가 돌아가셨는데 눈 감으시기 전까지도 그 말씀하시려고 입술이 달싹였다는 걸 보았다고 했다.

영은 그의 말을 듣고 측은한 마음이 생겼고 그에겐 미국이나 한국도 모두 낯선 타향일 수 있겠다는 마음에 모성애나 오누이의 정이 샘솟는 것 같다고 했다. 아마도 영은 오빠를 만날 수 없는 아픔의 위로를 그에게서 받은 것 같다.

영의 큰오빠는 유별나게 영을 챙겼다고 한다. 큰아들이 받는 특별한 대우를 슬쩍슬쩍 용돈도 그렇고 비싼 학용품도 때때로 영의 가방에 넣어 주었다는 말을 수없이 들었고 친구도 잘생기고 머리 좋은 친구만 따로 인사를 시킬 정도로 영을 아꼈다고 하니 오빠는 영에게서 엄청난 배신감으로 충격을 받았을 게다.

장미는 오빠의 눈에 어떻게 보였을까? 수도 없이 생각해 보았다. 가난에 찌든 너절한 아이 보는 것만도 짜증스러운 아이가 아끼는 동생과 붙어 다니는 게 못마땅해 장미만 보면 눈살을 찌푸렸다.

걔하고는 놀지 말라는 말을 했다는 말도 들었다. 장미는 그런 걸

다 알면서도 그 오빠를 미치도록 좋아했으나 오빠는 장미를 찐득이 라고까지 불렀다. 듣기 싫었지만, 다른 한편으로 그 부끄러운 별명 을 위안으로 삼았다. 영의 집을 마음 놓고 드나들어도 괜찮다는 말 처럼 들렸다.

장미에게는 찐득이 말고도 두 개의 이름이 더 있다. 아버지는 긴 장마 때에 태어난 아이라고 김여름으로 이름을 지셨다. 장미는 여 자 이름이 여름이 뭐냐고 불평을 입에 달고 자랐다. 숫제 장마라고 지었다면 점 하나가 잘못 찍혔다고 생떼를 부려서라도 장미로 고쳤 을 텐데.

영은 공부를 잘했다. 거기에다 타고난 재주로 그림까지 소질이 있어 미술대학에 입학했고 장미는 집도 찢어지게 가난하고 장학금 을 받기엔 턱없이 부족한 머리라는 걸 알아 대학 중퇴라는 딱지라 도 얻을 목적으로 입학금 싸고 정원 미달인 삼류대학을 찾아 들어 갔다.

비가 하염없이 내리는 날이었다. 강의실 뒷자리에 앉아 있었다. 스마트폰에 문자가 떴다. 영이 뮤지컬을 보러 가자고 했다. 일 스케 줄이 있다고 평계를 댔다. '비쌀 텐데.' 바로 답 글이 왔다. 표는 오 빠가 줬고 공연 끝나면 저녁도 오빠가 쏜다고 했다. 오빠를 만난다 는 말에 덴겁하게 놀라 일을 하루 제치기로 하고 바로 O.K.를 날 렸다.

밤에는 나이트클럽에서 아름아름 아르바이트해서 하숙비, 생활 비, 등록금까지 해결하면서 별문제 없이 이 년 동안을 버티고 있다. 졸업하면 새사람으로 거듭나겠다는 생각에 아주 조심스러운 생활을 하고 있다. 그땐 잘하면 오빠를 차지할 수도 있겠다고 기회를 노리면서.

강의를 마치고 부랴부랴 하숙집으로 달려갔다. 오빠가 좋아할 만한 옷으로 갈아입어야 한다고. 옷을 고르는데 애를 먹는다. 하나같이 오빠 눈엔 너무 유치할 것 같았다. 진즉에 여대생 티가 나는 옷을 장만할 걸 그랬다. 불이 붙어 택시를 잡아타고 백화점으로 갔다. 마음에 드는 것으로 사 입고 헌 옷은 쓰레기통에 넣어 버렸다.

뮤지컬을 보면서 상류사회 아가씨가 된 착각했다. 공연장을 나오는데 비는 계속 오고 있었다. 우산 속에 오빠를 보았다. 영은 오빠 친구의 우산 속으로 쏜살같이 들어갔고 나는 생각 없이 오빠에게 다가갔다. 오빠의 얼굴이 구겨진 걸 보았다.

아니, 또 너야! 넌 아직도 찐득이 신세를 면하지 못했냐?

재수 없어!' 획 돌아서 장미의 등을 떠밀며 제 갈 길로 간다. 장미는 영이라도 저한테로 돌아올 거라 생각한 건 크나큰 오산이었다. 못 견디게 분해 이를 갈았다.

영은 일을 마치면 집으로 달려온다고 한다. 할 일 없이 쏘다니다 혹시라도 청바지를 놓칠까 걱정이 된다고 했다. 집에 돌아오면 대문 언저리에서 그의 체취를 이 잡듯 찾고 다음은 한길 건너 공원의 가로등 아래 벤치로 간다. 그곳이 그 사람과 함께 단꿈을 꾸던 곳이란다. 영은 그 순간 모든 스트레스를 홀홀 털고 행복에 도취된다고 한다. 그 재미에 일을 더 할 수가 없다고까지 한다.

청바지를 봤다는 사람이 있어 장미는 영을 찾아가 그 사람이 맞을 거라고 했고 영은 분명히 아니라고 그럴 리가 없다고 끝까지 우겼으나 마음은 편치 않은가 보다. 장미의 생각에는 귀띔해주는 것이 도리라고 믿었지만, 듣는 영은 이러고 사는 것을 야기죽거리며 약을 올리는 것이라 한다.

영은 청바지를 입은 그 사람이라는 말에 온정신이 꿰어 그만 가슴이 쿵 무너져 내리면서 생긴 요동을 감당하기가 버거워 시간을 내 그 장소 부근에 몸을 숨겼다.

그 사람이 나타나기를 바라는 건지 나타나지 않기를 바라는지 마음을 알 수 없었다.

인제 그만 가야겠다고 일어나려는데 머릿속에 불기둥이 치솟으면서 온통 시커멓게 뒤덮여 중심을 못 잡고 쓰러지면서 어둠 속으로 서서히 가라앉는다.

"눈을 떠봐요! 내 말 들려요?" 소리는 커다란 독 안에 갇혀 왕왕거려 정신을 차리려고 애를 쓰다 다시 암흑 속으로 빠졌다.

사람들 말소리가 들린다. 얼크러진 머릿속은 어지럽기만 한데 뼈마디 마디가 쑤시고 온몸이 펄쩍 뛰게 아팠다. 몸을 들척이다 아야! 소리를 지르고 말았다. 영은 깊은 잠에서 제 의지와는 달리 원치 않게 깨어났다. 뱃가죽이 가렵다. 뭔가 허전해서 얼른 손이 배로 갔다. 홀쭉하다. 영은 그 일로 배 속에 애를 잃었다.

장미는 영이 애를 잃고 못 견디게 괴로워하는 걸 보고 청바지를 꼭 찾아내 어떻게든 다시 붙여줘 둘이 잘되도록 도와야겠다고 생각했다. 청바지를 보았다는 장소에서 며칠째 오고 가는 사람들을 일일이 눈여겨보다가 정말 그를 보았다. 뛰어가 그를 붙잡겠다는 마음이 급해 신호등을 무시하고 뛰다 자동차에 부딪혀 한쪽 다리뼈가 박살이 났다.

　입원실에 누워 별의별 생각을 다 했다. 이것으로 지은 죗값을 치른 것일까? 그게 아니고 불행의 서곡이라면 내 인생은 어떻게 되는 걸까? 불행은 벌써 현실로 와 있었다. 퇴원하면서 지팡이를 짚어야 걸을 수 있었다. 망가진 다리를 보면 그놈이 떠올랐다. 생각해 보니 그 사고 났던 지점이 어쩌면 그놈이 노는 무대인지도 모른다는 생각에 좀이 쑤셔 그냥 앉아 있을 수가 없었다. 지팡이를 짚고 또 그곳을 기웃거리다가 며칠 만에 놈을 붙잡았다. 놈에 행색이 초라해도 청바지는 여전히 입고 있다.

　영의 이름은 입에서 꺼내지도 않고 사정이 안 좋다는 말에 이어 국제변호사 아는 누구 없냐고 묻는 말에 밑밥을 던지면 뭔가 나올 것 같아 무슨 일인지 알면 물어볼 사람은 있다고 멍석을 깔았다.

　사정이 있어 회사를 그만두고 친구가 미국에서 영양제를 수입해 재미 보는 걸 보고 회사는 달라도 똑같은 물건으로 수입을 했는데 유독 세관원 한 사람이 트집을 잡고 붙들고 늘어져 옴짝달싹 못 하게 되었다고 한다.

　평생 누구에게 원망들을 짓을 안 했는데 이게 무슨 일인지 모르겠다고 말해 가슴에서 불기둥이 불끈 치솟았다. 마음 같아선 벌떡 일어나 그 입을 박살 내고 싶었으나 청바지와 전화번호만 서로 교환하고 헤어졌다.

　영에게 청바지를 만났다고 말하면 오히려 큰일 나겠다는 생각 했다.

밤낮으로 공포에 시달리다 오빠를 찾아가 '그냥 죽여주세요.' 하고 무릎을 꿇을까 생각도 해보았지만, 다 소용없는 짓이란 생각을 했다. 벌을 받으라고 하면 그냥 받아야지 무슨 염치로 이래라저래라 할 수 있겠나?

이제 살롱 일도 그만두어야 할 것 같다. 지팡이 없이 일하는 것은 너무나 크나큰 고역이었다. 마담도 대놓고 그 몸으로 언제까지 나올 거냐고 닦달을 했다. 이 상태로는 손님들의 비위를 맞추기는커녕 고통스러운 표정에 딴청까지 부려 룸에서 쫓겨나오는 일이 허다했다.

여러 생각 끝에 일을 그만두고 영의 집으로 들어가야겠다고 마음을 굳혔다. 수입도 없고 영을 조금이나마 보살피는 것이 속죄를 할 수 있는 길이라 생각을 굳혔다.

영의 태도에 나는 적이 당황하고 말았다. 함께 살고 싶지 않다고 얼굴을 굳혀 정색하는 걸 셋돈을 못내 쫓겨났다고 억지를 부려 이사했다.

그것도 청바지가 언제고 돌아오게 되면 그날로 나간다는 조건을 달았고 영은 마음을 안 주려고 작정을 했는지 낯빛까지 바꿔 쌀쌀하게 굴었다. 장미는 묵묵히 집 안 청소에서부터 부엌일까지 두루 알아서 했다. 어떨 때는 급히 나간 영의 방도 치웠다.

영은 어디를 다니는지 집엔 붙어 있지 않았다. 그러면서도 지나치는 말이라도 함께 나가자는 말은 하지 않았다. 장미는 지은 죄가 있어 입을 뗄 수가 없었다. 시간이 지나면서 영 앞에선 점점 몸을 움츠리고 있다는 걸 알아도 어쩌지를 못하고 있다.

영이 그걸 알고 더 뻣세게 나가는지도 모르니 그저 눈치만 볼 뿐.

장미는 청바지를 만났다. 그는 먹고사는 것도 힘들어 호텔에서 외국인들의 짐을 나르는 호텔 보이 노릇까지 했었는데 아무런 이유 없이 쫓겨난 거나 하는 일마다 도깨비장난처럼 알쏭달쏭한 일이 자주 생겼다는 말만을 늘어놨다. 그래서 그런지 악몽을 자주 꾸는데 꿈에선 이상하게 어느 할머니가 나타나 눈을 부라리며 뇌성벽력 같은 호통을 친다는 말도 했다.

장미는 할머니 이야기에 등골이 서늘했다.

일거리를 찾아다녔다. 편의점이 만만할 것 같아 몇 군데 들러보았으나 다리를 저는 걸 보았는지 인상이 눈에 거슬렸는지 훑어보고는 고개를 저었다.

노래방 문을 두드려 보았다. 반응이 바로 왔다. 눈빛이 반짝이더니 화장을 좀 더 짙게 하고 다시 와보라는 아리송한 말을 들었다.

아마도 주인의 예리한 눈에 끼가 반짝반짝 빛나는 게 보였나 보다. 아침나절에는 일이 없다는 게 마음에 들었다. 일할 때는 지팡이를 짚지 못 하게 해서 더 지치고 힘들었다. 노래방 수준의 손님쯤이야 비위를 맞추는 건 일도 아니다. 소문이 퍼졌는지 단골이 늘어났고 찾는 사람도 있었다. 주인은 신바람이 났고 장미는 점점 소주와 맥주에 절어 들었다.

밤늦게 들어온다고 영의 구박이 심했다.

대꾸를 못 해 속에 납덩이가 수북이 쌓여간다. 심한 말을 들을 때면 나는 왜, 이렇게까지 하면서 사는지 모르겠다는 생각에 빠져든다. 그러고는 맥없이 흐르는 눈물을 주체못한다. 친구의 인생을 망쳐 놓았고 내 인생도 망쳤다. 미친 짓이었다. 이런 비관적인 내면에는 삶에 대한 깊은 회의가 도사리고 있다.

늦게 잔 탓에 늦게 일어난다. 영의 방이 잠잠하다. 아침상을 차려놓고 이제나저제나 방문이 열리길 기다리다 방문에 노크했다. 영은 방에 없었다. 일찍 나갔나 했더니 닷새나 지나 돌아왔고 입고 온 까만 투피스가 상복같이 보였다. 영은 말없이 봉투 하나를 삐쭉 내밀면서 전셋돈이라 하고 감정이 격양된 목소리로 말문을 열었다.

"어머님이 망가진 딸 걱정으로 속을 끓이다 울화병으로 돌아가셨다. 그러니 내가 네 얼굴을 맞대고 살 수 있겠니? 그러니 하루속히 떠나 주었으면 좋겠다." 짧은 말로 우리는 인연을 끊었다.

장미는 넋이 나가 "잘못했다"라는 말을 되뇌다 그만 눈물을 보였고 급하게 서두느라 고시원이라는 데로 들어갔다. 방이라고 상자 속 같은 데에 드러누워 있자니 기막혀서 헛웃음이 나온다. 작은 몸뚱이 하나로 방은 꽉 찼으나 넓어 휑한 것보다는 덜 뒤숭숭하다고 위로했다.

영은 내 삶에서 뚝 떨어져 나갔다. 시원하다고 해야 할 장미는 그렇지를 못했다.

강력본드로 콱 찍어 눌렀는지 징글맞게 착 달라붙어 있는 죄책감은 꿈쩍을 안 한다.

아침에 눈을 뜨면 보이지 않는 벌레들이 온몸 구석구석을 파고 들어가 헤집어 놓는 망상에 빠진다. 몸을 이리저리 뒤척거리다. 목욕탕으로 가 목욕탕 물에 몸을 푹 담가 살을 통통 불려 때를 밀면 돌돌 말린 때가 수북이 나온다. 나는 그 벌레를 보면서 무한한 희열 감에 들뜬다.

오후 한 시쯤이면 개운한 기분으로 목욕탕을 나와 점심을 먹고 노래방으로 출근을 한다. 손님이 없는 시간에 손님 방 청소를 돕는 건 뭐라도 해서 움직여 잡념을 없애려 애를 쓰고 오늘 하루도 어떤 수치와 모욕에도 욱하지 말자고 다짐한다.

손님 중에는 술에 취해 개망나니 같은 술주정을 부리거나 상소리로 걸레 취급을 해도 기라면 기고 짖으라면 암말 않고 짖어 주면 하루는 말썽 없이 지나간다. 그래 나는 인간쓰레기다. 내버리고 싶은 것은 모두 다 내게 버려라! 남김없이 다 주워 가마! 어차피 불지옥으로 갈 텐데 나와 함께 데려다주마. 내가 사라지면 이 세상은 깨끗해질 테니…….

영이 사는 집주인이라는 여인의 전화를 받았다. 영이 이사 가면서 내게 줄 편지를 맡겼다고 한다. 틀림없이 집에서 받아 준 것이라는 생각에 날아갈 것 같은 기분으로 달려갔다.

편지를 건네주며 뜬금없이 오빠가 공항까지 데려다주었다고 한다. 이어 하는 말이 "그 나이에 화가가 되겠다는 동생을 파리로 유학을 보내다니 미대를 다녔던 분인가 봐요?"

한 방을 세게 먹었다. 뭐라 말할 수 없이 기쁘다. 무겁고도 가혹하게 억눌려 산 멍에를 오빠가 벗겨 주었다. 오빠의 얼굴을 떠올리며 철퍼덕 주저앉아 엉엉 목 놓아 울었다. 나는 이제 용서를 받은 것일까?

장미는 어떤 알 수 없는 힘에 이끌려 또 기차에 오르고 마음은 의자에 한없이 까부라지는데 지난 일들이 유리창에 어슴푸레 하나씩 살아났다. 지워진다.

정신을 가다듬고 역을 빠져나오자 눈에 익은 거리는 그대로 이고 길 건너 떨어진 곳에 할멈이 보인다. 장미는 할멈에게 싱긋 웃음을 보내고 할멈은 장미에게 기다렸다는 듯이 눈을 째긋거리며 어서 오라고 손짓을 한다.

카르마

"뭐야? 뭘 또 주워 온 거야?

이러다간 T.V에서 본 어느 집처럼 쓰레기 더미에 묻혀 살게 되는 거 아냐?"

"쓰레기라니? 이건 새것이야. 우리 사무실에서 아르바이트하는 여대생이 그러더라고 이게 엄청 비싼 독일제 명품이란 말 듣고 며칠 사무실에 놔두었다가 가져왔어. 혹시 찾으러 올까 해서."

"명품이고 뭐고 칼은 안 돼! 예전에 엄마한테 여러 번 들었어. 칼은 주워오는 거 아니래. 나쁜 살이 따라 들어온다고."

"별 거지 같은 소릴 다 듣는군. 누구에게 줘버려도 후회 안 할 거면 삼거리 횟집에나 갖다주고 광어회 한 접시 얻어먹고 와야겠네."

남편은 케이스에서 칼을 꺼내 보란 듯이 젖혔다 폈다 하다가 그만 칼을 떨어트린다. 칼은 바닥에 내리꽂혀 파르르 떠는데 서슬이 시퍼런 게 섬뜩하다.

남편의 표정이 갑자기 심각해 보인다. 남편은 조심스럽게 두 손으로 칼자루를 거머쥐고 뽑다가 뒤로 나가 자빠졌는데. 손끝에서 피가 흐른다. 이상하다. 아무리 생각을 해도 칼날이 어떻게 손끝에 닿았는지를 모르겠다. 생각이 한 곬으로 뭉쳐지질 않는다. 다음 날 아침 남편은 출근하면서 칼 케이스를 들고 나가려 하는데 기숙은 급하게 막아선다.

　그냥 놔둬 봐. 꿈에서 칼하고 무척 친하게 됐어. 음식을 만드는데
칼은 춤을 추듯 나긋나긋 모양새 좋게 썩썩 썰어내는 거야. 여자들
은 무를 채 쳐서 무생채를 해도 그렇고 생선 횟감을 얇게 저밀 때는
물론 썰어놓은 모양새가 마음에 들면 괜히 우쭐하고 그렇지 않을
땐 자존심이 상해 샐쭉 토라지거든. 칼이 하도 잘 들어 생선을 저며
보았더니. 매끈하게 잘 나왔어. 글쎄 횟집 수준으로 나는 사람들에
게 보여 주고 싶어 안달하다가 깼다니까.
　"그래서 어떻게 하라고?"
　"그냥 놔둬 봐."
　남편은 세상 편한 사람이다. 누구에게도 딴죽을 걸 줄 모른다. 이
래도 그만, 저래도 그만, 두루뭉술하게 넘기는 성격이다. 기숙은 그
게 싫었다. 시집올 때만 해도 지금 남편의 사장은 시아버지 밑에서
맥주 박스나 배달하던 사람이다. 따지고 보면 그는 우리 집 머슴이
었다. 남편이 배알이 있는 사람이라면 그 밑에서 허허대며 시키는
일이나 하고 생활비를 받아 제 금쪽같은 새끼 배를 채우지는 않을
게다.

　전화벨이 울린다. 상냥한 목소리를 내려고 신경을 쓴다. 딸 아이
반에 학부형 회장을 맡고부터 전화는 쉴 새 없이 오고 있다. 전화는
재수 없는 물건에게서 왔다. 목소리를 듣는 순간 몸속 수많은 세포
가 일제히 발딱 일어나 전투태세로 돌입한다.
　기숙은 아주 잠깐 욱했다. 그래 봤자 다 소용없는 일이라는 걸
기숙은 알고 있다. 둘은 앙숙으로 지낸다. 시작은 용선이 걸핏하면

싸움을 걸어왔다. 같은 동네 학교에 반까지 같았으니 모든 걸 속속들이 알고 있다는 게 못마땅한가 보다.

용선은 먼 친척 집에서 천덕구니로 자랐고 공부가 뒤떨어져 툭하면 선생님들의 면박 당하는 꼴을 수없이 보여 왔으니 속으로 얼마나 무시할까? 하는 열등의식 때문인지 하찮은 일을 찍어 눌러서라도 이기려고 든다.

용선은 막강한 화력과 기동력을 갖추고 있다. 명색이 손위 시누에 남편들이 사장과 직원 관계이다 보니 용선은 언제나 도도한 목소리로 기선을 제압하려 든다. 처음엔 밉살스럽도록 짓궂게 깐죽거리며 약을 올린다. 제풀에 무릎을 꿇기를 기다리다가 시간이 지나면 엄청난 화력으로 폭격을 퍼붓는다. 그래도 분이 안 풀리면 대뜸 인연을 끊자고 폭탄선언을 한다. 기숙은 그 말이 제일 무섭다.

용선의 남편은 내 남편의 이종사촌 형이다. 잘나 빠진 각성바지 일가친척쯤이야 안 보고 산다고 대수이겠냐 만은 우리 집에는 밥줄이 달려 있다. 남편은 형이 운영하는 부동산 임대관리 회사에 직원이고 그 형은 아내 말엔 꼼짝 못 하는 위인이다.

하기야 고등학생 시절 악명 높은 훈육 선생도 용선에게는 두 손을 들었다.

그 당시 긴 머리 단속으로 귀밑 2센티까지 허용한다는 학교 규칙을 세웠다. 반발을 한 용선과 다섯 명의 악바리들은 어깃장으로 뒤통수의 머리를 바짝 치켜올려 깎았다.

머리 꼭대기까지 화가 오른 훈육 선생은 악바리들의 머리를 빡빡밀고서라도 버릇을 고쳐 놓겠다고 야단이고 악바리들도 길게 기르지 말라 했지, 짧은 머리는 규칙에도 없다고 맞섰다.

일이 커져 교장이 나서서 옥신각신하다 신문 기자들까지 몰려드는 바람에 결국 교장은 손을 들고 말았다. 그 일로 신문에까지 이름을 올렸고 악바리들은 '투 머치'라는 별명을 얻어 서울에서 학생들 사이에 이름을 날렸다.

기숙은 약속 시간 전에 커피숍에 도착했다. 용선은 십오 분이나 늦게 오면서도 여유를 부려가며 나타났다. 선글라스를 써 코앞에 앉아 있는 나를 못 보았는지 옷 자랑이라도 하려고 거들먹거리는지 그 꼴을 차마 눈 뜨고 볼 수 없을 만큼 수치스러운 광경을 보다 못해 손짓했다. 그제야 깜짝 놀란 듯 흥물을 떨고 자리에 앉자마자 인사는 제쳐놓고 직격탄을 퍼붓는다.

"네 아들이 내 아들 팼다는 말 들었어?"

"아니, 아무 말 없었어. 태권도장에서 무슨 일이 있었어?"

"형이면 동생을 돌봐야지, 조금 크다고 위세야 뭐야? 왜, 애를 그 따위로 가르쳐? 이 새끼 운 좋은 줄 알라고 그래. 내가 그 자리에 있었다면 다리몽둥이 부러졌어!"

"아니, 애들이 운동하다가 다칠 수도 있지. 뭘 그걸 가지고 애한테 험한 말까지 하고 그러니? 너무 심한 거 아냐?"냐

"듣자 듣자 하니 계속 너. 너 하는데 내가 아직 네 친구로밖에 보이지 않니?"

내가 말했지? 아무도 없는 데서는 말을 터도 괜찮겠지만, 사람들 있는 데선 조심하라고. 여긴 동네이고 우릴 아는 얼굴이 많은데 아주 막 가자는 거야? 뭐야?

"알았어요. 잘못했고요. 우리 아들 태권도장 그만두게 할 테니 그만합시다."

"이거 봐! 성질내는 거. 글쎄 이렇게 날 나쁜 사람으로 몰고 간다니까. 이런 걸 모르는 우리 그이는 나만 보고 뭐라고 하잖아!"

　도대체 무슨 말을 듣고 싶어 불러냈는지 모르겠다. 제 자식을 두들겨 패 어디 한군데를 부러트리겠다는 약속을 받아내려는 건지 그저 죽은 듯이 엎드려 잘못했다고 빌라는 건지? 숫제 까놓고 말하면 더러워서라도 하라는 대로 하고 말겠다.
　눈치를 봐 가며 미안하다는 말만 뇌까리다가 빠져나왔다. 집으로 가면서 지금 뭘 하고 가는지 왜 이러고 살 수밖에 없는지?
　마음이 더럽고 공허해, 뭐라도 들고 들어가야겠다는 생각에 커피값으로 들고 갔던 돈으로 고등어 두 마리를 샀다. 고등어를 싱크대에 던져 넣고 소파에 철퍼덕 주저앉았다. 눈을 감아도 악다구니는 치는 개차반 같은 아가리가 도망을 가는 나에게 악착스럽게 달라붙어 내 성질도 덩달아 껑충껑충 뛰고 있다. 옆에 남편이 있다면 온 몸뚱이를 쥐어뜯고 대판 싸움을 벌였을 것이다. 다른 직장을 알아보든지 그게 안 되면 이사라도 가자고 그렇게 애원해도 건성으로 알았다고 하더니 결국은 제 꽁지에 딸린 식구가 꽥 소리 한 번 못 지르고 무차별 공격을 당했으니 꼴좋게 되었다.
　아무리 머리를 쥐어짜도 당한 수모를 갚을 길이 보이지 않아 어지러운 마음이나 떨쳐내려고 벌떡 일어나 싱크대로 가 고등어 손질을 하려는데 대문 열리는 소리가 나더니 태권도장에 있어야 할 아들이 들어온다. 씨근대며 책가방을 한쪽 구석에 내팽개치면서 태권도장을 안 다니겠다고 화를 버럭 낸다. 애가 왜, 이러는지 뻔히 알아 아무 말도 할 수 없었다.
　그저 화가 가라앉기를 기다려 달랠 수밖에 없다는 게 가슴이 찢어지게 아프다.

괜히 앰한 고등어에 화풀이하듯 내리찍어 토막을 내고 멀쩡한 주둥이를 싹둑 잘라내고는 히죽히죽 웃는다. 맛들린 김에 떨어져 나간 주둥이를 난자질하고 눈깔도 자근자근 쑤셔댄다. 웃음이 그칠 때까지.

머리에 떠올리기조차 치욕스러운 하루다. 떨쳐버리려 해도 연신 성가시게 달라붙어 잠을 쫓는다. 깜박 잠이 들었나 했더니 또 뒤척인다. 머릿속이 와글대는 소리로 혼란스러워 골때린다.

어쩌면 소리가 집 안에서 나는 것도 같기도 하다. 신경이 쓰여 벌끈 몸을 일으켜 거실로 나왔다. 시끄러운 소리는 빠끔히 열린 허드레 방에서 새어 나온다. 가만히 귀를 세웠다. 나는 내 귀를 의심했다.

지금 안에서는 남편이 주워 다 놓은 잡동사니들이 싸우는 소리가 요란하다. 요것들 봐라? 이것들도 아직은 작동할 수 있는 생명력이 있다고 텃세를 부리는 것인가?

"왜 밀치고 지랄이야!"

넘어지고 부딪쳐 쿵쾅대는 소리가 들린다.

"내가 가장 먼저 왔다."

"아니다 내가 먼저다. 먼저 오면 뭐 하냐? 아무도 거들떠보지 않는데 누가 너 따위 싸구려가 있는지 알이나 하겠어?"

"뭐라고? 다시 한번 말해 봐! 이 야구방망이 맛을 보여 줄 테니. 듣고 있자니 쪼끄만 게 자존심을 건드려!"

또 쿵 꽝 소리가 난다.

텃세를 부리는 놈에 이런 일에는 망치가 제격이라는 놈, 야구방망이 정도는 되어야 한다고 꺼떡대는 놈, 한 놈도 지질 않고 악을 쓰는데 뇌리에 갓 입력된 소리가 들린다.

"입 닥쳐 시끄러워!"

파르르 새파랗게 떠는 선뜻한 소리가 들렸다.

"주인을 위해서 할 일이 생겼는데 이번엔 두셋이면 충분해! 진공청소기가 모시고 가고 골프채가 한번 멋있게 내휘두르고 오면 그만이야 둘은 준비나 잘해. 곧 떠날 테니 나머지도 서운해할 것 없어. 앞으로 우리가 할 일이 많아 보이니까. 조용히 기다려, 순서는 내가 정한다. 알아들었나?"

다들 깩소리 한 번 내지 못하고 조용해졌다.

아니, 이게 도대체 무슨 일이란 말인가? 암만 생각해도 귀신이 곡할 노릇이다. 귀신이 방에 꽉 들어차 있나? 아니면 내가 귀신에 씌었단 말인가?

방문을 열어젖히고 안으로 들어섰다. 전기 스위치를 찾아 벽을 더듬다가 발에 걸리는 게 있어 엉덩방아를 찧으며 무엇인가에 주저앉았다. 손에 바퀴가 닿아 진공청소기라는 걸 알아챘다.

놈은 주인님의 행차를 기다린 날개 돋친 천마처럼 정신을 못 차리게 어둠 속으로 날아가 순식간에 데려다 놓은 곳은 낮에 익은 집 거실 같았다. 몇 발자국을 옮기다 들고 있던 골프채가 무엇을 툭 쳤다. 바닥에 떨어진 물건은 땡그랑 챙챙 때구루루 굴러가는 소리가 요란하다. 설거지해 놓은 그릇을 건드렸나 보다.

요란한 소리가 멎자 방문 열리는 소리가 들리더니 얄미운 년이 발을 질질 끌며 나오는데 부엌으로 오려는지 더듬더듬 다가온다. 기숙은 급하게 골프채로 발을 걸어 앞으로 꼬꾸라뜨렸다. 일어나려고 무릎을 꿇는 걸 또 밀어 자빠트리고 기숙은 배를 타고 앉아 그토록 잔밉고 얄미운 조동아리를 주먹으로 힘껏 쥐어박는다.

으악! 외마디 비명은 어두운 공간을 찢어 내린다.

성에 안 차 골프채를 짧게 잡아 망치질해 대듯 두들겨 팼다. 몽둥이찜질을 당하는 미친개처럼 아악, 아악 비명소리가 기숙의 기분을 들뜨게 하고 그 고통의 울부짖음은 억눌려 졸아든 내 가슴에 훈훈한 희열감을 불어 넣어 승자의 교만을 부추긴다.

더 볼 일이 없을 것 같아 천마를 잡아타고 썰물 빠지듯 휙 자취를 감추었다.

그다음은 모든 게 빠르게 획획 돌아가는 통에 정신이 없어 백지처럼 하얗다.

제정신이 들고 보니 침대 위에 기숙은 가쁘게 몰아쉬던 숨을 고르고 있다.

여느 날과 다름없이 아이 둘을 학교에 데려다주고 아침에 배달할 게 있어 꽃 가게로 출근을 서두르는데 학부형들이 한곳에 모여 웅성웅성 얘기를 주고받는다. 무슨 얘긴지 신바람이 나 들썩거리는 걸 보고 별로 끼고 싶지 않아 돌아서는데,

"여봐요!" 잡아채는 소리에 고개를 돌렸다.

"이리 좀 와 봐요."

눈살이 구겨졌다. 목청이 큰 여자는 용선이하고 자주 어울려 다니는 쫄래다. 편치 않은 우리 사이를 아는지 괜히 혼자서 내게 설컹설컹 대한다. 그네들 가까이 다가갔다.

"얘기 들었어? 자기 형님네 강도 들었다는 거?"

"아뇨, 아무 말도 못 들었는데."

"글쎄, 어젯밤에 강도가 떼거리로 들었데요. 이상하게도 없어진 물건은 하나도 없다고 하는데 부엌살림을 깨부수고 글쎄 주인 여자 얼굴만 묵사발을 만들었다고 해서 경찰을 불렀고 단서가 될 만한 것을 찾으려고 현장에 지문이나 족적도 샅샅이 조사해도 아무것도 발견된 게 없는 데다 함께 자던 남편이나 다른 방에서 자는 아들도 아무 소리도 못 들었다는 거야.

원 세상에 별일도 다 있지. 남편이나 경찰도 몽유병이 있냐고 물었다니 그 여잔 얼마나 환장하겠어? 이게 정말 몽유병인지 아니면 누가 원한이 있어 귀신같이 문을 따고 들어가 해코지한 일인지 누가 알아?."

듣는 순간 기숙은 어젯밤의 일을 떠올리면서 가슴이 뜨끔했다. 아니 이게 어떻게 된 일인가? 한낱 부질없는 꿈으로만 생각했던 것이 현실과 공상 사이에 내가 있다니. 기막힌 일이다.

그래도 아직까진 혼동 속에 빠져 있는 기숙은 지금 자기 자신이 무섭기만 하고 잡동사니를 내다 버려야 하나 꼭 붙들고 있어 무기로 써야 하나? 머리에 쥐가 난다.

집에 돌아와 허드레 방을 들여다보았다. 잡동사니들이 어수선하게 널려있다. 다들 주인을 잘못 만나 홀대받는 불쌍한 졸개들로 보였다. 소매를 걷어붙이고 선반을 정리 정돈과 걸레질로 손을 보니 번듯한 게 보기 좋고 든든하다.

들뜬 마음으로 방을 나서는데 난데없이 고장 난 라디오에서 비르륵 비르륵 잡음이 들려 그 자리에 얼어붙고 곧이어 메시지를 받았다.

"당신은 지금 새로운 세계와의 조우가 준비됐나요?"

[반격]

정신을 차려야 한다고 생각하면서도 용선은 마음을 굳게 다잡을
수가 없었다.

귀신에 씌었다면 모를까, 제정신을 가지고 당한 일이라고는 도저
히 믿을 수 없는 괴기한 일을 당했다.

아무리 캄캄하다 해도 눈 감고도 훤히 그려낼 수 있는 집안에서
발에 걸린 것도 없이 넘어지고 어디에 부딪혔는지도 모른다. 더군
다나 누구에게 맞은 기억은 전혀 없다. 숫제 잠결이라 아무것도 생
각나는 게 없다고 했으면 그냥 넘어갈 일을 급하게 둘러댄다는 게
바락바락 신경질을 부려가며 분명히 강도가 그것도 떼거리로 덤벼
들어 무지막지한 행패를 부렸다고 떠벌렸는데 아무런 흔적이 없으
니 그걸 믿는 사람이 어디 있겠나?

남편은 내가 화를 내기만 하면 고양이 앞에 쥐걸음 치는 위인이
니 대놓고 물어보지도 못하고 갑자기 정신에 이상이 생긴 게 아닌
가 해서 놀란 눈을 삼빡거리고 아이도 집안 분위기로 심상치 않음
을 알아채 몸을 움츠리고 있다.

요즘은 꿈자리도 사납고 노상 뭔가에 쫓겨 불안하고 얻어터진 듯
이 몸이 찌뿌듯하고 눈 뜬 대낮에도 헛것이 보이질 않나 뭔가가 귓
속에서 싸움을 벌인 것만 같이 시끄러워 정신이 사납고 예감이 안
좋다. 주위에 눈초리도 문제지만. 길을 걸어도 뒤뚱거리고 발이 땅
에 닿지 않는 듯 불안감에 빠져 있고 운전할 엄두가 나지 않았다.

예삿일이 아니다 싶어 얼굴 안 보고 지내려고 마음먹었던 엄마를
찾아 길을 나섰다. 시외버스에서 내려 산길을 탔다. 아직도 그 엄마
의 딸을 알아보는 사람이 있을 것만 같아. 험한 산길을 택했다.

집은 기억 속에 남아 있는 것보다 더 초라하게 쪼그라들었다. 신당에 뚫어진 창호지 구멍에 덧붙인 흔적이 엄마의 존재를 의미한다. 신령님에게 몸을 몽땅 받쳐 버린 불쌍한 엄마, 용선은 엄마가 신령님과 함께 세상에서 사라지기를 무척이나 바랐고 혹여 엄마의 사나운 팔자를 옮을까 봐, 가까이하는 것을 피해왔다. 언제 어떻게 변해 할머니처럼 알록달록한 무복에 꿩 꽁지깃 꽂은 모자를 딸년에게 들이대 입히려 덤빌지 모를 일이다.

그런 엄마를 진동걸음을 쳐 제 발로 찾아왔다. 불쑥 나타난 딸을 보고도 놀라는 기색 없는 엄마를 보고 용선이 되레 놀라는데 대뜸 꺼내는 첫마디가

"왜 이제 와?"하며 손을 잡아끌어 신당으로 들어간다. 어려서부터 무섭고 싫어하던 방이다. 방안에는 예전 그대로 백동 촛대에는 촛물이 흘러내려 생긴 촛대바위 등에 촛불이 가물가물 타고 있다. 전깃불에 익숙해진 눈으로도 어둑한 방안에 호랑이나 눈을 부릅뜬 장군은 여전히 무섭고 울긋불긋 요란한 장식들도 소름이 끼쳤다. 게다가 오랜 세월에 걸쳐 타올랐을 향냄새가 가슴을 답답하게 찍어 누른다.

며칠 전에 일어난 괴기한 일을 꺼내려고 하자 난데없이 울음이 북받쳐 올랐다.

엄마는 벌써 신령님의 계시를 받았는지 이상하게도 묻는 말이 없었다. 용선은 울음 섞인 목소리로 푸념을 털어놓았다.

"이건 분명 신령님이 너에게 내 신 옷을 빼앗아 입히려고 작정하셨나 보다.

너를 신령님 곁에서 떼어놓을 때부터 화를 내셨는데 이젠 내가 늙어 어기적거리며 치성을 드리는 것도 못마땅하신지 어떨 땐 접신

도 마다하시는구나. 그러니 너는 이쪽엔 눈길도 주지 말고 너에게 닥친 시련을 굳세게 이겨내야만 한다.

그렇지 못하면 어미 짝난다. 그리고 신령님이 작정하고 네 동서를 끌어들였으니 그것이 더 큰일이구나. 네가 무슨 짓을 해도 이길 수 없는 상대라는 걸 잊지 말고 피하는 게 상책이다. 그러하니 괜한 짓 크게 벌일 생각일랑 아예 말고 적당히 막아내는 정도로 만족하고 살아야 한다. 알겠니?

한번 해볼 만한 일은 그 동서를 집으로 불러들여 팥죽과 동치미로 대접을 하되 동치미엔 빨간 고추 하나를 띄워 그 고추까지 꼭 먹게 해 보거라. 다 먹고 나가거든 바로 문지방에 팥죽을 세 숟가락 뿌려두면 신령님도 그건 싫어해서 문지방을 넘지 않으실까 하는 생각은 든다만, 그것도 잘될지는 모르지만.

그리고 이왕 왔으니 너의 할머니 신주는 네가 가지고 가는 게 좋겠다. 아마도 네가 모셔야 조금이라도 마음이 편하고 이러니저러니 해도 해코지까지야 하시겠냐?

마음이 답답하거나 일이 꽉 막혀 잘 풀리지 않을 땐 정갈한 몸가짐으로 신주께 치성을 드리면 한결 수월해질 게다. 알아들었으면 어서 가거라. 이 집에서 나가면 다시는 어미 볼 생각일랑 하지 말고. 알았지!

말이 끝나기가 무섭게 내쫓기듯 등 떠밀려 신당에서 나왔다. 다시는 볼 수 없는 엄마는 방문을 굳게 닫고 움직이지 않는 그림자만 보여 주셨다.

용선을 기숙에게 집으로 와 달라고 전화를 한다.

왜 그러냐고 묻지 않고 알았다고만 하고 끊는다. 오겠다는 시간
에 정확히 초인종이 울린다. 들어올 때부터 나무토막처럼 아무 감
정이 없는 걸 보고 오히려 용선이 갈피를 못 잡고 허둥댄다. 살살
구슬려야 할 텐데 장벽을 무너뜨리기가 쉽지 않을 것 같았다.

기숙은 자리에 앉으며 까만 박쥐우산을 탁자 위에 올려놓는다.
비 소식이 없는데 우산은 왜 들고 왔나? 의아한 생각이 신경에 거
슬리더니 나중엔 우산이 시커먼 무기로 보이고 수틀리면 집어 들어
머리통을 내리칠 수도 있겠다는 위압감을 느끼게 한다.

기숙은 눈을 내리깔고 있다가 묻는 말 만 대답을 한다. 또박또박
존댓말로 한 짓이 있어 말을 트자는 말을 할 수가 없었다. 분위기가
차고 무거워 노닥거려 시간을 끌 수 없었다.

"보다시피 내 얼굴이 이 모양이라 애를 태권도장에 데리고 다니
기가 불편해서 하는 말인데 동서가 수고 좀 해 줄 수 있겠어?"

"하라면 해야죠." 대답에 가시가 돋쳐 있다.

싫다는 걸 우격다짐으로 팥죽과 동치미를 먹게 하는데 용선은 잔
머리를 썼다. 무 건더기 조금에 동치밋국도 먹기 좋을 만큼인 그릇
에 빨간 고추를 띄워 기숙에게 건네기 전에 보란 듯이 먼저 제 그릇
을 비웠다. 성공이다.

대문을 나가자마자 계획대로 팥죽 세 숟가락을 문지방에 뿌렸다.
모든 걸 완벽하게 해냈다는 안도감에 소파에 몸을 깊숙이 묻고는
눈을 감고 엄마를 만나고 오길 잘했다는 생각을 잠시 했다.

별안간 아자작 쨍그랑 챙 챙 사기그릇 깨지는 소리에 놀라 벌떡
일어났다. 장식장에 잘 모셔놓은 청자 화병이 떨어져 작살이 났다.

아니, 이게 무엇이 어떻게 얽혀 돌아가는 조화 속인가? 또 당했
다. 당했어! 어설피 건드렸다간 큰코다치겠다. 어쩌면 내가 생각한

것보다 더 대가 센 것 같다.

아주 지능적으로 탄탄히 전략을 짜야겠다. 이건 기숙이 하고의 싸움이 아니라. 기숙을 내세운 신령님하고의 기 싸움이다. 지면 내 삶을 잃게 되는데 길이 안 보인다. 없는 길을 찾느라 골머리가 지끈 지끈 쑤신다. 며칠 궁리 끝에 삐쭉 뭐가 하나 보인다.

아주 원수로 만들면 서로 볼일 없게 될 테고 눈에서 멀어지면 힘을 못 쓰게 되지 않을까. 그러자면 방법은 기숙의 남편을 해고를 시키면 볼일도 없게 된다. 해야 할 일이 정리되자 찌뿌둥하던 몸과 마음이 날아갈 듯 개운하다.

머리에 흰 띠를 동여매고 남편이 돌아오길 기다린다. 남편의 퇴근 시간은 정확했다. 요즘 내 심기가 언짢다는 걸 알아 신경을 더 쓰는 게 보인다.

머리에 띠를 보고 움칠 놀라는 기색이 역력하다. 이만하면 분위기는 되었다 싶어 뜸 들이지 않고 곧바로 회사에 나가 일을 하게 해달라는 말을 하려고 했으나 갑자기 입이 떨어지지 않는다. 답답하다. 할 말이 입속에서 뱅뱅 돌 뿐 밖으로 나오질 못한다.

눈에 핏발이 벌겋게 서게 기를 써도 말문을 끝까지 열지 못했다.

남편은 괜히 지레짐작으로 겁만 잔뜩 집어먹고 없는 제 잘못을 들추는 모양이다.

어이없고 화가 치밀어 방으로 뛰어 들어가 침대에 엎드려 이불을 쥐어 잡고 실컷 울고 싶은데 울음도 터지질 않는다. 말문은 하룻밤을 지나고 언제 그랬냐는 듯 아무렇지도 않게 돌아왔다.

아마도 무리한 부탁을 하느라 극도로 긴장을 한 탓 같다. 마음을 달래며 며칠 뜸을 들였다. 남편이 좀 늦게 돌아왔다. 얼굴이 불콰하게 술기운이 띠었다. 저녁 상머리에서 동생의 일이 굼뜨다는 투정을 내비쳤다.

때는 이때다 하고 엉덩이를 들썩거려 말을 꺼내려는데 또 끅끅거리다 말았다. 도대체 누구의 장난인지 모르겠다. 분명 장난에 놀아나고 있기는 한 모양인데 누구일까? 할머니? 어쩌면 기숙이 본인의 대도 만만치 않을지도 모른다는 생각도 들었다.

골머리를 썩다 할머니의 신주가 생각났다. 밤이 되길 기다렸다. 용선은 목욕재계하고 신주에 머리를 조아렸다. 한참 동안 눈을 감고 말없이 마음속으로 빌고 나서 그만 일어서려는데 신발장 선반에서 뭔가가 덜커덕 바닥에 떨어지는 소리가 들렸다.

우산 하나가 바닥에 떨어져 있다. 가지런히 눕혀져 있던 우산이 왜 떨어졌을까?

우산을 집어 들면서 기숙이 멀쩡한 날씨에 들고 왔던 바로 그 우산이다.

"이런 요망한 것! 한번 해보자 이거지?"

이걸 진작 없애지 않고 왜, 붙들고 있었나? 생각난 김에 뒷마당으로 들고 나가 불태우고 타고 남은 찌꺼기는 땅속 깊숙이 묻어버렸다.

용선은 남편 출근길에 따라나서는데 남편의 얼굴은 돌처럼 굳어 있다. 원래 말수가 적은 사람인데다 어젯밤엔 열을 올리며 입씨름까지 했다.

회사에 들어섰다. 모두 의아해하는 표정이다. 남편이 입을 뗐다. 오늘부터 이 사람도 함께 일을 하게 되었다고 짧게 말을 마친다. 직원들은 별 동요 없이 각자의 자리로 가려고 움직였을 때 용선은 직원들 등에 대고 동작을 억제하듯 소리를 질렀다.

"잠깐 그대로 있어요!"

직원들은 깜짝 놀라 대나무처럼 빳빳하게 섰다. 오늘부터 사모님이 아닌 전무의 직책으로 일을 하게 되었다며 직원들의 기강을 잡으려는지 눈에 힘을 잔뜩 주워가며 겁을 준다. 직원이래야 잔심부름하는 아이까지 모두 여섯 명이다.

그래도 학창 시절 불량소녀 그룹에 왕초 경험이 있어 땅땅 을러메고 무섭게 다그치는 품세가 제법이다.

건의 사항과 경과보고는 빼놓지 말고 전무인 저에게 먼저 해주시고 모든 업무는 개인 책임제로 한다는 걸 명심해 주십시오. 질문이 있으면 지금 하셨으면 좋겠습니다. 이상입니다.

남편은 못마땅한지 혀를 끌끌 차고 획 돌아서 사장실로 들어갔다.

용선은 업무 파악을 빈틈없이 하면서 실실 웃는다. 회사는 지금까지 기숙 남편이 좌지우지하는 실세라는 걸 알았다. 남편은 밖에서 일감을 물어오고 동생은 재료 구입과 시공을 총괄하는 업무부장이다. 오늘부터 그는 내 말에 움직여야 한다.

김 부장이 서류 뭉치를 전무 책상에 올려놓는다. 그때까지는 얼굴이 편하다.

"형수님 결재할 서류입니다."

"형수님? 난 부장 대우를 그대로 해드리려는데 어떤 대우를 원하시나?."

김 부장의 표정이 자리를 못 잡고 실룩샐룩 어지럽게 흩어져 동요가 인다.

"아닙니다. 전무님."

비통한 목소리는 속으로 기어들어 간다.

용선은 눈을 내리깔고 침략자의 잔인하고 가증스러운 웃음을 짓는다.

"결재할 서류를 내가 알아들을 수 있게 설명해 보세요."

용선이 막무가내로 설치는 통에 김 부장은 곤욕을 치르고 있다. 전문가끼리의 대화로는 지딱지딱 끝낼 말을 어린아이도 아닌 초짜에게 게다가 상관이라고 떡 버티고 있는 여자에게 굽실거려가며 말을 골라 하려니 등짝에서 진땀이 빠작빠작 솟는다.

오늘 저녁에는 회식한단다. 반갑지 않은 자리지만, 김 부장은 내색하지 않았다.

얼마 전까지만 해도 사장에게서 회식하라는 말을 들으면 직원들은 싱글벙글했다.

이 여자가 싫다. 말을 해도 비비 꼬아서 하니 듣는 김 부장은 대번에 비 위 대장이 뒤집혔다. 싫어하는 건 분명한데 이유를 모르겠다. 알아야 고치든 눈에서 사라져 주든지 할 텐데 그 속내를 내비치지 않는다.

회식 자리는 예전 같지 않았다.

다들 뿔 달린 도깨비의 몽둥이가 어디로 튈지 몰라 몸을 사린다. 그런 중에도 전무는 분주하다. 김 부장을 뺀 직원들을 회유하여 자기 사람으로 만들려는 모양이다.

김 부장과 마주 앉은 사장의 전화벨이 울린다. 귀찮은 표정으로 전화를 받는다.

네? 소리가 어이없다는 표정으로 아주 짧게 발딱 올라갔다. 다음은 네 소리만 연거푸 하더니 급기야 굽실굽실 저자세로 변한다. 전무가 칙살맞게 달라붙어 무슨 일이냐고 다그친다. 사장은 전에 없이 눈을 부릅뜨고 전무를 밀어낸다.

전화를 끝내고 한참을 테이블 위에 팔을 괴고 손으로 이마를 짚은 자세로 눈을 감고 있다. 무엇인가 고민을 하더니 갑자기 신경질적으로 머리를 쿡쿡 쥐어박고는 김 부장을 부른다. 전무는 때를 놓칠세라 바짝 달라붙었다. 사장은 또 밀어내려다 만다.

공사를 벌린 건물에서 물이 새 아래층이 물바다가 되었다고 한다. 김 부장은 그럴 리가 없다는 말만 연신하고 있다. 세 사람은 그 길로 공사장으로 갔다. 이게 어찌된 일인가? 공사장 수도꼭지가 열려 바닥에 물이 발목을 잠근다.

이건 분명 검은 손을 탄 게 틀림없다. 오늘 공사장에서 일을 한 사람이 한두 사람도 아니고 대여섯 사람이나 되는데 수돗물이 콸콸 쏟아지는 걸 어떻게 못 보았겠나?

김 부장은 아래층에 들러 손이 발이 되도록 빌었고 집주인이 하도 악을 쓰고 덤비는 바람에 도망치듯 자리를 피해 나왔다. 사장은 내일 보자며 자동차 쪽으로 걸어간다. 서로가 헤어지는 틈을 타 전무가 쏜살같이 다가와 김 부장에게 한다는 말이.

"책임지셔야지요?"

"네."

네, 소리가 목구멍으로 넘기기 전에 아차, 왜 "네" 소릴 단마디로 그렇게 빨리하고 말았을까? 미쳤어! 덮어놓고 네라니? 얼마가 들지 모르고 왜, 또 내가 다 덤터기를 써야 하나? 미친놈!

대강 훑어보아도 하루 이틀엔 어림도 없는 대공사다. 천장을 다

뜯어내야 하고 물에 젖은 단열재도 다 갈아야 한다. 미장일에 페인
트까지 마치자면 서둘러도 일주일은 걸린다. 또한 집주인 식구가
묵을 호텔도 마련해 줘야 한다.

아내에게 둘러댈 말이 궁색해 집에 들어가기가 망설여지는데 사
장에게서 만나자는 전화가 왔다. 자주 가는 음식점으로 갔다. 사장
은 일찌감치 왔는지 자리를 잡고 앉아 소주잔을 기울이고 있다. 한
동안 말이 없던 사장이 무겁게 입을 뗀다.

"동식아, 면목이 없다. 내가 집사람 앞에서 쪽을 못 쓰는 거 알
지?"

봉투 하나를 넌지시 밀어 놓으며 이 돈으로 해결해 보라고 한다.
바로 그때 전무가 귀신같이 나타나 두 사람의 은밀한 거래를 잡아
낸 쾌거에 들떠 간살웃음을 흘리며 다가오다 맥없이 나자빠지고는
갑자기 괴이한 발작을 일으킨다. 눈알이 허옇게 뒤집힌 채 입에는
게거품을 물고 팔을 냅다 휘두르는 꼴이 무엇인가를 저지하려는 강
력한 반발인가 본데 입이 떨어지질 않아 연신 입만 뻐끔거린다.

해프닝

"안녕하십니까?"

의학박사 '노영환'입니다.

요즘 암 환자들이 무척 궁금하게 여기신다는 획기적인 암치료방법을 국민에게 홍보하라는 명을 보건복지부로부터 받았습니다만. 실은 이 신기술의 원리를 일부러 오셔서 들어야 할 만치 까다로운 것이 아니라 신문이나 텔레비전 같은 대중 매체를 통해서라도 홍보할 수 있는 일이라는 의견을 보냈는데도 재차 권고와 독촉으로 이 자리를 만들게 되었습니다.

제가 왜 이런 구차한 변명을 하는지는 아마 설명을 들으시면 충분히 이해하시리라 믿습니다.

원리는 암 덩어리에 고성능 전자 칩을 심고 몸 밖에서 초단파 40메가헤르츠 안팎의 전파를 자그마한 자동 컨트롤 박스로 조정하는 간단한 시술입니다.

이 시술과 함께 한 쪽 귓밥에도 뇌파 측정 IC 칩을 심어 뇌파의 수치에 따라 암페어의 강약과 횟수까지 조정하면 전리층을 교란을 시켜 암세포의 증식을 억제하고 괴멸시키는 방법입니다.

임상실험에서 같은 실험대상자인데도 불구하고 날씨에 따라 측정 수치가 달라지는 건 물론이고 심지어 실험자가 입는 옷에서도 차이가 생겼습니다. 또한 인체에는 누구나 막론하고 아주 미미한 전류가 흐르는데 그 전류는 심리 상태나 환경이 달라지는 데에도 뇌파의 강약에 변화가 생기고 또한 입는 옷도 요즘은 여러 종류의 화학섬유가 많아 정전기의 유발도 참작하게 되었습니다.

이것으로 제가 드릴 말씀은 더는 없고 지금 여기 계시는 일반인과 전문인 중에 전문적인 지식을 얻고자 하시는 분은 여기 남아 계시면 저의 연구 파트너인 이시키 가와 박사의 초단파의 원리와 효능에 대한 강의를 경청하실 수 있고 일반적인 질문만을 원하시면 제가 바로 옆 연구실에서 도와드리겠습니다.

닥터 노는 요즘 또 뭐 다른 것에 손을 대려고 한다면서? 욕심 좀 그만 내지 그래!
"그러지 않아도 연구실을 떠나야 하는데 그러지 못할 사정도 있어, 영 죽을 맛이라네."
"왜 무슨?"
"특허권을 제약사에 넘기고 잠깐이라도 좀 쉬어야겠다고 생각을 하던 중에 딸아이가 연구실까지 찾아와 밑도 끝도 없이 하는 말이. 이제 아버지도 어머니에게 신경 좀 쓰셔야 할 때가 되지 않았느냐는 거야.
평생을 나 몰라라 하고 사셨으면 이젠 엄마에게 보상한다는 마음을 가지셔야 여태까지 외롭게 사신 보람이 있을 텐데 또 연구를 계속하시겠다니, 정말 아버지에 대한 실망과 배반감마저 든다면서 엄마가 아프다고 말하더군.

"어디가 편찮으신데?"

"황반변성 증세가 있다고."

"햇빛에 장시간 노출되셨나? 뭐 조깅 같은 것으로."

"아냐, 그 사람은 혼자서는 아무것도 못하는 사람이야. 아, 병원에도 딸이 앞장서야 갈 줄 아는 사람인데 뭐. 외로운 시간을 메우려고 딸한테 스마트폰 게임을 배웠다나 봐. 그걸 오래 붙들고 늘어졌으니 청색광의 노출로 망막에 손상을 입었겠지 하여간 내가 죄인이니 이제부터라도 내가 챙겨야 할 텐데 해야 할 일이 좀 남아서."

"그 경황 중에 뭘 또 하려고 꿈틀거려! 아, 암 치료 특허권만 해도 어마어마한 돈이 굴러 들어올 텐데 무슨 욕심이 그렇게 많아?"

"욕심이 아니야, 한창 초단파 연구에 파묻혀 있을 때 조수들 생활비도 제대로 못 챙겨 주게 돼서. 급한 마음에 투자하겠다는 일본인 학자를 끌어들였잖아.

그 통에 조수 둘의 몫이 반 토막이 나 미안한 생각에 뭘 좀 보답할까 하고 그냥 알아보고만 있는 거야. 그리고 아주 놀 수는 없잖아? 할 줄 아는 건 그 짓뿐인데."

"그래도 좀 쉬지 않고 일만 하다간 몸이 견뎌 내겠어?"

"아직은 괜찮아."

닥터 노는 아주 흥미로운 전화를 받았다. 곤충학자라고 밝히면서 의학 연구에 값어치가 될 만한 소재를 기부하고 싶으니 만나자는 사람이 있었다. 가끔 있는 일이라 큰 기대는 하지 않고 자리에 나갔더니 생뚱맞게 거미 표본을 테이블에 올려놓고 앉아 있는 노신사가 있기에. 또 헛걸음했다고 생각하면서 인사를 나누었다.

"제가 교직에 있을 때 국제 곤충학 세미나에 참석으로 캄보디아에 간 적이 있었어요. 세미나가 끝나고 그 나라 학자의 배려로 짤막한 관광을 했었는데 시장에서 긴 줄에 기다려 거미튀김을 사 먹는 사람들을 신기하게 보고 인솔자에게 물었더니 동남아 어디서나 특히 캄보디아 들판에는 거미가 지천으로 깔려 있어 예전부터 토속 간식으로 자리를 잡은 거라 하더군요.

먹을 만한 크기에 맛도 좋고 단백질 보충에도 기여한다고 하면서 눈썹이나 머리숱이 적은 사람은 짓이겨 바르기도 한다는 말을 들었어요.

까맣게 잊고 살다가 은퇴 후에 관광차 또 그곳에 들렀다가 무슨 마음에서인지 흥미가 생겨 거미 말린 것과 표본까지 구해 왔는데 아직 손 한번 대보지 못하고 눈에 거치적거리는 게 싫어 그냥 버리려다 의학을 연구하는 선생님 같은 분이면 혹 발모제의 연구대상이 될 것 같아서."

"글쎄요. 기증하시는 데에는 조건이 붙습니까? 말하자면 대가를 원한다든지"

"아, 아닙니다. 그런 생각은 추호도 없습니다. 저의 미련한 소치가 헛되지 않기만을 바랄 뿐입니다."

"말씀 고맙습니다. 잘될지는 모르지만, 노력해 볼 만합니다."

"부끄럽게도 곤충학자인 제가 이 거미에 대해 아는 거라곤 아열대 지방 들판 잡초 더미에서 서식하는 검정 털 거미라는 것과 거미줄 없이도 다리에 많은 털을 덫으로 사냥을 한다고 하고 털에는 끈적끈적한 점액이 있어. 모기와 날벌레 심지어 작은 새까지 먹이의 대상이 된다고 합니다. 특이한 점은 털이 몸통에는 전혀 없고 오직

여덟 개의 다리에만 무성하다고 합니다."

성분분석이 당연한 급선무고 특이한 성분이 검출되지 않으면 시간 낭비로 질척대지 않고 폐기 처분한다는 마음으로 시작을 했다. 결과는 놀라웠다. 발모에 도움이 되는 성분이 무더기로 쏟아져 나왔다.

지베릴린, 콜라겐, 바이오틴과 양질의 미녹시딜 K2까지 골고루 가지고 있는 최상품의 약재라고 할 수 있을 정도로 완벽했다. 또 이 털 거미는 서식지의 특성으로 식물성, 동물성 모두에서 얻는 영양소를 두루 섭취한 데에 따라 이런 결과물이 나온 모양이다.

게다가 몸 전체의 대부분이 경단백질로 이루어진 케라틴 성분이라 그것을 건강하게 유지하기 위한 영양소를 더 많이 만들 수 있게 진화가 되어 세포의 분열이 기하급수로 늘어나는 어마어마한 파워를 갖게 된 것이나 칼슘 함유량도 다른 곤충에 비해 아주 높아 모든 단백질의 활성을 촉진 시키고 약의 효능을 빠르게 볼 수 있는 장점도 갖고 있다.

문제는 어떤 치료 방법이 더 효율적으로 모낭 벽에 흡착시키는가의 연구 과제가 되겠다. 케라틴의 손상이 없이 녹이는 실험을 시작했다. 아미노산의 일종으로 단백질 분해에 효능이 있다는 중성의 히알루론산과 감마리놀렌산제로 용해시켜 보았다.

쉽게 녹일 수 있으나 PH 수치가 높아져 포기하고 여러 실험에서 포도당이 제대로 들어맞아 공정이 간편하고 성분에 손상이 전혀 없었다.

조수들이 눈치를 보느라 모든 연구기록은 메모만 해 두었다가 집에서 은밀히 해놓았다. 혼자 독차지하려는 게 아니라 아직은 성공이 불확실하고 요즘은 하도 기웃거리는 불청객이 많아 보안이 필요할 것 같았다.

다음으로 경구용 알약이 나을까, 아니면 주사 치료제나 두피에 직접 바르는 반고형의 연고를 만들까를 염두에 두고 동물실험을 하려다 냄새가 바깥으로 풍길까 걱정이 되어 직접 내 몸을 덜컥 맡기기로 생각하고 글리세린에 원액을 2%를 넣어 연고제를 만들었다.

우선 숱이 적은 내 눈썹에 매일 두 차례 바르면서 변화를 지켜보고 있었다. 이십 일부터 새까맣고 까칠까칠한 털이 듬성듬성 보이기 시작했다. 자신을 얻고 겁 없이 대머리 친구 하나를 꼬드겨 임상실험을 했다.

위법인 줄은 알지만, 드러내놓고 하면 그날로 소문은 날개를 달까 두렵고 그래도 혹시 모를 만약에 대비해 찔끔찔끔 위험을 최소한도로 줄이기 위해 최선을 다했다.

어떤 방법으로든지 시도하는 족족 효과는 미미하지만, 무시 못할 정도이다.

재미를 본 친구는 과다한 양을 원했으나 적정량을 알아내려고 놈의 속을 썩여가며 내 속셈을 차렸다. 치료 방법으론 두피 피하지방일 제곱센티미터마다 주사기로 주입하는 메조 테라피가 여러 방법 중에 특이할 만한 효과를 보았고 삼 일에 한 번씩 이십 회면 족했다.

쉽게 생각했던 연구가 꽤 오래 걸렸지만, 늦어도 2028년도에는 은퇴하는 해가 되겠고 나 혼자의 힘으로 이루어 낸 쾌거라는 자찬이 가슴을 뿌듯하게 채워졌다.

아내가 코앞에서 뭐라 뭐라 한다. 딴생각하느라 못 알아들었다. 아내는 그대로 버티고 서서 "네~에?" 답을 재촉한다.

"아, 알았어." 단 답으로 빠져나가려고만 했다.
"어떻게 해 줄 건데. 뭐 생각해 둔 게 있어요."
"지금 뭘 말하는 거야? 해 주는 건 또 뭐고?"
"하여간에 내 말은 귓등으로도 안 듣는 건 여전하지."란 말끝을 흐리고는 휙 돌아서 방으로 들어가더니 초상집에서나 들릴만한 대성통곡을 한다. 뭔지 모를 다급한 마음에 쫓겨 방으로 들어가 한껏 누그러뜨린 말투로 자분자분 달래듯 물었다.

"내게 하고 싶은 말이 있나 본데 말을 해봐요. 말을 하다 말고 성질을 내면 어떻게 해?"

"내 처음이자 마지막으로 당신에게 부탁을 드릴 테니 무 밑동 싹둑 자르듯 안 된다고는 하지 말아요. 내 동생이 변변찮은 날건달 같은 놈이라 해도 내게는 하나밖에 없는 내 피붙이이니 밥은 먹게 해 주어야 내가 한시름 놓지 않겠어요?

그러니 이번에 연구하시는 탈모제의 판권을 제 동생에게 맡겨 주시면 좋겠어요.

참는 데 한계를 넘었다. 이게 어떻게 된 일인가?

보안을 유지하려고 집에서만 기록을 남겼는데 어떻게 알아내, 김칫국을 마실까? 그것도 내 이름을 도용해 사기를 쳐 먹물을 뒤집어쓴 일이 얼마나 되었다고 피붙이네 한몫을 떼어주자고?

"아니, 그건 또 어떻게 알아낸 거야?"
"당신 사무실 방에서 쓰레기를 보았어요."
"당신이?"

"내가 보면 무얼 알겠어요? 그런데 관심도 없고. 동생이 당신 안부를 묻기에 아는 게 아무것도 없다고 했더니 당신 방에 쓰레기를 뒤져 봅디다."

"역시 타고난 꾼이네."

"뭐라고요?"

"아냐, 됐어."

여기저기에서 전화가 걸려오고 낯모르는 손님들이 부쩍 찾아와 객쩍은 말로 무언가 알아내려고 애를 쓴다. 이것이 아마도 처남이 냄새를 풍기고 다닌 탓인 게 분명했다.

잠시 생각을 해보았다. 특허 신청을 어떻게 할까? 조수들과 헤어져 은퇴를 하는 마당에 먹고 살만치는 떼어주려고 시작한 것이고 내 마음도 편하자고 한 일이지만, 받은 사람으론 증여세의 폭탄을 맞게 될 테니 고맙다는 마음과 함께 아쉬움이 더 클 것이란 생각이 들었다.

그렇다면 세 사람의 공동명의로 내는 게 좋겠고 거기에 처남까지 묶어 놓으면 골칫거리는 모두 해결된다. 간단한 해결 방법을 찾아낸 기분이 꽉 막힌 연구 과제를 손쉽게 풀어냈을 때의 기분처럼 홀가분하다.

아내에게 처남을 부르라고 했다. 아내는 날벼락이 떨어지는 소리로 들은 모양이다. 얼굴빛이 금세 새파래졌다. 다독이려다 또 못돼먹은 성미에 발동이 걸려 속으로만 킥킥 웃었다. 처남은 주눅이 잔뜩 들어 자라목을 하고 방으로 들어와 무릎을 꿇는다. 나는 잠시 아무 말 없이 뜸을 들이다가 명함 박스를 내밀었다.

처남이 엉거주춤 기어와 박스를 집어 들었다.

폭탄을 만지듯 조심스럽게 열어보더니 희색만면해서 넙죽 엎드려 큰절한다.

"형님, 이 은혜 백골난망입니다." 하고는 연신 꾸벅거린다. 미천한 제에게 연구소의 사무장 자리를 맡기신다니 뭐라고 감사를 드려야 할지 모르겠습니다."

아내는 사무장이라는 소리에 넋이 나간 듯 잔뜩 풀린 눈으로 허공에 뜬 진실을 잡으려 허우적댄다.

처남이 연구실 업무를 맡았다. 생각보다 업무처리 능력이 어지간히 갖추어져 쓸 만하다. 발명 특허 출원을 뚝딱 끝내고 제약사와의 체결에 앞서 브리핑하자면서 조수 둘도 다 자리에 앉혔다.

"특허권을 'AS IS'로 넘기면 목돈은 크겠지만, 이렇게 틀림없는 상품을 두고두고 빼먹는 재미를 상실하게 되는 단점이 있습니다. 다시 말하자면 특허등록 유효기간인 이십 년을 또박또박 돈이 들어오게 되겠지만, 중간에 상품에 말썽이 생기면 골칫거리가 될 수 있다는 것입니다."

의견이 분분해 모두 노 박사의 얼굴만 바라들 봐 결정을 내렸다.

"팔아넘기고 다리 뻗고 잡시다."란 말로 대단원의 막을 내리고 홀가분한 마음으로 퇴근을 했다.

아내는 눈치를 보며 조심스럽게 입을 열었다.

"동생이 실수는 안 하던가요?"

또 성미대로 퉁명스럽게 여유를 주지 않으려고,

"그냥 그렇지 뭐!"

처남의 기가 살았다. 괄목할만한 일을 성사시켰다는 것과 뜨내기가 아니라 소문이 자자한 연구소의 어엿한 사무장이라는 직함까지

가졌겠다, 허우대까지 멀쩡하고,

말재간이 받쳐 줘, 손잡고 싶어 하는 사람이 꽤 많은 것 같은데 처남은 아무나하고 시시덕거리지 않는 노련함으로 체면을 차릴 줄도 아는 너구리다.

또한 얼마 전까지의 무명 시절을 남들처럼 가리기에 급급하지 않고 개구리가 멀리뛰기를 위한 움츠림으로 둘러댔다.

제약회사 자체에서 연구할 문제가 많이 있다고 엄살을 피워 협상가를 낮추려 들더니 엄청 빠르게 세찬 기세로 선전에 뛰어들었다. 그것도 백 일 후에나 출시될 상품을 매일같이 카운트다운 하고 나셨다.

살까 말까를 망설이는 구매자를 벼랑 끝으로 내몰아 꼼짝 못 하게 하려는 심리 작전이다. 텔레비전만 켜면 쏟아지는 선전으로 시끄럽다는 불평도 만만치 않았다.

'콩나물처럼 쑥쑥 자란다.'
'이제 민둥산은 세상에 존재하지 않는다.'
'머리털이 좀 더 필요하신 분은 가져가세요.'
'가슴팍에 털 있는 남자가 되고 싶습니까?'
C.F 카피라이터들의 기발하고 대담한 문구들이 반짝반짝 별이 되어 상품을 장식하는 중에 까만 조약돌이 성게로 변하는 기적이 일어난다.'라는 게 단연 눈길을 끌었다.

세상에는 단지 머리카락이 적다는 것만으로도 부당한 대우를 받고 감수해야 하는 일이 비일비재하다. 또한 어떤 이는 씻지 못할 상처를 입어 평생을 안고 가는 사람도 있다고 한다.

머리가 훌러덩 벗어져 맞선 자리에는 명함도 못 내민 노총각의 분노, 남친 집에 인사 갔다가 시아주버니 될 분의 민숭민숭 벗어진 머리를 보고 마음 바꾼 사연에 멍든 남자. 머리 까져 늙은이로 오해받은 젊은이, 가발 훌러덩 벗겨질까 봐 바람 많이 부는 날 외출 꺼리는 아버지, 한 가지 가발로 스타일 못 바꾸는 연예인들, 아예 이것저것 눈치 안 보겠다고 빡빡 밀어버리는 사람들, 가발 써 여름이면 땀띠로 곤욕 치르는 사람들, 이루 말로 다 할 수 없는 사람들이 틀림없다고 큰소리 꽝꽝 치는 상품을 학수고대하지 않을 수는 없다.

오죽했으면 아주 오래전 한 유명한 분은 가발이 싫어 콜타르 같은 시커먼 수성 페인트를 머리에 발랐을까?

제약사는 영업이익의 효과를 극대화하려고 작정한 모양이다.

특허권을 넘길 때 분명하게 약 효능에 대해 문서로 명문화했다. 주사기로 주입하는 효과를 백 퍼센트로 할 때 경구용 삼십오에는 환자에 따라 부작용까지 있을 수 있다는 경고도 넣었고 도포용 연고는 겨우 십오 퍼센트도 미치지 못한다고 했음에도 불구하고 제약 회사는 나중에 일이 생기면 어떻게 감당하려는지 철저하게 무시해 버렸고 회사 관계자의 말로는 주사 치료 방법은 꼭 병원엘 가야만, 치료를 받을 수 있어 치료비 걱정하는 사람은 엄두를 못 낼 것이 뻔해.

투자한 액수를 건지기도 힘들 것이란 영업팀의 우려에 따라 경구용 알약과 연고도 무리인 줄 알면서도 플라세보 효과를 노려 과장된 선전으로 동시에 출품하게 되었다는 변명을 늘어놓았다.

병원에 공급하는 주사액 앰풀도 처음에는 피부과 전문 병원에 국한했다가 일반병원까지 확대하고 말았다.

세상 곳곳에 널려있는 대머리들에게 희망의 폭죽놀이가 벌어졌다. 넉넉잡고 두 달이면 그 지긋지긋한 모자를 벗을 수 있다고 해. 모자 장사는 벌써 끝탕을 하고 있고 병원에선 신바람이 났다.

일반병원에선 없었던 풍조까지 생겨났다. 문의 전화가 쇄도해 혼잡을 예상한 병원에서는 예약날짜와 시간 그리고 번호표까지 주어 만반의 준비를 하고 있다.

예약이 되어있는 사람들도 극성을 떨어 일찌감치 병원에 도착했으나 이미 즐비하게 늘어선 줄은 그야말로 장사진을 이루었다. 누가 시킨 것도 아닌데 서로 서로가 번호표를 내보여 가며 빈틈없이 번호대로 질서정연하다.

병원의 발 빠른 진료 시간으로 척척 당겨지는 차례에도 진료실에 들어가는 사람을 부러워하고 진료를 받고 나온 사람의 어깨에는 힘이 들어가 있었다. 심지어 TV 나

신문사 기자들도 덩달아 건수를 잡은 것처럼 들떠 있었다. 이렇게 어수선한 한 달이 지났다.

병원 치료를 받은 사람들의 효과는 대단했다. 단 한 사람의 예외도 없이 모두 환호성을 질렀다. 게다가 머리가 일찌감치 하얗게 센 사람이나 반백인 사람도 치료를 받은 부위는 시커멓고 빳빳하게 굵은 모발이 돋아난다.

효과를 못 믿어 추이를 관심 있게 지켜보던 사람들이나 정강이나 심지어 가슴팍의 털로 남성미를 뽐내려는 사람까지 너도나도 앞다투어 뛰어들었고 해외특파원들이 여기저기에서 몰려와 공항도 북새통을 이루고, 해외토픽으로 날려 보내느라 호텔도 호황을 누린

다. 이 바람을 타고 대한민국 전체가 온통 잔칫집 분위기로 들썩들썩한다.

　노 박사만은 엇갈린 해외토픽으로 가슴이 덜컥 내려앉았다.
　대단한 쾌거로 칭찬을 아끼지 않는가 하면 짧은 임상 기간으로 허수룹다는 우려를 평 하는 기사가 떴다. 국내에서는 우리가 듣기 좋은 것만 받아들이면서 한국의 의학을 우습게 아는 족속들이 왜, 아니 씹겠냐는 식으로 매도해 버리고 "샘이 나겠지!"란 제목으로 논평을 내놓았다.
　개발자인 나로선 옐로카드를 받은 심정이다. 실제로 연구 과정에서 제일 힘든 게 부실한 연구비로 인해 완벽한 실험을 할 수 있는 시간이 제약되어 애먹는 것이 임상실험 기간이다. 소속된 제약회사나 대학교의 지원 없이 개인으로 운영되는 연구소들은 순전히 소장의 주머니에서 나오는 것으로 연구비를 충당해야 돼.
　정말 죽을 맛이다. 연구비는 바닥이 나고 연구원들은 생활비 걱정으로 소장 얼굴만 바라보는 형편을 뻔히 아는 제약회사의 유혹은 끈덕지게 달라붙는다.
　거짓말인지 뻔히 알면서도 나머지 임상실험은 제약 회사에서 직접 해야 말썽을 줄일 수 있어 저희들이 더 신경을 쓰는 문제이니 걱정을 말라고 철석같이 약속하지만, 들어갈 때와 들어가서는 전혀 다른 말들을 한다. 그런 사정으로 연구소에선 믿는 척 해 주는 악습이 공공연하게 이루어지는 것이 관행이지만, 지금 내 마음은 편치 않다.

　꺼림칙하던 일이 기어이 터지고 만 모양이다. 빠른 꽹과리 채질로 쨍그랑 챙챙 장단으로 춤을 끌어내듯 머릿속 암운에 소용돌이치는 격랑이 일기 시작했다.

아무리 좋은 약이라 해도 환자에 따라 약효는 다를 수가 있다. 또한 부작용도 뒤따르게 마련이다. 치료를 받은 환자의 극소수에 불과한 몇몇 환자에게서 특이한 반응이 일어났다.

새로 자라난 머리털이 제 영역권을 벗어나 몸 전체로 번진 사람이 생겼다고 한다.

소문이란 언제나 그러하듯 덧붙여 퍼지기 시작하더니 뭐 보면 뭐 보았다는 식으로 날개를 달고 활갯짓을 하는데 이런 일은 언제나 있는 일이어도 이번같이 당황하고 겁이 나서 부들부들 떨기는 처음이라 더욱 허둥대고 있다.

어둠 속에서 머리를 절레절레 내두르면서 쫓겨 도망치는 나는 길을 잃고 어둠에 갇혀 혹독한 뭇매를 맞는다. 뒤가 켕기는 일을 해놓고 추한 꼴로 뒷걸음치는 내게 악다구니를 치는 털북숭이는 금세 영락없는 원숭이와 고릴라로 얼보이고 유니폼에 방망이를 들고 나를 잡으려고 쫓아오는 경찰관들은 시커먼 거미 떼로 변해간다.

그것들은 무서운 속도로 바싹 따라붙어 목줄을 죄어들 것같이 설쳐댄다.

잠결에 바로 등 뒤에서 덜미를 낚아채는 느낌이 있어 올 것이 오고 말았다는 체념에 엉엉 울음이 터졌다.

"내가 미친놈이야!"

"미친놈이라고!"

"여보! 여보! 왜, 이래요?"

무슨 꿈을 꾸었기에?

퍼뜩 제정신이 돌아왔다. 우선 사위가 조용해 마음이 놓였다.

"아무 일 없지?"

"일은 무슨? 우리 집에 무슨 일이 있겠어요?
생전 가도 손님을 들여놓지 않는 집으로 유명한 집인데."

아직도 주위로부터 칭찬을 받고 텔레비전에서 귀가 따갑도록 발모 약 효과를 거둔 사례로 시끌벅적 떠들썩하지만, 내 마음은 더욱 조여 오고 긴장과 불안이 무섭게 가슴을 찍어 눌렀다.

하루에도 수없이 "내가 무슨 죄가 있냐고?"를 스스로 묻고 되물어도 오로지 보이지 않는 손가락질만이 나를 찍어 누른다. 견디다 못해 아내와 함께 뚝 떨어진 해외로 여행이나 떠날까 하다가 현실 도피로 편해질 문제가 아니라는 생각에 발걸음은 자연 연구실로 옮겨진다.

처남이 어느새 내 자리를 덩그렇게 차고앉아 있다가 소스라쳐 벌떡 일어난다.

제 몫은 놓치지 않을 놈이란 생각을 하며 그냥 웃고 말았다. 정이 들을 대로 들은 제 자리에 앉으니 마음이 스르르 널브러졌다.

무엇을 어떻게 해야 할지 몰라 멍하게 앉아 있다가 집으로 돌아오는 일로 여러 날이 지났다. 혹시 이대로 잠잠해지는 게 아닌가? 하는 바람도 있었지만, 원래 께름칙한 건 그냥 넘어가지 않는 법이다.

이번에는 무성하게 자란 털들이 갑작스럽게 방향을 밑으로 틀었다. 그 속도는 무서울 정도로 빨랐다. 자고 일어나면 눈에 띌 정도로 털은 밑으로 내려왔고 그만치는 낙엽 지듯 예전대로 까져 없어지더니 배꼽에 와서는 멈춰 모피 바지를 입은 모피선전 모델을 연상케 했다.

고대 그리스 신화에 등장하는 켄타우루스의 상체는 사람의 모습이고 하체는 말의 몸통이라 했는데 혹시 그 시절엔 그런 사람도 존재하지 않았을까?

노 박사는 무릎을 탁, 쳤다. 아, 그거였구나! 그걸 무시했던 거야. 검정 털 거미는 다리에만 유착된다는 털의 유전자 특성으로 회귀 본능이 작동한 것이다.

온 세상이 기이하게 변한 사람들의 이야기로 들끓었다. 반 털북숭이가 된 사람들은 생활에 제약을 받는 것은 물론이고 입고 다닐 바지가 마땅치 않아 더욱 힘들어했다. 털이 안 달라붙은 우비 바지를 입는 사람은 그나마 체면을 차리는 사람이고 성질이 과한 사람은 아무것도 걸치지 않거나 헐렁한 반바지를 입고 다녀 사람들의 눈살을 찌푸리게 했다.

포기하지 않은 사람들이라도 할 수 있는 일이라고는 제모 제를 사서 바르거나 면도기로는 감당이 안 돼, 바리캉을 찾는 것이 고작이다.

종교계에서도 가만있지는 않았다. 이 기이한 현상은 신의 응징으로 간주하고 순리를 역행하면 하늘이 노한다고 외쳤다.

노 박사는 곤충학자가 말했던 몸통에는 털이 없다는 점에 착안해서 연구해서라도 죗값을 치러야 한다고 생각했다. 우선 털이 있는 다리와 털이 없는 몸통에 무엇이 더 있고 무엇이 빠져 있는지를 규명해야 한다는. 생각으로 그리 힘들지 않고 결과를 얻을 것 같다는 희망은 있었다.

정부에서는 손을 놓고 있다가 빗발치는 여론에 못 이겨 보건복지부 장관, 식약청장, 특허청장과 제약사의 책임자 모두를 쓰레받기에 쓸어 담듯 검찰청으로 이송했다.

노 박사는 연구 도중에 매도한 것으로 책임을 면했다.

문제점 해결에 대한 연구를 순조롭게 진행하고 있는 중에 정부로부터 호출 통지를 받았다.

순간 올 것이 왔다고 생각하고 유치장에서 편한 옷으로 갈아입고 출두했더니 연구소를 당장 폐쇄하라는 말로 겁을 주었고 세계보건기구 WHO로부터 현재까지 생산된 약품은 모두 폐기하고 생산 중단은 물론 심지어 모든 발모제 연구를 현시점에서 중단하라는 강력한 경고를 받았다고 한다.

그것도 C.V.I.D 즉 완전하고 검증 가능하며 불가역적인 해체를 해야 한다고 못을 박았다고 한다.

오늘도 대문과 서재를 걸어 잠근 채 현미경으로 세포 조직을 관찰하는 노 박사는 의미심장한 표정으로 웃음을 띠고 있다.

이장원 단편소설집

구 멍

초 판 발 행 2024년 8월 27일

지 은 이 이장원
펴 낸 곳 시지시

등   록 제2002-8호(2002.2.22)
주   소 ⑦10364
            고양시 일산동구 호수로 688. A동 419호
전   화 050-5552-2222
팩   스 (031)812-5121
이 메 일 sijis@naver.com

값 15,000원

ISBN 978-89-91029-79-8 03810

* 이 책은 문체부 산하 예술인복지재단의
               창작지원금으로 출간하였습니다.